The Baby Deal

Sarah J. Brooks

ISBN-13: 978-1727053401

ISBN-10: 1727053400

Für meine Leser

Inhalt

Kapitel 1

Julia

„Gehen wir ins Provoc?“, fragte ich, während wir uns alle ins Taxi zwängten.

„Oh mein Gott, ich liebe das Provocateur“, sagte Teddy mit seiner wie immer viel zu überdrehten Stimme.

„Ja, da führt momentan kein Weg drum herum“, meinte Sarah. „Ich muss mir einen heißen Aktienbroker suchen, der ein paar Tipps für mich hat.“

„Und wozu muss der heiß sein?“, fragte ich stirnrunzelnd.

„Naja, muss er eigentlich nicht, aber wenn ich schon so tun muss, als ob ich interessiert wäre, um an eine gratis Finanzberatung zu kommen, dann würde ich es schon bevorzugen, wenn der Kerl wenigstens gut aussieht.“

„Eigentlich verdienst du wirklich genug Geld, du könntest auch für die Aktienberatung bezahlen. Dann könntest du ausgehen, mit wem du willst”, sagte ich.

Ich schminkte mich während der Taxifahrt noch fertig. Teddy war auf ewig auf den Vordersitz verbannt, während Sarah, Kendra und ich hinten saßen. Er hasste es, immer vorne sitzen zu müssen, aber als einziger männlicher Teilnehmer unserer Ausgehgruppe schluckte er es hinunter und fügte sich seinem Schicksal.

Durch die New Yorker Clubs zu ziehen und tanzen zu gehen war eine meiner Lieblingsbeschäftigungen. Heute Abend freute ich mich ganz besonders, denn ich hatte gerade einen wichtigen Kunden für unsere Hotelkette an Land gezogen und Teddy, der gleichzeitig mein Vorgesetzter war, hatte sich deswegen bereiterklärt, die Zeche zu bezahlen. Das wollten wir uns natürlich nicht entgehen lassen. In New York zu trinken war schließlich eine teure Angelegenheit.

„Ich bezahle doch niemanden für ein paar Tipps, wenn diese Typen sie mir umsonst geben. Außerdem, seit wann gehe ich mit jemandem aus? Soviel Bindung suche ich gar nicht“, antwortete Sarah.

„Ja richtig, wer will denn schon einen Mann für mehr als eine Nacht?“, zwitscherte Kendra fröhlich dazwischen.

„Gegen mehr als eine Nacht hab ich gar nichts. Ich mag nur diese anhänglichen Typen nicht, die dauernd vorbeikommen wollen und dann immer so schnulzig sind. Ich hab nur Zeit für kurzlebige Sachen.“

Sarah war ein ewiger Single. Sie war außerdem für das Marketing bei King Hotels zuständig und machte ihren Job verdammt gut. Der Schlüssel dazu war ihr Talent, allen das Gefühl zu geben, sowohl persönlich als auch geschäftlich wertgeschätzt zu werden. Sarah konnte in ein Geschäftsführertreffen spazieren und dafür sorgen, dass die ganze Meute ihr innerhalb weniger Minuten aus der Hand fraß. Ich beneidete sie um ihre Fähigkeit, so in die Menschen hineinzusehen.

„Lasst uns nicht vergessen, dass wir heute Julia feiern“, meinte Teddy dann. „Und danke, dass du mich vor meinen Bossen so gut dastehen hast lassen“, sagte er und lachte sein unverkennbares, schrilles Gackern, bei dem wir immer alle schmunzeln mussten. Teddy war mein erster Vorgesetzter seit meinem Studienabschluss, und ich war unglaublich froh, ihn zu haben. Er war witzig, hilfsbereit und erfrischend, er entsprach also ganz und gar nicht den vielen Geschichten, die ich in der Uni über das Hotelbusiness gehört hatte.

„Ich mach das nur wegen dem Geld“, witzelte ich.

„Mädchen, du bekommst eine gewaltige Bonuszahlung. Glaub mir, du wirst dich wundern, wenn du das nächste Mal auf deinen Kontostand siehst.“

„Ich kanns kaum erwarten. Ich hab mich nämlich entschieden, die Sache mit dem Baby durchzuziehen.“

„Was? Nein!”, platzte Sarah auf der anderen Seite der Bank heraus. „Du bist noch viel zu jung. Komm schon Julia, du bist erst fünfundzwanzig. So etwas kann man in meinem Alter tun, nicht in deinem.”

Sarah war vierzig Jahre alt und sie hatte nicht unrecht. Frauen ihres Alters entschlossen sich in New York immer öfter, alleine ein Baby zu bekommen, aber ich wollte nicht so lange warten, ein Kind zu bekommen. Ich hatte immer schon von Nachwuchs geträumt und heutzutage war es ja keine so große Sache mehr, Familien zusammenzuführen. Wenn ich jetzt ein Kind bekam, blieb mir ja dennoch die Möglichkeit, irgendwann später noch mehr zu kriegen, sollte ich den Mann meiner Träume finden. Die grausame Wahrheit war jedoch, dass das möglicherweise erst sehr viel später passieren würde und bis dahin wollte ich nicht warten.

„Du weißt, wie ich dazu stehe“, sagte Kendra verhalten.

Ihr gefiel die Vorstellung ganz und gar nicht. Sie und ich gehörten zur selben Altersgruppe, sie hatte mir nur zwei Jahre voraus, aber im Gegensatz zu mir machte es ihr nichts aus, mit der Familiengründung noch zu warten. Ich hatte immer vorgehabt, in jungen Jahren eine Familie zu gründen, und heutzutage brauchte ich dafür ja nicht mehr unbedingt einen Mann. Trotz ihrer Vorbehalte hatten wir uns jedoch darauf geeinigt, dass ich es machen würde und sie mich dabei unterstützen wollte, auch wenn sie meinen

Plan nicht für gut befand.

„Ich bin total dafür“, sagte Teddy. „Du weißt ja, dass wir Mutterschaftsurlaub anbieten, und du kannst sogar von zu Hause aus arbeiten, wenn du möchtest.“

„Ich werde wohl einfach ein paar Wochen frei nehmen und dann zu Hause arbeiten. Aber gut, noch bin ich ja nicht einmal schwanger, also wer weiß. Ich hab aber schon vor Ewigkeiten einen Termin bei der Kinderwunschklinik in der Nähe des Büros vereinbart. Die Wartezeit war sechs Monate, bald ist es so weit.“

„Hast du schon einen Papi ausgesucht?“, fragte Sarah lachend. „Groß, dunkelhäutig, gutaussehend und mit Studienabschluss?“

„Jo, sowas in der Art. Wie auch immer, reden wir nicht nur über mich“, sagte ich, als wir gerade beim Club vorfuhren. Tatsächlich hatte ich eine ganze Menge Zeit damit verbracht, Samenspenderakten durchzusehen. Ich hatte so viele Profile gesehen und so oft meine Meinung bezüglich meiner Vorlieben geändert, dass ich mich auch dann noch kaum entscheiden konnte, als ich den perfekten Kandidaten eigentlich schon gefunden hatte.

Einen Mann nach messbaren Faktoren und seiner Bildung auszuwählen, war nicht gerade ein romantischer Weg, zu einem Kind zu kommen. Ich hatte Haarfarbe, Augenfarbe und Größe ausgesucht, als wäre die Person eine Art Puppe, die ich mir nach vorbestimmten Kriterien bestellen konnte. Im echten Leben war es sehr viel umständlicher, einen Partner zu finden, aber gleichzeitig auch oft einfacher, denn man hatte ja Gefühle für denjenigen. Wenn man verliebt ist, so vermutete ich, machen die äußerlichen Eigenheiten des anderen nicht so einen großen Unterschied.

„Mädel, heute Abend geht es nur um dich, erst recht, weil

du bald ein Baby bekommen wirst. Du solltest feiern wie ein Rockstar!", sagte Teddy, nachdem wir alle aus dem Taxi geklettert waren.

Teddy kannte den Türsteher, sodass wir es schnell an der langen Schlange vorbei in den Club schafften. Er feierte mehr als alle anderen, die ich bei Kings Hotels kannte. Es überraschte mich immer wieder, wie er es rechtzeitig zur Arbeit schaffte, nachdem er regelmäßig bis drei oder vier Uhr früh aus war. Ich jedenfalls konnte weder so heftig noch so oft feiern. Mehr als einmal pro Woche schaffte ich nicht, und auch dann nur am Samstag, sodass ich mich den ganzen Sonntag lang erholen konnte.

Mein kurzes rotes Paillettenkleid hatte monatelang im Schrank gehangen, bevor ich es in jener Nacht endlich einmal wieder ausführte. Das Wetter war trotz der herbstlichen Jahreszeit warm genug, sodass ich den kurzen Weg bis in den Club gerade noch schaffte, ohne mir den Hintern abzufrieren.

Wir folgten Teddy zu einer Couch in der Nähe der Tanzfläche, die er reserviert hatte. Er gehörte nicht zu denen, die im VIP-Bereich oder in irgendeiner Ecke herumhängen wollten. Wenn wir schon ins Provoc gingen, dann sollte man uns auch sehen. Es machte Spaß, mit jemandem befreundet zu sein, der so extrovertiert war, denn ich für meinen Teil war absolut nicht so. Ich konnte mich gut durch ein Verkaufsgespräch oder auch einen Ausgehabend mogeln, aber in Wahrheit bevorzugte ich stets eher einen Abend auf meiner Couch und schaute mir Filme an.

Tischservice zu bestellen war in den meisten Clubs Pflicht, wenn man einen reservierten Bereich wollte, und auch hier war es nicht anders. Teddy hatte die Getränke für unsere Gruppe vorbestellt und die Kellnerin brachte uns gleich nach unserer Ankunft Red Bull, Wasserflaschen und

Wodka. Es war richtig aufregend, mit Teddy unterwegs zu sein, wenn er so protzte, denn unsere Nächte verliefen ganz anders, wenn wir für unsere Drinks selbst bezahlen mussten, das war uns allen klar.

„Danke Teddy, dass du für diesen wundervollen Abend gesorgt hast“, sagte ich in die Runde, als wir gemeinsam anstießen.

Wir prosteten uns alle zu und ließen die Gläser klirren.

„Lass uns eine Runde durch den Club drehen“, befahl Sarah und hievte mich von der Couch hoch. „Ich muss ein paar der verfügbaren Optionen anvisieren.“

„Okay.“

Ich war es schon gewohnt, Sarahs rechte Hand zu sein. Ich hatte keine Probleme dabei, passable Männer für ein Gespräch zu finden, aber ich fand dabei nie die Art von Verbindung, die für mehr als nur eine Nacht reichen würde. Die Männer in New York waren noch wählerischer als die Frauen. Außerdem suchten nicht viele von ihnen nach einer echten Beziehung, sondern wollten das Mädchen nur so schnell wie möglich ins Bett kriegen und dann wieder fallenlassen. Das hatte ich schon so oft gesehen, dass ich Sarahs lose Ansichten durchaus verstand, ich selbst hielt sowas allerdings nicht gut aus. Ich wollte wirklich jemanden finden, mit dem ich mehr teilen konnte als das Bett, und dafür war ich auch bereit, noch ein paar Jahre zu warten.

„Der?“, fragte Sarah und zeigte auf einen sehr jung aussehenden Typen, der bei einer Gruppe Frauen stand.

„Der, der gerade den jungen Gemüsegarten beackert?“

„Ja, ich finde, der sieht aus wie ein Aktienheini. Was denkst du?“

„Vielleicht, aber das ist eine große Gruppe von Ladies, gegen die du dich durchsetzen müsstest. Willst du dir das wirklich antun?“, fragte ich und lachte.

„Kein Problem“, sie zog mich zu der Gruppe. „Wir machen ein Ablenkungsmanöver“, fügte sie lachend hinzu.

Ich hatte keine Zeit mehr, davonzulaufen. Keine Chance mehr, den Wahnsinn aufzuhalten. Die Party würde steigen, mit oder ohne meine Zustimmung. Sarah steckte mir einen Hundertdollarschein zu und schob mich mitten in die Gruppe, bevor ich widersprechen konnte.

„Hey, wir hätten gern eine Flasche Grey Goose. Behalt den Rest“, sagte ich und gab dem gutaussehenden Kerl im Anzug die hundert Dollar von Sarah. Der Trick hatte bei ihr schon öfter funktioniert und seit einer Weile benutzte sie auch gerne mich, um den ersten Kontakt herzustellen. Beim ersten Mal hatte ich noch zugestimmt, seitdem wurde ich immer wieder für diesen Zweck eingespannt.

Wie vorgesehen lief mir der Kerl gleich hinterher und gab mir das Geld zurück. „Ich bin kein Kellner“, sagte er mit genervtem Gesichtsausdruck.

“Oh Gott, Julia, er sieht doch nicht einmal aus wie die Kellner hier. Wow, tut mir echt leid“, sagte Sarah, woraufhin ich ihr das Geld wieder zusteckte und mich anschickte zu gehen, um sie ihrer Männerjagd zu überlassen.

„Ist schon okay, sie hats bestimmt nicht böse gemeint.”

„Aber jetzt wo du schon mal weg bist von den Mädchen, willst du nicht einer richtigen Frau einen Drink spendieren?“, hörte ich Sarah noch sagen, bevor ich mich mit einem kurzen Blick verabschiedete und zurück an unseren Tisch ging.

Dort angekommen fand ich eine Gruppe Kerle vor, die Kendra bequatschten, während Teddy nur ob des ganzen Aufruhrs die Augen verdrehte. Kendra war eine Göttin, besser konnte man nicht beschreiben, wie sie in ihrem engen schwarzen Minikleid aussah. Ihre Haut hatte die Farbe von Ebenholz und strahlte mit ihren langen dunklen Locken um die Wette. Sie war umwerfend.

Es war schon oft so gewesen, dass sich die Männer einfach nicht zurückhalten konnten und sie anbaggern mussten, wenn wir abends unterwegs waren. Es fühlte sich meistens so an, als sei sie das Hauptziel der Avancen und ich nur der zweite Preis. Nicht, dass ich nicht auch toll ausgesehen hätte in meinem roten Kleid, aber sie hatte einfach so einen sexuellen Vibe, den sie versprühte. Meine Ausstrahlung sagte wohl etwas anderes aus, oder zumindest schob ich es immer darauf, wenn die Männer sich lieber an sie ranmachten.

„Unser Kellner ist verschwunden und ich brauche Cranberrysaft“, sagte Teddy. „Gehst du mit an die Bar?“

„Gern“, sagte ich lachend, als ich die drei Männer beobachtete, die an Kendra hingen.

Hätte ich auf einen davon Lust gehabt, hätte ich mich auch zu der Unterhaltung dazugesellen können, aber ich fühlte da keinerlei Schwingungen. Wenn überhaupt, dann hätte ich jetzt auch nur nach einem guten Kerl für die Nacht gesucht, und zwar für nur eine Nacht. Angesichts meiner neuen Entschlossenheit, Mutter zu werden, wollte ich mich gewiss nicht irgendwelchen Verpflichtungen unterwerfen.

„Absolut keine schwulen Typen hier heute.“

„Teddy, ich wette, es gibt mehr als du denkst. Du musst einfach losziehen und dich unter die Leute mischen. Mit uns dreien rumzusitzen bringt bestimmt dein Schwulenradar ganz durcheinander.“

„Ich weiß schon, aber es ist trotzdem nicht gerade einfach, hier Kerle aufzureißen. Das ist hier wie eine Würstchenparty für Frauen.“

„Vielleicht solltest du einfach auch nicht mit mir herumlaufen“, lachte ich. „So siehst du extrem hetero aus.“

Uns war natürlich beiden klar, dass das völliger Quatsch war. Teddy trug ein dekoratives lilafarbenes Hemd und dazu schrille Schuhe von Versace. Er war hier, um aufzufallen. Während wir an der Bar warteten, schielte ich zu einem großen Kerl hinauf, der rechts von mir stand. Er war ein außergewöhnlicher Mann, geradezu schön. Er überragte mich um Weiten, selbst mit meinen hohen Absätzen. Ich starrte ihn an, als er plötzlich zu mir herüberblickte und mich dabei erwischte. Irgendwie kam er mir bekannt vor, auch wenn ich ihn nicht recht zuordnen konnte, bis er zu sprechen begann.

„Ist viel los hier“, sagte er mit spitzbübischem Grinsen.

Da wusste ich gleich wieder, wer er war. Mike Cooper, ein Freund eines meiner älteren Brüder und irgendeine Art von Arzt, auch wenn ich mich nicht genau erinnerte, in welcher Sparte er sich spezialisiert hatte. Kurz dachte ich, er hätte mich auch erkannt.

„Ja, hier gehts immer rund.“

„Bist du oft hier?“, fragte er und lachte dann über seinen eigenen Spruch. „Wow, der war so standardmäßig wie‘s nur geht.“

„Tatsächlich komme ich nicht sehr oft her.”

Teddy schob sich in der Schlange vor mich, da sah ich, wie Mike zuerst ihn ansah, dann mich. Er schien schnell begriffen zu haben, dass wir nicht zusammen waren, sodass er seine Bemühungen um mich fortsetzte. Oder vielleicht war es ihm auch einfach egal, dass ich mit Teddy hier war, und er wollte so oder so mit mir flirten.

„Das ist ein unglaubliches Kleid. Darf ich dir vielleicht ein Getränk ausgeben? Ich bin übrigens Mike.“

„Hi, Mike. Ich bin Julia", sagte ich und wartete darauf, dass er beim Klang meines Namens checken würde, dass wir uns kannten.

Mike und mein Bruder Rob waren ziemlich gute Kindheitsfreunde gewesen. Rob war sieben Jahre älter als ich, ich war also noch wirklich klein gewesen, als Mike bei uns ein und ausging. Das letzte Mal, dass ich mich an einen Besuch erinnern konnte, war gewesen, als er in den Weihnachtsferien daheim war, da war ich gerade erst auf der High-School. Ich hatte immer nach Gründen gesucht, mit ihm und Rob und meinen anderen Brüdern zusammen abzuhängen, aber man hatte mich stets aus dem Zimmer verbannt. Wahrscheinlich wusste Mike Cooper nicht einmal, dass es mich gab. Je länger ich darauf wartete, dass er mich erkannte, desto offensichtlicher wurde das.

„Ein schöner Name für ein schönes Mädchen", sagte er und schüttelte sanft meine Hand. „Wie wäre es, wenn ich uns etwas zu trinken hole und wir uns ein bisschen an meinen Tisch setzen?"

„Immer noch ziemlich standardmäßig", zog ich ihn auf.

„Mag sein, aber das Problem ist, dass ich mich wirklich gerne mit dir unterhalten würde, und das können wir hier in dieser Menschenmenge echt vergessen."

„Ich geh wieder zurück zur Couch", sagte Teddy und platzte mitten zwischen uns. „Ja, ich komm später rüber." Er sah Mike an und zwinkerte mir dann zu. „Guter Fang."

„Na schön, jetzt wo du seine Zustimmung auch hast, kann ich wohl nur ja sagen", meinte ich schulterzuckend und stellte mich neben Mike an die Bar. Ich wollte ihm gerade sagen, was ich zu trinken wollte, doch da lehnte er sich schon zum Barkeeper vor und bestellte selbst.

Ich hatte keine Ahnung, was er zu dem Mann gesagt hatte, aber wir verließen die Bar ohne Getränke. Mike ließ seine Hand nach unten gleiten, um meine zu nehmen, und ich folgte ihm ans andere Ende des Clubs, wo er in einer Ecke einen Privattisch hatte.

Sich in so einem Club bei der Hand zu nehmen war nicht wirklich das Gleiche wie Händchenhalten. Es war einfach eine Notwendigkeit, um sich nicht zu verlieren. Trotzdem fühlte sich seine Hand stark und fest an, während sie gleichzeitig extrem weich war. Er führte sich nicht auf wie die Chirurgen, die man sonst so beim Ausgehen traf, die hatten nämlich üblicherweise eine ziemlich eigenwillige Attitüde an sich. Ich mühte mich ab, mich zu erinnern, was für ein Arzt Mike geworden war, aber ich kam beim besten Willen nicht drauf. Es war schließlich auch schon Jahre her, seitdem wir zuletzt über ihn gesprochen hatten. Als ich nach New York gezogen war, hatte Rob nur mal erwähnt, dass sein alter Freund auch hier lebte.

„Unsere Drinks sollten bald da sein", sagte Mike und bedeutete mir, es mir auf der Couch bequem zu machen.

Er setzte sich nicht gegenüber, sondern direkt neben mich. Es kam nicht wirklich romantisch rüber, eher aufdringlich. Wenn er mich wirklich nicht erkannte, dann saß er im Grunde neben einer Fremden und wollte einfach nur flachgelegt werden.

Nicht alle Kerle in New York waren Ärsche. Ich hatte schon einige nette Typen getroffen, aber das bedeutete leider noch lange nicht, dass ich sie auch attraktiv fand oder eine Verbindung zu ihnen spürte. Im einundzwanzigsten Jahrhundert mussten sich Frauen nicht mehr mit einem Mann zufriedengeben, der ihre Ansprüche nur zur Hälfte erfüllt, und ich wollte mich einfach nicht mit Typen abgeben, die von vornherein nicht wirklich zu mir passten.

Ein paar von ihnen hatten schon vielversprechend gewirkt, aber der Funken war immer schnell erloschen und ich hatte mich lieber wieder auf meine Karriere konzentriert. Bisher war da bei Mike definitiv auch so ein Funke, aber nichts allzu Verrücktes, und außerdem waren meine Gefühle für ihn wahrscheinlich nur Überbleibsel meiner kindlichen Verknalltheit von damals.

„Oh mein Gott, Julia, du musst unbedingt mitkommen”, sagte Kendra, nachdem sie an den Tisch gekommen und sich neben uns gesetzt hatte.

„Kendra, das ist Mike“, sagte ich.

„Hallo Mike, ich verspreche, du bekommst sie gleich wieder zurück, aber ich brauche sie kurz.“ Sie bestand darauf und packte meine Hand, um mich von der Bank zu zerren. Mike hatte keine andere Wahl, als aus dem Weg zu gehen.

Er war höflich und lächelte ob der kleinen Störung, aber er war sichtlich genervt. Kendra würde mich normalerweise bestimmt nicht in so einer Situation unterbrechen, also war ich ziemlich gespannt, was los war und wieso es so dringend sein sollte.

„Zehn Minuten?“, fragte Mike an Kendra und hob spielerisch die Augenbrauen. „Danach klaue ich sie wieder zurück.“

„Ja, zehn Minuten reichen“, sagte Kendra und riss mich mit sich in die Menge hinter ihr.

„Was war das denn jetzt? Der ist super süß, du machst dir doch wohl keine Sorgen wegen dem Typen?“

„Nein, nicht wegen ihm. Es geht um Sarah, sie ähm...“, Kendra blieb abrupt stehen.

Ich sah mich um und versuchte herauszufinden, was los war. Es war eine Traube von Menschen um uns herum und als ich zu der Couch sah, auf der wir vorher gesessen hatten, erkannte ich den Notfall schließlich.

„Das ist nicht wahr!“, rief ich und riss mir die Hand vor

die Augen.

„Ja, ich bin mir ziemlich sicher, dass die Bullen schon verständigt wurden, vielleicht lässt man sie aber auch noch fertig machen?“, meinte Kendra und zuckte die Achseln.

Sarah hatte ihren neuen Toy Boy mit auf unsere reservierte Couch genommen. Dort ritt sie ihn gerade und vögelte dem Kerl das Gehirn raus, mitten im Club. Zuerst war ich mir nicht sicher, ob ich meinen Augen noch trauen konnte. Sarah war sexuell extrem enthemmt und wir wussten auch von ihrer exhibitionistischen Neigung, aber das hier war selbst für ihre Verhältnisse extrem.

„Wo ist Teddy?”, fragte ich.

„Da“, Kendra zeigte auf Teddy, der etwa drei Meter entfernt stand und sich mit einem Mann in violetten Schuhen unterhielt. Sie sahen wie ein richtig süßes Pärchen aus mit ihrer farblichen Abstimmung.

„Soll ich sie unterbrechen?“, fragte ich und hoffte, dass die Antwort nein sein würde.

„Ja, ich geh da nämlich ganz bestimmt nicht rüber. Man wird sie verhaften. Wieso macht sie denn solche Sachen?“

„Ich weiß nicht“, antwortete ich und begab mich widerwillig in Richtung der Couch. Ich war fast da, als drei Polizisten die Treppe herunterkamen und sich zu Sarah und ihrem neuen Freund gesellten.

Es gab kein großes Aufsehen. Kein Geschrei und keinerlei Szenen. Einer der Polizisten stellte sich einfach neben die Couch, woraufhin Sarah und ihr Kerl ihn beide ansahen. Kurz war ich mir nicht einmal sicher, ob sie überhaupt mit dem Sex aufhören würden, aber sie taten es dann doch und als Sarah aufstand und ihr Kleid wieder nach unten zog, applaudierten die Leute ringsherum den beiden.

Sie und der Junge wurden in Handschellen gelegt, da

eilte ich hinüber, um zu sehen, ob ich etwas tun konnte. Ich war keine Rebellin wie sie, allein schon die Anwesenheit der Polizisten jagte mir Angst ein, Sarah aber sah völlig gelassen aus.

„Soll ich jemanden anrufen?", fragte ich.

„Ja. Teddy hat die Nummer meines Anwalts. In welche Wache bringen Sie mich?“, fragte sie die Beamten.

„Gleich hier um die Ecke“, antwortete einer von ihnen.

„Okay“, meinte Sarah entspannt. „Dann schickt ihn einfach dorthin.“

Die Polizisten brachten sie weg, bevor ich noch weitere Fragen stellen konnte, also hoffte ich wirklich, dass Teddy Bescheid wusste und ihr helfen konnte. Der war jedoch mitten im totalen Flirtmodus und hatte noch nicht einmal mitbekommen, was passiert war.

„Sarah wurde gerade verhaftet, weil sie direkt hier auf der Couch Sex gehabt hat! Sie meinte, du hättest die Nummer von ihrem Anwalt. Kannst du ihn anrufen und sagen, dass er zu ihr kommen soll? Die Polizisten haben gesagt, die Wache sei gleich hier um die Ecke.“

„Warte, hatte sie etwa Sex mit dem Polizisten?“, fragte Teddy lachend.

„Nein, die Sache ist Ernst.“

„Ja, ich kann mich drum kümmern, eine Sekunde.“ Er drehte sich zu seiner neuen Bekanntschaft um und ließ mich stehen.

Ich wusste nicht, was ich tun sollte. Teddy war es wohl ziemlich egal, was abging, denn wenn er mit diesem Typen nach Hause ging, würde er den Anwalt bestimmt nicht vor morgen anrufen. Ich wartete ungeduldig, während er und sein Kerl eine gefühlte Ewigkeit weiterplauderten.

Es dauerte fast zwanzig Minuten, bis Teddy endlich mit dem Typen die Nummern austauschte und zu mir rüberkam. Zu dem Zeitpunkt hätte ich ihn vor lauter Frustration schon beinahe angeschrien, aber das war eines der Probleme, wenn man mit seinem Boss befreundet war: Man durfte ihn nicht beleidigen, auch wenn er sich mies benahm.

„Teddy, komm schon. Ruf jetzt einfach ihren Anwalt an“, sagte ich, als Kendra gerade wieder zu uns stieß. „Wo warst du denn jetzt?“

„Bin aufgehalten worden.“

„Was ist denn nur los mit euch beiden? Unsere Freundin wurde gerade verhaftet und ihr habt wirklich nichts Besseres zu tun, als mit irgendwelchen Leuten zu flirten? Sie braucht unsere Hilfe“, sagte ich schon etwas panisch.

Teddy lachte und Kendra zuckte nur mit den Schultern. Die beiden raubten mir den letzten Nerv und ich war kurz davor, einfach selbst zur Polizeistation zu gehen, wenn ich nicht bald Hilfe bekommen hätte.

„Sie ist vor drei Wochen schon mal verhaftet worden, als wir zusammen aus waren“, sagte Teddy, nachdem er zu Ende gelacht hatte. „Das passiert ihr häufiger, als du glauben würdest. Bist du etwa zum ersten Mal dabei?“

„Was? Wieso hab ich davon noch nie etwas gehört?“

„Vielleicht wollte sie dich nicht wissen lassen, wie pervers sie wirklich ist“, lachte Kendra.

„Und was passiert jetzt? Muss sie länger im Gefängnis bleiben?“

„Nein.“ Teddy tätschelte mir den Rücken. „Sie kassieren sie ein und sie zahlt eine Strafe. Ihr Anwalt kommt vorbei und entweder lassen sie die Anklage fallen oder sie muss ins Gericht. Dann verhandelt ihr Anwalt ein Bußgeld oder gemeinnützige Arbeit aus und das wars. So schlimm ist das wirklich nicht. Beruhig dich.“

„Im Ernst?“, fragte ich, etwas schockiert darüber, was ich da hörte.

„Ja, ihr passiert schon nichts. Ich schreib dem Anwalt. Seine Nummer hab ich ja. Geh und amüsier dich. Wo ist der heiße Typ, der dich vorhin an der Bar angemacht hat?“

Ich erschrak, als ich begriff, wie lange ich Mike hatte warten lassen. Er dachte wahrscheinlich, ich hätte ihn einfach sitzen gelassen. Inzwischen wäre es bestimmt total peinlich, wieder da rüber zu gehen.

„Das werden wir schon klären“, sagte Kendra aufmunternd, während Teddy auf seinem Handy tippte und davonging. „Keine Sorge. Der wartet bestimmt immer noch.”

Wir gingen gemeinsam zu dem Tisch zurück, wo wir Mike zurückgelassen hatten. Aber anstelle von Mike saß dort jetzt ein gleichermaßen gutaussehender Typ mit einer Frau. Sie aßen Erdbeeren und tranken Champagner, wahrscheinlich die Sachen, die Mike für mich bestellt hatte.

„Na das hab ich ja ganz schön vermasselt.“

„Der ist noch da. Wir gehen ihn suchen“, meinte Kendra.

„Nein, ich glaub, ich geh einfach nach Hause. Ich bin fertig und ich will sowieso niemanden abschleppen. Ich will einfach nur schwanger werden und Mutter sein. Treffen wir uns dann daheim?“

„Klar, ich schreib dir, falls ich heute jemanden zum Spielen finde und auswärts schlafe. Aber bist du sicher? Es sollte doch deine große Feier werden.“

„Ich weiß, aber ist schon gut, wirklich. Ich bin gerne zu Hause“, lachte ich.

Kendra sah mich an, dann wanderten ihre Augen über meine Schultern hinweg. Ich fühlte, wie jemand von hinten an mich herantrat und wusste gleich, dass es Mike war. Kendra grinste so breit, dass es gar nicht anders sein konnte. Sie zwinkerte mir zu und entfernte sich.

Langsam wandte ich mich um.

„Ich glaube, ich wurde noch nie schon vor dem ersten Drink sitzen gelassen“, sagte er und lächelte auf mich herab.

Kapitel 2

Mike

Sie reagierte nicht auf meine Witzelei und starrte stattdessen nur zu mir herauf, als hätte ich sie gerade bei irgendwas Schlimmem erwischt. Bevor ich sie mit diesem Blick gesehen hatte, war ich eigentlich überzeugt gewesen, dass sie nur irgendwie die Zeit übersehen hatte. Jetzt fragte ich mich aber schon, ob sie mich eigentlich wirklich hatte sitzen lassen wollen.

„Ja, ich bin wohl nicht so gut im Abhauen", sie berührte schelmisch meinen Oberarm und beugte sich zu mir vor. Ich bückte mich, damit sie mir etwas ins Ohr flüstern konnte. „Meine Freundin ist dabei erwischt worden, wie sie auf einem der Sofas Sex hatte. Sorry. Ich war dadurch etwas abgelenkt."

„Beste Ausrede aller Zeiten", sagte ich. „Aber unsere Drinks habe ich einem Freund gegeben. Sollen wir uns neue besorgen oder tanzen gehen?"

Ich wurde das Gefühl nicht los, dass ich Julia irgendwoher kannte. Sie war viel zu nett zu mir, um eins der Mädchen zu sein, mit denen ich geschlafen und die ich dann vergessen hatte, es musste also eine andere Erklärung geben, wieso sie mir so verdammt bekannt vorkam.

Ihr langes braunes Haar war leicht wellig und sie trug es hinten zusammengeklammert, sodass man ihren Nacken sehen konnte – ein Nacken, den ich nur zu gern geküsst hätte. Es gab ja oft eine spürbare Chemie, wenn man jemanden kennenlernte, aber bei Julia und mir triefte es geradezu vor Spannung. Ihr glitzerndes rotes Kleid schmiegte sich an jede Kurve ihres Körpers.

Sie lächelte mich an, während sie sich überlegte, welches meiner Angebote sie annehmen sollte. Ich hätte ihr natürlich gerne noch mehr Schampus und Erdbeeren besorgt, eine Unterhaltung mit ihr wäre bestimmt schön gewesen. Aber wenn sie mit mir ein paar Runden über die Tanzfläche schwingen wollte, sollte mir das auch nur recht sein, das würde mir eine Gelegenheit geben, ihren Körper zu spüren.

„Erst tanzen, dann trinken“, beschloss sie schließlich.

Manchmal wundere ich mich in der Gegenwart schöner Frauen über mich selbst, aber ich packte sie und hob sie vom Boden, um sie auf die Tanzfläche zu tragen. Sie war leicht wie eine Feder und ihre Lippen kamen ganz nahe an meine. Es wäre die perfekte Gelegenheit gewesen, sie zu küssen, hätte ich sie nicht erst vor einer Stunde getroffen. Wobei ich die meiste Zeit davon damit verbracht hatte, sie irgendwo im Club zu suchen. Nein, diese Urtriebe musste ich fürs Erste wohl noch im Zaum halten.

„Wow, alles klar“, sagte sie lachend und warf den Kopf in den Nacken. „Ein verwegener Move.“

„Du verdienst nichts Geringeres.“

Ich wusste nicht viel über dieses Mädchen, aber irgendetwas zog mich zu ihr hin, wie ich es schon seit sehr langer Zeit nicht mehr gespürt hatte. Vielleicht im College, da hatte es Lisa gegeben, aber auch das hatte nicht lange gehalten, denn unsere jeweiligen Karriereambitionen waren uns in die Quere gekommen. Dieses Mädchen war aufregend, und dabei meine ich nicht nur die sexuelle Erregung, die bereits eine Beule in meiner Hose hervorrief. Wir tanzten zur House-Musik.

Die Tanzfläche war für eine vernünftige Unterhaltung viel zu laut. Das ermöglichte es wiederum, dem körperlichen

Charisma zwischen uns freien Lauf zu lassen, um uns auszutauschen. Die Musik pochte und ich tat mein Bestes, Julia nicht allzu genau spüren zu lassen, wie sehr sie mich mit ihren sexy Hüften und den verführerischen Bewegungen erregte.

Ich war nicht zu einem der begehrtesten Junggesellen in New York City geworden, indem ich mich bei Frauen blöd anstellte. Ich konnte liebenswürdig, süß und aufmerksam sein. Oft fühlte sich das aber eher wie ein Spiel an, das ich spielte, und es wurde allmählich langweilig. Die Frauen wussten in der Regel, wer ich war. Sie hatten einen der Artikel gelesen oder einen Fernsehbeitrag gesehen. Julia sah mich allerdings nicht wie eine von jenen Frauen an. Ihr Blick ging viel tiefer, als ich es gewohnt war. Er machte mich ein wenig unbehaglich und irgendwie brachte sie mich aus dem Konzept.

Beim Tanzen ließ ich immer ein paar Zentimeter Abstand zwischen uns, bis Julia das Zepter in die Hand nahm und ihren prächtigen Hintern direkt an meinem Körper rieb. So war meine Erregung unmöglich zu verbergen und ich war schon darauf gefasst, dass sie sich schnell wieder zurückziehen würde, aber anstatt vor meinem harten Teil zu flüchten, drückte sie ihr Heck sogar noch fester an mich. Sie sah mich über die Schulter hinweg neckisch an und da war es um mich geschehen. Ich wusste, dass ich sie heute noch mit nach Hause nehmen würde.

Ich konnte mich keine Minute länger benehmen und packte ihre Hüften, um sie an mich zu pressen. Meine sonst so gelassene Attitüde konnte ich kaum aufrechterhalten, denn mein Verlangen nach diesem Mädchen pochte immer fester und fester. Selbst als ich sie schon umfasst hielt und an mich drückte, tanzte Julia verführerisch weiter und ermunterte mich, unser kleines Spielchen fortzusetzen.

„Du machst mich fertig“, keuchte ich, als sie sich

umdrehte und ihren Körper an mich drückte.

Ich fühlte ihre weichen Brüste auf mir und ließ meine Hände nach unten zum offenen Rücken ihres Kleides gleiten. Als ich die Rundung ihres Pos erreichte, hätte ich es beinahe geschafft, mich zurückzuhalten, aber ich konnte nicht. Eine meiner Hände glitt durch die Öffnung ihres Kleides und ich packte ihr perfekt geformtes Hinterteil. Dieses Mädchen war zum Anbeißen.

Es war egal, was für Musik in dem Club spielte, Julia und ich tanzten zu unserem eigenen Rhythmus. Sie umschlang mich mit den Händen und zog mir das Hemd aus der Hose, damit sie ihre Finger an meinem Rücken entlanggleiten lassen konnte.

Chemie war das einzige Wort, mit dem zu beschreiben war, was da zwischen uns vorging. Sexuelle Chemie. Unsere Körper waren füreinander gemacht. Ich hatte durchaus schon Frauen getroffen, die ich ebenso in die Mangel hatte nehmen wollen wie Julia, ich hatte nur noch nie eine getroffen, die mein Niveau an Lüsternheit tatsächlich erwiderte.

Wir tanzten fast eine Stunde lang in dem heißen, stickigen Tanzclub. Wir bekamen beide kaum etwas von unserer Umgebung mit, denn wir waren voneinander in den Bann gezogen. Sie lächelte mich immer wieder süßlich von unten an, aber dann verwandelte sich ihr Lächeln in Verlangen und ich fühlte ihre Hände, die unter meinem Hemd auf Entdeckungsreise gingen. Ich rechnete schon fast damit, dass sie mitten im Club meine Erektion packen würde, aber ganz so weit ging sie dann doch nicht.

„Kann ich sie mir kurz ausborgen?“, rief Julias Freundin, die hergekommen und auf der Tanzfläche zu uns gestoßen war.

Ich glaubte ihr nicht, dass es nur für eine Minute sein

würde, aber ich nickte dennoch zustimmend. Dieses Mal folgte ich den zwei Frauen von der Tanzfläche und behielt sie im Blickfeld. Julias Freundin sagte ihr etwas ins Ohr und zeigte dann auf einen gutaussehenden Typen in der Nähe. Die zwei umarmten sich und dann kam Julia zurück zu mir. Es war eine gute Gelegenheit, eine Pause einzulegen, also deutete ich in Richtung des Tisches, den ich hinten in der Ecke reserviert hatte.

Julia griff nach meiner Hand und hielt sie fest, dann führte ich uns zurück zum Platz. Ihre zierlichen Finger passten perfekt in meine Hand und ich drückte sie verspielt, als wir zum Tisch kamen, wo Taylor schon mit einer Frau saß

„Er ist mein Freund, lass uns zu ihnen setzen“, sagte ich laut genug, damit sie mich hören konnte.

In die Clubs zu gehen war unterhaltsam, weil die Frauen meistens für jeden Spaß zu haben waren. Na ja, zumindest die meisten von ihnen. Aber es war leider auch schwer, sich mit jemand Interessantem wie Julia zu unterhalten.

„Moment mal, ich glaube, den habe ich schon mal in einer Zeitschrift gesehen“, sagte sie.

„Vielleicht.“ Ich musste lachen, denn das Magazin, in dem sie Taylor gesehen hatte, war dasselbe, in dem auch ich zu finden war, aber das wollte ich ihr nicht auf die Nase binden.

Frauen waren einfach wundervoll, ich genoss ihre Anwesenheit in allen Aspekten des Lebens und ich verehrte die weibliche Form. Mein Verständnis war allerdings begrenzt und es störte mich oft insbesondere, wenn Frauen aufdringlich oder grob zueinander wurden, nur um mit mir reden zu können. Ich bemerkte eine Gruppe Mädchen, die uns beobachteten, als wir uns an den Tisch setzten. Ich sah kurz hinüber und legte dann meinen Arm um Julias

Schultern, bevor ich sie Taylor vorstellte.

„Taylor, das ist Julia“, rief ich, damit er mich verstand.

„Hi Julia, das hier ist Star“, sagte er und stellte damit die blonde Sexbombe vor, mit der er sich meinen Champagner geteilt hatte.

„Freut mich sehr“, fügte er hinzu und streckte sich, um Julias Hand zu schütteln.

Wir waren kaum mit der Vorstellungsrunde fertig, als die Gruppe von vier Frauen sich herüber zu uns an den Tisch stellte. Sicher hatten sie nicht vorgehabt, unsere Flirts zu stören, doch dann fiel mir ein, dass es vermutlich genau das war, worauf sie aus waren.

„Oh mein Gott, Jungs. Tut uns echt leid, dass wir stören, aber dürfen wir schnell ein Foto mit euch beiden machen?“, sagte eine der Frauen und sah zu Julia und Star, als würde sie um deren Erlaubnis bitten.

„Tut mir leid Ladies, jetzt nicht“, antwortete ich.

„Bitte, es geht auch ganz schnell.“

„Nein, sorry“, wiederholte ich und wandte mich dann zu Julia um.

Anstatt verärgert über die Unterbrechung zu sein, lächelte sie jedoch und nickte mir zu, dass ich das Foto machen gehen sollte. Sie schob mich praktisch von der Sitzbank, während sie über die Absurdität der ganzen Situation lachte. Julias Beispiel folgend schickte Star auch Taylor los, um sich fotografieren zu lassen, auch wenn sie nicht annähernd so amüsiert von der Angelegenheit aussah.

„Soll ich für euch das Foto machen, Mädels?“, fragte Julia noch, hüpfte auf und schnappte sich das Handy von einer der Frauen.

„Ja, danke“, war die Antwort.

Diese Mädchen waren wahrscheinlich kaum alt genug, um überhaupt in dem Club zu sein. Sie waren jedenfalls allesamt nicht mein Typ und ihre Dreistigkeit war außerdem extrem abtörnend. Ich machte die Fotos einfach nur, um sie wieder loszuwerden.

Taylor kam zu mir und wir standen inmitten der Frauen und lächelten in die Kamera. Aber nachdem Julia ein Bild gemacht hatte, fragte natürlich eines der Mädchen nach einem Foto mit Taylor allein, wieder ein anderes wollte eins nur mit mir. Das Ganze dauerte noch mindestens zehn Minuten, bevor wir endlich fertig waren.

Als ich mich wieder neben Julia setzte, war ich übel gelaunt. Ich hatte absolut keine Lust, als diese Art von Kerl herüberzukommen. „Tut mir echt leid wegen dieses ganzen Theaters", sagte ich und schenkte uns jeweils ein Glas Champagner ein.

„Ist überhaupt nicht schlimm", sagte sie mit demselben verspielten Grinsen. „Das war sehr unterhaltsam. Ich wette, die reden jetzt noch wochenlang über euch beide."

„Normalerweise würde ich sowas nicht zulassen, wenn ich mit einer Frau auf einem Date bin. Glaub bitte nicht, dass das normal für mich ist."

„Na, gottseidank sind wir ja nicht auf einem Date", lachte Julia. „Außerdem macht mir das nichts aus. Es kommt bestimmt auch gleich eine Gruppe Kerle, die mit mir Fotos machen wollen." Sie verdrehte theatralisch die Augen und ich konnte mich vor Lachen kaum halten.

„Ach ja?"

„Allerdings, ich weiß, es ist schwer, mit jemandem wie mir mitzuhalten", sagte sie weiter. „Ich werde mir Mühe geben, damit du dich nicht als Außenseiter fühlen musst."

„Ja, bitte mach das! Wie wäre es denn mit noch etwas

mehr Champagner und was zu essen?“, fragte ich, was allerseits mit Nicken beantwortet wurde.

Ich hob Julias Hand an meine Lippen und gab ihr einen schnellen Kuss, bevor ich mich zur Bar begab, um uns Nachschub zu besorgen. Wieder brachte sie mich aus dem Konzept. Ihre leichtherzige Art, die Situation zu handhaben, war so perfekt gewesen, dass ich mir gar keine bessere Reaktion hätte vorstellen können. Sie hatte die Frauen gesehen und war gleich freundlich und einladend zu ihnen gewesen, ja hatte ihnen sogar noch mit dem Foto geholfen, das war schon echt klasse.

Schon jetzt erfüllte sie fast alles, was ich mir bei einer Frau wünschte, dabei kannten wir uns kaum. Ich wollte sie wirklich kennenlernen, sodass ich im Geiste plötzlich umschwenkte und nicht mehr nur daran dachte, sie mit nach Hause zu nehmen, sondern mich wirklich mit ihr unterhalten und etwas über sie erfahren wollte. Hätte man mich nur ein paar Stunden zuvor gefragt, ob ich an irgendeiner Art von Beziehung interessiert wäre, hätte ich das vehement verneint.

„Wow Alter, die gefällt mir“, sagte Taylor, der zu mir an die Bar gekommen war.

„Ich weiß. Sie kommt mir außerdem auch so bekannt vor. Ist sie irgendwie berühmt oder so?“

„Nicht, dass ich wüsste, aber mit den Mädels ist sie richtig professionell umgegangen. Würde mich nicht wundern, wenn sie fürs Fernsehen arbeitet oder irgendwas mit PR zu tun hat. Wie auch immer, guter Fang.“

„Danke. Ich werd nur irgendwie das Gefühl nicht los, dass ich sie kenne. Das ist echt schräg.“

„Wie heißt sie?“, fragte er.

„Weiter als bis zum Vornamen bin ich bisher nicht

gekommen."

„Na schön, lass mich wissen, wie es läuft. Ich nehme mein Date jetzt mit auf die Tanzfläche und dann gehts ab nach Hause. War schön, dich mal wieder zu treffen. Reden wir diese Woche nochmal? Würde mich interessieren, ob du noch draufkommst, wer sie ist."

„Abgemacht." Taylor und ich umarmten uns kurz und er ging zurück zum Tisch, um sein Mädchen zu holen. Die beiden waren gerade auf dem Weg in Richtung Tanzfläche, als ich mit dem frischen Champagner zurückkam.

„Ich dachte, an den Tischen hier müsste man jemanden dafür bezahlen, dass er das für einen übernimmt?", fragte Julia.

„Ich weiß, aber ich hab sie den ganzen Abend lang noch nicht gesehen."

„Das kommt mir ziemlich ungewöhnlich vor", antwortete sie und nahm meine Hand, nachdem ich mich wieder gesetzt hatte.

„Sie bringen uns gleich ein paar Snacks. Ich hoffe, du hast Hunger."

„Ich bin am Verhungern, total unterernährt, ich könnte ein kleines Kind auffressen", scherzte sie.

„Hoffentlich muss es soweit nicht kommen."

Ich konnte nicht widerstehen, und als ich ihr süßes, kleines Lächeln sah, da beugte ich mich vor und berührte sie mit meinen Lippen. Zuerst zog sie sich ein wenig zurück, aber wohl nur aus Überraschung über den Kuss, denn sie erwiderte ihn kurz darauf. Ihre Hände legten sich um meinen Nacken und ihre Finger krallten sich in meine Haare.

Julia öffnete ihren Mund und drehte sich leicht zur Seite, um meine Zunge hereinzulassen. Der köstliche Geschmack ihres Mundes elektrisierte mich und der Effekt schien bei ihr ähnlich zu sein, denn ich fühlte, wie sie eines ihrer Beine nahm und zwischen meine schob. Sie wollte mich, ihr Körper verriet es mir, es war nicht zu übersehen.

„Wow, das war schön“, sagte sie, als wir uns endlich voneinander gelöst hatten.

„Ja, allerdings.“

Ich goss zwei neue Gläser Champagner ein und gab ihr eines davon. Ihr roter Lippenstift war von unserem Geknutsche nicht einmal verschmiert. Meine Augen blieben auf ihre Lippen fixiert, während sie mit dem Rand des Glases spielte und es dann langsam hob, um die Flüssigkeit in ihren Mund gleiten zu lassen.

„Was?“, fragte sie unschuldig, als sie mein Starren bemerkte.

„Ich habe das Gefühl, dass ich dich kenne“, sagte ich schließlich.

„Ach, wirklich?“, fragte sie und wandte sich dann kokett ab. „Das ist ein ziemlich guter Spruch.“

„Ist tatsächlich ein bisschen kitschig, sorry.“

„Ich weiß, was du meinst. Ich hab auch das Gefühl, dich zu kennen. Vielleicht ist es ja tatsächlich so?“ Sie zwinkerte und widmete sich dann wieder ihrem Champagner.

„Ist das so?“

Gerade als ich gefragt hatte, kam die Kellnerin mit dem Essen an unseren Tisch. Ich hatte viel zu viel bestellt. Ich fühlte mich plötzlich ziemlich albern, als alles gebracht worden war und ganze sechs Platten vor uns standen. Ich hatte gedacht, Taylor und seine neue Freundin würden uns Gesellschaft leisten, aber jetzt sah es so aus, als hatte ich vorgehabt, Julia mit einer Tonne Appetithäppchen zu mästen.

„Ich bin am Verhungern“, sagte sie und trank noch ein Glas Champagner, während wir uns auf die verschiedenen Happen stürzten.

„Du bist wunderschön. Ich wollte dich das nur wissen lassen, bevor ich mich mit Essen vollstopfe.“

„Du siehst aber auch nicht unbedingt schlecht aus, Mike“, antwortete sie, bevor sie eine ganze gefüllte Jalapeño mit einem Bissen verschlang.

Ihre Augen wurden groß und füllten sich dann mit Tränen. Sie sah mich an, als sollte ich ihr helfen, aber ich konnte nichts weiter tun, als ihr noch etwas von dem Champagner nachzuschenken. Ich war mir nicht einmal sicher, ob das helfen würde, ihre Zunge zu kühlen, nachdem sie gerade eine ganze Chilischote gegessen hatte.

„Hast du nicht gewusst, dass das eine Jalapeño war?”

„Nein“, sagte sie, immer noch mit vollem Mund. Ihre Backen waren aufgeplustert und sie kaute immer noch. „Schon okay“, sagte sie mehr zu sich selbst, als zu mir. „Mir gehts gut.“

„Spucks einfach aus, ist schon gut“, sagte ich und gab ihr eine Serviette. „Die sind nicht für Jedermann.“

„Nein, kein Problem“, beharrte sie und kaute weiter. „Ich finds gut. Ich hatte nur keine Chilis erwartet.” Sie lachte schwach, auch wenn sie überhaupt nicht so wirkte, als ob sie Spaß hätte.

Ihre reine, weiße Haut hatte die Farbe ihres Kleides angenommen. Sie stürzte ein Glas Champagner hinunter, dann gleich noch eins, bevor sie die Chili endlich fertig gekaut und geschluckt hatte. Während der ganzen Tortur lächelte sie so gut sie konnte und sah insgesamt unglaublich niedlich aus.

„Ich fühl mich schrecklich. Tut mir leid, dass ich dich

nicht gewarnt habe. Die sehen wohl ziemlich ähnlich aus wie gefüllte Pilze."

„Ja, tun sie wirklich", sagte sie lachend.

„Entschuldige bitte." Ich zog sie an mich, um sie zu umarmen, und hielt sie eine Weile so fest. „Du hast ausgesehen, als würde dich das Ding gleich töten. War es furchtbar scharf?"

„Nein, alles gut. Ich hab mich nur überraschen lassen."

Der Raum und die Leute um uns herum verschwanden, während sie für einen Moment in meinen Armen lag. Ich war nicht wirklich der Beschützertyp, zumindest hatte ich mich noch nie als diese Art von Persönlichkeit gesehen, aber in Julias Gegenwart fühlte ich mich anders als sonst. Ich hatte sie gerade diese Chili essen lassen und ich hätte wirklich etwas sagen müssen, aber es war alles zu schnell passiert. Für einen Augenblick fürchtete ich, dass sie sauer oder wütend auf mich werden würde, den meisten Frauen wäre es wahrscheinlich so gegangen. Ich erwartete einen zickigen Kommentar, aber er kam nicht. Ich versuchte noch, mir Gründe zu überlegen, dieses Mädchen nicht zu mögen, aber es war aussichtslos.

Julia wirkte überhaupt nicht erzürnt. Als sie den Kopf hob, lächelte sie und lachte bereits wieder über die ganze Sache. Genau diese Art von lockerer Persönlichkeit war es, was ich bei einer Frau suchte, denn so hätten auch ich und meine Kumpels auf etwas Vergleichbares reagiert. Die Mädels, die man sonst so traf, schienen solche Dinge jedoch überhaupt nicht witzig zu finden. Die Letzte, mit der ich auf einem Date gewesen war, hatte mich tatsächlich einen Arsch genannt, noch bevor wir die Vorspeise aufgegessen hatten.

„Ist wahrscheinlich gut, dass das hier kein erstes Date ist", gluckste Julia. „Da wäre es mir peinlich gewesen, dass mir der Rotz aus der Nase läuft." Sie wischte sich behutsam die Nase mit einer Serviette.

„Du siehst immer noch richtig gut aus, sogar mit Rotz", lachte ich. „Wie wäre es denn, wenn wir irgendwann auf ein richtiges erstes Date gehen?"

„Ich denke, das sollte sich einrichten lassen. Das hier zählt also wirklich nicht als Date? Ich würde dich nämlich echt gerne mit heimnehmen und etwas Spaß haben. Aber auf einem ersten Date würde ich so etwas natürlich nicht tun", sagte sie neckisch.

„Es ist definitiv kein erstes Date", antwortete ich, um sie zufriedenzustellen.

Wer war dieses Mädchen? Wie kam es, dass ich mich so mit ihr verbunden fühlte, wo ich doch gar nichts über sie wusste? Sie hatte einen großartigen Humor und einen Körper mit Kurven, von denen ich kaum die Augen lassen konnte.

Wieder verblasste die Musik und wir beide saßen gemeinsam da, als wären alle anderen einfach verschwunden, während wir uns weiterhin unterhielten und uns wunderbar amüsierten. Wir sprachen über vieles, aber über nichts wirklich Persönliches. Unsere Meinung über das neue Stück am Broadway, worauf wir uns in der Stadt diesen Herbst schon freuten, und sogar über die U-Bahn und die ständigen Probleme mit dem Handyempfang. Ich traute mich nicht, ihr zu sagen, dass ich die U-Bahn eigentlich kaum mehr benutzte, aber es war schon seltsam, dass es heutzutage nicht möglich zu sein schien, dass sie in den Schächten Mobilnetz und WLAN zustande brachten.

Das Gespräch zwischen uns floss leichtfüßig von einem Thema zum nächsten, während wir an unserem Champagner nippten und Fingerfood aßen. Es war das beste erste Date, das ich seit langem gehabt hatte, besonders wenn man bedachte, dass es gar kein Date war. Vielleicht kamen wir deshalb so gut miteinander aus, es gab keine erzwungene Intimität, wie es sonst am ersten Abend oft üblich war. Es gab keine Erwartungen an den Verlauf der Nacht und ich fühlte mich entspannter, als ich es typischerweise gewesen wäre. Es war, als kannte ich Julia bereits, dabei kannte ich sie überhaupt nicht.

Als die frühen Morgenstunden begannen und die Nacht sich ihrem Ende zuneigte, wechselten wir beide zu Wasser. Es war fast drei Uhr früh, als ich schließlich die Rechnung beglich und mit Julia hinaus zu meinem bestellten Wagen ging. Ich wollte sie nicht mit zu mir nehmen. Normalerweise hätte ich nach einer auch nur halb so schönen Nacht wie dieser das Mädchen mit nach Hause genommen. Aber nicht in dieser Nacht. Ich wollte sie wiedersehen und ich durfte die Sache nicht vermasseln.

„Wenn du Joe deine Adresse gibst, kann ich dich absetzen", sagte ich, nachdem wir auf die Rückbank des großen SUV geklettert waren.

Ich gab ihr ein Stück Papier, sie notierte ihren Wohnort und gab den Streifen nach vorn zu meinem Fahrer Joe. Auch wenn sie gescherzt hatte, sie würde mich mit nach Hause nehmen, machte es mir nichts aus, sie einfach nur abzusetzen. Unsere Verbindung hatte mich neugierig gemacht und ich hatte vor, noch mal mit ihr auszugehen.

„Danke Joe", sagte sie, bevor sie sich wieder mir zuwandte. „Danke fürs Mitnehmen."

„Kein Problem, das mach ich gerne. Es hätte sich einfach nicht richtig angefühlt, dich nur in ein Taxi zu setzen. Du solltest mir auch deine Nummer geben, damit ich dich anrufen und unser richtiges erstes Date vereinbaren kann."

„Nein, ich glaube, die gebe ich dir erst später", antwortete Julia, bevor sie auf meinen Schoß schlüpfte und ihr Kleid hoch bis über die Schenkel zog. Ich war sofort erregt und bereit, in sie hineinzugleiten. Es war aufregend, daran zu denken, dass zwischen unseren beiden Körpern nur noch ein dünnes Stück Stoff war. Aber ich wollte in jener Nacht eigentlich gar keinen Sex mit ihr. Der Plan war einfach, dass ich mir ihre Nummer besorgen, sie absetzen und ihr einen Gutenachtkuss geben würde.

„Es war ein wundervoller Abend“, sagte ich zwischen den Küssen.

Ihre Lippen drückten sich erotisch an meine und sie atmete schwer ein, während wir miteinander spielten. Ich versuchte, mich nicht zu sehr auf das Gefühl ihrer Lippen auf mir zu konzentrieren. Ich würde mich sonst nicht mehr lange zurückhalten können. Jeder Mann hatte seine Grenzen.

Nachdem wir vor ihrer Wohnung gehalten hatten, kam Joe ums Auto herum und öffnete die Tür, damit ich Julia zu ihrer Wohnung bringen konnte. Sie stieg zuerst aus und flüsterte Joe etwas ins Ohr, bevor sie zum Eingang lief und aufsperrte.

„Was hat sie gesagt?“, fragte ich neugierig, als Joe die Wagentür zumachte.

„Das ich heute Nacht nicht mehr gebraucht werde“, erwiderte Joe mit wohlwissendem Grinsen.

Offenbar war ich zum Übernachten eingeladen.

Kapitel 3

Julia

Mike würde mir gehören. Ich hätte ihm gegenüber vielleicht erwähnen sollen, wer ich war, aber ich wollte unsere Nacht einfach nicht ruinieren. Es war jetzt egal. Ich hatte mich so lange nach ihm gesehnt und jetzt würde ich ihn endlich haben. Wir würden uns wahrscheinlich nicht wiedersehen, aber wenigstens würde ich eine tolle Nacht als Erinnerung haben. Ich war nicht einmal sicher, ob er inzwischen noch etwas mit meinem Bruder Rob zu tun hatte.

„Es war schön mit dir“, sagte Mike, als wir auf meinem Stockwerk aus dem Fahrstuhl ausstiegen und zu meiner Wohnung gingen.

„Ja, es hat wirklich Spaß gemacht, mehr als ich erwartet hätte.“

„Oh, du hast also nicht erwartet, mit mir Spaß zu haben?“ Er lachte und sah mich mit gehobener Braue an.

„Ich denke, du hast bei weitem übertroffen, wie ich dich eingeschätzt hatte.“ Ich wusste, dass ich zu viel gesagt hatte, denn er sah mich mit leicht schiefgelegtem Kopf an. Wieso hätte ich Erwartungen in einen Mann haben sollen, den ich gerade erst getroffen hatte. Verflixt, ich hatte die Katze aus dem Sack gelassen, gleich würde er die ganze Sache durchschauen. Ich lehnte mich vor, um ihn zu küssen und ihn so davon abzuhalten, zu viel über meine Worte nachzudenken.

Er packte meine Hüften, zog mich an sich und wir pressten uns in den Türrahmen. Falls er begriffen hatte, dass wir uns tatsächlich kannten, ließ er sich jedenfalls noch nichts anmerken. Er blickte mich von oben an und lächelte sanft, bevor er sich meiner Lippen annahm, als hätte er nie etwas anders gemacht.

Ich war froh darüber, an die Tür gedrückt zu stehen, denn ich fühlte, wie meine Knie zittrig wurden, sodass ich die Stütze gut gebrauchen konnte. Mike zu küssen war schön. Es war noch besser als in meiner Fantasie und dennoch fühlte sich alles ein bisschen wie im Traum an, als ich zu ihm aufsah, nachdem er gerade ein wenig Abstand genommen hatte.

„Komm rein“, presste ich flüsternd hervor.

„Okay“, antwortete er ohne jede Widerrede. Seine haselnussfarbenen Augen leuchteten vor Lust, als das Ganglicht über uns zu flackern begann.

„Wir könnten uns noch einen Schlummertrunk genehmigen“, schlug ich vor, um mein Verlangen zu verbergen, ihn gleich ins Bett zu schleifen. Ich wusste, dass Mike ein anständiger Kerl war, was mir die übliche Beklemmung nahm, wenn ich einen Typen mit nach Hause brachte. Ich kannte ihn gut genug, um mir sicher zu sein, dass er mir nicht wehtun oder irgendetwas Verrücktes machen würde. Er war ein guter Kerl, er war das perfekte Liebesabenteuer für mich.

Aber wer war eigentlich diese Person, zu der ich geworden war? Ich war nicht die Art Mädchen, die Männer anlog und sie mit zu sich schleppte. Normalerweise, bei den seltenen Gelegenheiten, zu denen ich jemanden mit ins Bett nehmen wollte, schwindelte ich dabei niemandem etwas vor. Irgendetwas war über mich gekommen und ich wusste einfach, dass er nicht mit mir schlafen wollen würde, wenn er meine wahre Identität kannte. Es würde ihn hemmen, dass er meinen Bruder kannte und dass er mich gekannt hatte, als ich klein war – wobei all das eigentlich keinen Unterschied machen sollte. Wir hatten ganz klar eine Verbindung und die war echt. Alles andere war egal.

„Klar, lass uns noch was trinken", sagte er zustimmend.

Ich drehte mich um und fummelte am Schloss herum, um in die Wohnung zu kommen. Normalerweise hatte ich auch mit ein wenig Alkohol im System keine Probleme damit, meine Tür aufzubekommen. Aber heute Nacht stand ja auch ein extrem gutaussehender Mann hinter mir und drückte seinen pulsierenden Körper gegen mich. Seine Hände glitten um mich herum und fuhren von unten in mein Kleid, während er meinen Nacken küsste. Nichts davon war besonders hilfreich dabei, das Schlüsselloch zu treffen. Seine Finger krochen meine Oberschenkel hinauf und dann bis zu meinem Bauch, während er das Gefühl meiner nackten Haut in sich aufsog. Mein schwarzes Spitzenhöschen war jetzt entblößt und ich drückte meinen Arsch gegen ihn.

„Hey du, ich muss mich konzentrieren", witzelte ich.

„Ich kann dir helfen", bot er an und nahm mir den Schlüssel ab.

Aber er half überhaupt nicht. Stattdessen hielt er den Schlüssel fest, während er weiterhin meinen Nacken küsste und mich ganz wild machte. Ich konnte kaum stillstehen, denn mein Körper verzehrte sich so sehr nach ihm. Ich presste meine Hüften nach hinten gegen ihn und gab meinen Nacken seinen Küssen preis. Die Berührung seiner Finger auf meiner Haut steigerte die Lust immer weiter. Ich konnte das nicht mehr viel länger ertragen. Ich tropfte schon vor Erregung.

„Du versuchst ja nicht mal, die Tür aufzumachen", sagte ich leise.

„Oh, sorry“, antwortete er grinsend.

Mit einer schnellen Bewegung hatte er den Schlüssel auch schon im Schloss platziert und schwang die Tür auf. Er hob mich auf in seine Arme und wirbelte mich herum, sodass ich mit dem Gesicht zu ihm schaute, dann machte er die Tür hinter uns zu. Das ließ mich zunächst kichern, bis ich sah, wie entschlossen und voller Lust sein Blick war.

Ich ließ meine Tasche fallen und er die Schlüssel, als unsere Hände über unsere Körper herfielen und begannen, unsere Kleider zu entfernen. Meine Finger zitterten vor Erregung, als ich sein Hemd aufknöpfte und an seiner fantastisch definierten Brust auf und nieder glitt. Wie konnte ein Mensch nur so perfekt aussehen? Hinter Kerlen wie Mike war ich normalerweise nicht her, denn ich vertraute niemandem, der so gut aussah. Sie schliefen in der Regel nur in der Weltgeschichte umher und machten, was sie wollten mit jedem heißen Mädchen, das ihnen über den Weg lief. Mit Mike fühlte ich mich jedoch wohler, denn ich hatte ihn ja nicht wirklich gerade erst getroffen. Aber Mike wusste natürlich nicht, dass das der Grund war. Vielleicht dachte er einfach nur, dass ich vor Selbstvertrauen nur so strotzte? Oder vielleicht dachte er auch, dass ich die Art Mädchen war, die Männer immer gleich mit nach Hause nahm?

So sehr ich auch versuchte, die Dinge nicht übermäßig zu analysieren, so wurde ich doch von Unsicherheit beherrscht und ich konnte sie nicht bremsen. Das war mein Problem. Nicht nur bei Mike, sondern bei jedem... Ich überlegte zu viel. Ich dachte über Entscheidungen so viel nach, dass ich letztlich oft zu überhaupt keiner mehr kam... was dann ja auch irgendwie eine Entscheidung war. Das war eine meiner größten Unzulänglichkeiten, so sah ich das zumindest.

„Schlafzimmer... hier lang“, brachte ich schließlich mit

dem wenigen an Selbstvertrauen heraus, das ich noch übrighatte.

„Okay.“ Er lächelte und zog mich an sich.

Wir standen im Flur und Mike spielte einen Moment lang mit meinen Schenkeln, bevor er mein Kleid hochstreifte und über meinen Kopf zog. Ich zuckte vor Selbstverachtung zusammen, denn ich wollte nicht, dass er mich im hellen Licht des Ganges sah. Wir mussten ins Schlafzimmer, wo ich im Dunkeln wenigstens so tun konnte, als sei ich von mir selbst überzeugt.

„Hier lang.“ Ich entfernte mich ein bisschen und zog an ihm.

„Wow, was für ein Arsch“, knurrte er und legte seine Hände auf mein Hinterteil, um mich wieder heranzuziehen. „Du bist unglaublich schön.“

„Danke“, lachte ich.

„Ernsthaft Julia, dieser Hintern, von dem kann ich gar nicht genug kriegen.“

Seine Augen waren auf meinen Po fixiert und er ließ seine Finger über die Ränder meiner Spitzenunterwäsche gleiten. Seine Vorlieben waren jedenfalls klar. Dass er die Wahrheit sagte, war an seinem Blick deutlich zu erkennen. Wie er so meinen Hintern bestaunte, gab mir einen kleinen Schub Selbstvertrauen. Er mochte ihn wirklich. Die Rundungen, für die ich mich immer ein bisschen schämte, schienen seine Lust anzustacheln.

„Lass uns ins Schlafzimmer gehen“, drängte ich und zog wieder an ihm.

Mike ließ mich ziehen, aber er blieb stehen und starrte mich an, während ich ein paar Schritte ging. Seine Augen klebten förmlich auf meinem Arsch. Ich hielt inne und wackelte ein bisschen damit. Was solls, wenn er ihn schon so sehr mochte, musste ich das auch ausnutzen.

„Verflucht, ich könnte dich ewig ansehen", sagte er und drehte das Licht im Wohnzimmer auf, dann folgte er mir ins Schlafzimmer und machte auch dort das Licht an.

„Das brauchen wir nicht", lachte ich nervös.

„Oh doch. Ich will jeden Zentimeter von dir sehen, wenn wir Liebe machen."

„Nein", stöhnte ich.

„Julia, etwas musst du über mich wissen", begann Mike. „Ich liebe die weibliche Form. Ich steh auf Kurven und du bist einfach umwerfend. Ich möchte dich wirklich sehen."

„Ähm, okay", sagte ich ohne jegliche Überzeugung, denn darauf hatte ich eigentlich gar keine Lust.

Mit ausgeschaltetem Licht konnte ich loslassen und alle Makel meines Körpers vergessen, die mich sonst so störten. Mein kurviges Gestell war nicht allzu sehr ausgepolstert, aber in New York war es nun mal schwer, sich nicht mit einem der vielen Models an jeder Straßenecke zu vergleichen.

„Sieh mich an", sagte Mike und sein Blick hüllte mich so ein, dass ich ihm gehorchte. „Du bist so schön und ich bin froh, dass ich dich heute getroffen habe. Wenn du warten möchtest, habe ich kein Problem damit, jetzt heimzugehen und dich morgen wieder anzurufen."

„Nein", sagte ich instinktiv, bevor die Pessimistin in mir Zeit hatte, seine Worte zu überdenken. „Ich will dich jetzt."

Ich packte ihn und küsste ihn, um nicht den Mut zu verlieren. Nach dem, was er mir gerade gesagt hatte, war es sogar erotisch, das Licht eingeschaltet zu lassen. Ein Teil von mir vermutete, dass er diesen Spruch bei vielen Frauen brachte. War es schrecklich von mir, so etwas zu unterstellen, anstatt ihn einfach beim Wort zu nehmen? Ja, das war es! Aber ich konnte nun mal nicht anders.

Ich entschied mich dennoch bewusst, ihm zu glauben. Klar, vielleicht sagte er dasselbe zu vielen verschiedenen Frauen, aber es war eigentlich auch egal. Tatsächlich war es auch egal, dass wir wahrscheinlich nie auf ein richtiges Date gehen würden. Wieso kümmerte es mich dann überhaupt, ob er sich Sprüche ausdachte, damit ich mich wohler fühlte?

Mein Gedankenprozess brachte mich schließlich dazu, einfach unseren Abend zu genießen und mir um nichts weiter Gedanken zu machen. Eine Nacht voller Leidenschaft und Sex.

Ich griff nach dem Knopf seiner Hose und machte sie auf, während wir uns noch küssten. Dabei fühlte ich das massive Teil, mit dem er sich zuvor an mich gedrückt hatte. Es würde ein wilder Ritt werden.

Ein paar Minuten standen wir in der Tür meines Schlafzimmers und küssten und befummelten uns. Ich legte die Finger um seinen harten Körper und seine Hände glitten sanft über meinen Rücken, bevor sie am Verschluss meines BHs ankamen und ihn lösten. Er brummte zufrieden, als er das schwarze Stück Stoff zu Boden fallen ließ und dann mit den Händen zurückkam, um sie um meine Brüste zu legen. Er spielte zuerst vorsichtig damit. Langsam liebkoste er mich, während wir uns weiter küssten und uns in Richtung Bett bewegten.

Ich ließ die Augen geschlossen, um zu vergessen, dass das Licht an war und dass Mike jede Kurve meines Körpers sehen konnte. Seine Hände waren warm und halfen mir dabei, mich wohl zu fühlen, geborgen in seinen Armen.

Ich packte ihn da, wo er hart war, und schob seine Unterwäsche hinunter. Da stand er nun, völlig nackt, aufgerichtet und erregt, nur für mich. In jenem Moment wurde alles andere unwichtig, denn er war bei mir und ich war bei ihm. Ich musste mit dem Grübeln aufhören und mich nicht fragen, wie und weshalb wir nun hier waren, sondern einfach den Augenblick genießen.

„Deine Hände fühlen sich so gut an", stöhnte er.

Dann machte ich etwas, was ich schon seit Jahren nicht getan hatte. Ich glitt hinunter auf die Knie und nahm ihn in den Mund. Oralsex mit einem Mann war so eine intime Sache, dass ich es wirklich nie tat, außer wenn ich mit dem Kerl schon über lange Zeit zusammen gewesen war. Für mich war es ein sexueller Akt, der noch intimer war als das eigentliche Miteinanderschlafen. Aber seinen Körper wollte ich in meinem Mund spüren. Ich brauchte ihn.

Meine Lippen legten sich eng um ihn und ich nahm ihn in mich auf. Er stöhnte bei jeder saugenden Bewegung und seine Laute spornten mich an. Je mehr ich ihn hörte, desto mehr wollte ich weitermachen. Ich schob ihn tief hinein und nahm jeden Zentimeter, soweit ich konnte, um das bisschen Macht zu genießen, das ich in jenem Moment innehatte. Die Intimität des Aktes war auch ein deutlicher Ausdruck des plötzlichen Selbstvertrauens, das ich an jenem Abend spürte. Ich bewegte mich fester und schneller, während ich mich mit den Händen auf seinen Schenkeln an ihn presste. Sein Schwanz tropfte vor Erregung und ich wusste, dass er jeden Augenblick explodieren würde, wenn ich so weitermachte.

„Julia", keuchte Mike und bewegte seine Hüften leicht in Richtung meines Mundes.

Ich antwortete nicht. Ich war beschäftigt. Beschäftigt damit, ihn in den Wahnsinn zu treiben. Beschäftigt damit, seinen Körper mit meinem Mund zu erleben und so viel Verlangen aufzubauen, dass er es schließlich nicht mehr aushielt und sich mir entzog.

„Was denn?", fragte ich lachend, als er seine Arme um

mich legte und mich zu sich hochzog.

„Oh, du kriegst es schon noch“, sagte er verführerisch und stieß mich aufs Bett.

„Oh nein“, quietschte ich verspielt.

Mike begann, meine Beine entlang nach oben zu küssen und hielt dann inne, um mich anzusehen. Sein Lächeln war kindlich und seine Erregung deutlich sichtbar, als er mein Höschen betrachtete. Es dauerte nicht lange, da spürte ich seine Zähne, die den Stoff fassten und das Höschen in einer flüssigen Bewegung bis nach unten zu meinen Füßen zogen. Er wartete nicht einmal darauf, dass ich meinen Hintern hob, um es ihm leichter zu machen.

Das Verlangen in seinen Augen war wie eine Droge, die von ihm Besitz ergriffen hatte. Er ließ das Höschen aus seinen Zähnen fallen und drückte mir gleich darauf die Beine auseinander, um auf meinen nackten Körper hinabzusehen. Zunächst wollte ich die Beine schließen und mich vor Scham verstecken, aber da sah ich Mike an und begriff, dass er mich bewunderte. Sein Verlangen war rasend.

„So sexy“, raunte er, bevor er seine Finger nahm und mich aufspreizte. „Ich kanns kaum erwarten, dich zu schmecken.“

Seine Worte durchschossen mich und ich fühlte, wie mein Körper sofort darauf reagierte. Ich war schon jetzt nass vor Lust, aber ich wurde gleich noch feuchter. Dann berührte mich seine Zunge sanft und ich stöhnte mit einem animalischen Geräusch, das mich selbst ein wenig überraschte.

Mike war behutsam und zärtlich, bewegte seine Zunge an meinem Körper auf und nieder. Er spielte mit jedem Zentimeter von mir und tanzte einen verführerischen Tanz, der mein Verlangen zum Kochen brachte. Seine Zunge fand auf magische Weise all die kleinen Flecken, die sich anfühlten, als wären sie jahrelang vernachlässigt worden. Zuerst glitt er hinauf zum Ende meiner Klitoris und sog sie mit einer langen, saugenden Bewegung in seinen Mund, die mich übermannte.

Ich stöhnte noch lauter und er sog noch fester. Er hatte mich einen Augenblick lang aus seiner Umklammerung entlassen, während er mich leckte und mit mir spielte, dann zog er mich wieder dicht an sich. Das Empfinden war heftig, so heftig, dass ich mich bald im Bettlaken festkrallte und meine Hüften nach oben gegen ihn presste, denn ich wollte mehr und immer mehr.

Wenn er nicht aufpasste, würde ich in seinem Mund kommen. Das mächtige Lecken seiner Zunge und der aufregende Klang seines eigenen Stöhnens machten mich heißer, als ich es je für möglich gehalten hätte. Das urtümliche Bedürfnis nach körperlicher Befreiung baute sich in mir auf und ich packte seinen Kopf, um zu versuchen, ihn von mir wegzudrücken.

„Ich komme gleich“, warnte ich ihn. „Die Kondome sind in der Schublade.“

„Komm für mich“, sagte er, ohne sich von seiner Aufgabe abzuwenden.

„Nein, nein, nein, ich will dich in mir“, sagte ich.

„Später Baby, ich will, dass du kommst“, sagte er schon beinahe im Befehlston, bevor er weiter mit mir spielte.

Ich hatte nicht die Energie, mich mit ihm zu streiten. Seine Zunge fühlte sich so verdammt gut an und ich sehnte mich wirklich nach Erlösung. Er bewegte sich mit noch mehr Eifer und Intensität und ich stöhnte vor Entzückung auf. Viel länger würde ich das nicht aushalten, so viel stand fest.

Als er langsam zwei Finger in mich gleiten ließ, brachte es das Fass zum Überlaufen und ich presste mich vor Verlangen an ihn. Er schnappte meine Perle mit dem Mund und
sog sie wieder so göttlich ein wie zuvor, während ich dagegen drückte. Aber je mehr ich mich bewegte, desto fester packte er mich. Seine Finger krümmten sich in mir und reizten mich, die überwältigende Kraft in mir baute sich mehr und mehr auf.

Gott, ich war kurz vor dem Kommen und ich fühlte, wie ich die Kontrolle verlor. In jenem Augenblick war ich völlig machtlos. Ich gab mich seinen gebietenden Berührungen voll und ganz hin. Mein Becken drückte sich in seinen Griff und ich erlöste mich selbst mit einem lauten Schrei. „Ja, oh mein Gott“, kreischte ich und fühlte, wie sich mein Körper in dem Gefühl völliger Lust verkrampfte.

„Gut so, Baby“, knurrte Mike und ließ mich mit dem Mund los, hielt aber seine Finger auf meinem G-Punkt, während ich immer noch wie verrückt kam.

Ich öffnete meine Augen halb und sah, wie er mich dabei beobachtete, wie mein Körper der Lust nachgab, die er ihm besorgt hatte. Ich war so in den Moment gehüllt, dass ich überhaupt nicht mehr an meine übliche Scheu dachte. Stattdessen bot ich ihm eine echte Show, denn mein Körper zitterte und schüttelte sich vor seinen Augen. Seine Finger waren in meinem Lustsaft gebadet und ich konnte gar nicht aufhören, während er immer noch mit mir spielte.

Dann tat er etwas, das ich so noch nie erlebt hatte. Anstatt mich von innen zu streicheln, verwendete Mike eine seiner Hände, um auf meinen Venushügel zu drücken, während er seine gekrümmten Finger in mir nach oben und unten bewegte. Zuerst bewegte er sich langsam, aber dann packte mich das unerwartete Gefühl überraschend. Es fühlte sich neu und gut an. Erneut spürte ich etwas Seltsames hochkochen, gleichzeitig aber entspannte ich mich und ließ es geschehen.

Bald schon war ich in einer mir völlig neuen Sphäre, als Mike seine Finger schneller und schneller bewegte. Er hielt mich immer noch wie festgenagelt und das Gefühl wurde immer intensiver.

„Oh Gott, das fühlt sich so gut an“, stammelte ich.

„Versuch dich zu entspannen.“

„Okay“, nickte ich und atmete tief ein, um mich etwas zu lösen.

In dem Moment, als ich meine Beckenmuskulatur entspannte, nahm das aufgestaute Gefühl Überhand und ich spürte, dass ich wieder kurz vor dem Kommen war, aber auf eine komische Art, die ich noch nie zuvor gespürt hatte. Mike bewegte seine Finger schnell und zog sie dann plötzlich heraus, um meine Klitoris zu reiben, worauf ich mich ihm erneut ergab und fühlte, wie ein ganzer Schwall Flüssigkeit aus mir herausspritzte.

Zuerst dachte ich, ich hätte gerade ins Bett gemacht. Entsetzt öffnete ich die Augen, aber er rieb mich immer noch eifrig.

„Entspann dich, du squirtest nur“, sagte er und beugte sich hinunter, um mich zu küssen.

„Wirklich?“, sagte ich völlig perplex.

„Ja, wirklich. Und es war verdammt heiß.”

Mike küsste mich überall und leckte dann meinen völlig durchnässten Körper. An den entzückten Geräuschen war eindeutig zu erkennen, dass es ihm große Lust bereitete, meine Säfte aufzusaugen. Es war so eine neuartige und völlig unbekannte Situation für mich, dass ich meine Augen öffnen musste, um zu sehen, wie sehr ich gerade das Laken besudelt hatte.

Zu meinem großen Schrecken war zwischen meinen Beinen ein riesiger nasser Fleck. Ich konnte es gar nicht glauben, was da passiert war. Aber es war schon auch cool, ja, richtig aufregend.

„Wow“, staunte ich, nachdem ich meine Sauerei gesehen hatte. „Soll ich ein Handtuch holen gehen?“

Mike leckte mich immer noch, sah zu mir auf und belächelte meine Besorgnis wegen des nassen Flecks.

„Du gehst nirgendwohin, mach dir keine Gedanken deswegen.“

„Ich bin doch gleich wieder da“, meinte ich und wollte mich aus seinen Händen winden.

„Auf keinen Fall“, befahl er und zog mich einfach auf die andere Seite des Bettes, woraufhin er in die Schublade langte und ein Kondom herausholte.

„Oh nein“, scherzte ich wieder, als er die Verpackung aufriss und sich das Stück Gummi über seinen harten Prügel rollte.

„Oh doch“, sagte er und grinste mich von oben an.

Als er mit dem Kondom fertig war, kniete er über mir und starrte meinen Körper an, als könnte er immer noch nicht genug kriegen. Das Lustige war, dass es mir inzwischen genauso ging. Ich wollte mehr, es war wie eine Droge, die ich einmal probiert hatte und von der ich nicht mehr loskommen würde. Ich sah sehnsüchtig zu ihm auf, während er seinen Körper auf mich herabsenkte und sanft meinen Nacken küsste, als er sich langsam in mich drückte. Das Gefühl seines Eindringens füllte mich auf und ich krallte mich an ihm fest, während ich mich in diese neue Empfindung fügte.

Wieder bewegte sich Mike zuerst langsam, bevor seine Stöße kräftiger wurden. Härter und länger packte er mich mit jedem Mal. Wir bewegten uns gemeinsam in einem perfekten, rhythmischen Tanz, wobei ich meinen Körper seinem Tempo und seiner Intensität anpasste.

Ich sah den Ausdruck auf seinem Gesicht, als auch er völlig die Kontrolle verlor und das animalische Biest in ihm zum Vorschein kam, das ich auch bei anderen Männern schon gesehen hatte. Er stieß härter und härter auf seiner Suche nach Erlösung und ich grub meine Fingernägel in seinen Rücken, während mich ein Gefühl der totalen Erfüllung überkam. Ich war bereits so oft und so sehr gekommen, dass es mich glatt schockierte, schon wieder kurz vor dem Höhepunkt zu stehen. War das denn körperlich überhaupt möglich?

Noch ein paar Stöße mehr und ich würde tatsächlich wieder soweit sein, sodass ich die Augen schloss und die Lust ertastete, die sich aufzubauen begann. In unserer kurzen gemeinsamen Zeit fühlte ich mich schon jetzt sexuell erfüllter, als ich es in all den Monaten und Jahren zuvor je gewesen war.

„Ja", stöhnte ich und trieb ihn an.

Meine Stimme schien ihm Kraft zu geben, denn er drängte noch fester auf die Befreiung. Ich drückte auch mein Becken härter an ihn und spürte, wie mein Körper sich an seinem rieb, während es in meiner Mitte rumorte und ich mich vor Lust zusammenzuziehen begann.

Als hätten wir den perfekt abgestimmten Orgasmus geplant, glitt ich gerade in die Ekstase ab, als Mike mir noch ein paar letzte Stöße verpasste und dann ein tieflüsternes Stöhnen vernehmen ließ. Es war makellos.

„Was für eine unglaubliche Nacht", flüsterte er, als er von mir geglitten war, sich neben mich gelegt und seine Arme um mich gehüllt hatte.

„Es war ziemlich perfekt", sagte ich zustimmend, bevor

sich die Erschöpfung der vergangenen Stunden schwer auf meine Augenlider legten.

„Wir sollten uns ein wenig ausruhen", flüsterte er und hielt mich fest.

Ich fühlte mich gut in seinen Armen. Seltsam gut und völlig im Reinen damit, mit ihm gemeinsam einzuschlafen. Am Morgen würde es eine etwas seltsame Abschiedsszene geben und wir würden beide mit unseren jeweiligen Leben weitermachen. Auch das war mir recht. Mit meinem Leben weiterzumachen bedeutete für mich nämlich, ein Baby zu bekommen.

Kerle wie Mike gab es da draußen eigentlich nicht, oder jedenfalls hatte ich sie bisher noch nicht gefunden. Er war eine Anomalie, die ich für mich im echten Leben nicht für möglich hielt. Das hier zwischen uns war nicht echt, es war ein Gespinst aus unseren Gefühlen der Zuneigung füreinander.

Das war nichts Schlechtes. Für mich war das in Ordnung. Es war wirklich so, dass ich noch eine letzte heiße Nacht gewollt hatte, bevor ich mein Baby bekommen und zur alleinerziehenden Mutter werden würde, und dafür war diese Nacht so perfekt gewesen, wie ich es mir niemals zu erträumen gewagt hätte. Mike war ein Gentleman und wirklich verdammt gut in der Kiste. So konnte ich meine Pläne in die Tat umsetzen, ohne das Gefühl haben zu müssen, irgendetwas verpasst zu haben oder etwas aufgeben zu müssen.

Die mächtige Schläfrigkeit überwältigte mich schneller, als ich erwartet hätte. Ich war nur ein paar Minuten in Mikes Arme gekuschelt, da schlief ich auch schon in der einladenden Wärme ein, nachdem er die Decke um uns herumgezogen hatte.

Am Morgen würde das märchenhafte Gefühl verflogen

sein und auch der Rausch vom Alkohol würde uns verlassen haben. Wir würden weitermachen wie bisher und dieser Moment würde nur eine angenehme Erinnerung bleiben.

„Gute Nacht, Julia", flüsterte Mike und streichelte meinen Arm, während ich an seine Brust schlüpfte.

„Gute Nacht, Mike."

„Ich muss früh am Morgen zur Arbeit. Soll ich dich wecken, bevor ich gehe?", fragte er und ließ damit die Realität des nächsten Morgens in unsere nächtliche Romanze sickern.

„Nicht nötig", sagte ich mit geschlossenen Augen. „Ist schon gut."

„Okay, aber ich ruf dich wegen unserer Verabredung an", meinte er.

„Gute Nacht." Ich glaubte nicht daran, dass ich je wieder von ihm hören würde. „Träum schön."

„Ich wünsch dir auch süße Träume." Er küsste meine Stirn und streichelte mein Haar, während ich fühlte, wie ich in den Schlaf davonglitt.

Ein klein wenig beunruhigte mich der Gedanke schon, dass er weg sein würde, wenn ich am Morgen aufwachte. Es würde sich nicht gut anfühlen, das wusste ich, aber so war es nun mal und ich konnte nichts daran ändern. Dies war eine einmalige Sache für uns beide. Er versuchte wohl, das zu überspielen, indem er ein Date versprach, aber welcher Kerl tat das nicht? Nicht viele gaben offen zu, dass sie einfach nur eine Nacht lang Sex wollten.

All das war letztlich auch egal, denn bald schon würde ich Mutter sein. Ich würde ein Leben in die Welt bringen und mich diesem Leben zur Gänze widmen.

Kapitel 4

Mike

Sie sah süß und einfach hinreißend aus, wie sie so fest schlummernd neben mir lag. Ich stieg aus dem Bett und wollte gerade meine Klamotten nehmen und gehen, da hielt ich noch einmal inne. Ich wollte nicht gehen, ohne etwas gesagt zu haben.

Nachdem ich mich angezogen hatte, ging ich in die Küche und werkte ein wenig herum, um uns zwei Tassen Kaffee zu machen. Obwohl ich ihr bereits eine angemessene Warnung gegeben hatte, dass ich früh zur Arbeit musste, wollte ich doch noch einmal mit ihr reden, bevor ich ging.

„Guten Morgen Julia“, flüsterte ich, nachdem ich mich zu ihr auf die Bettkante gesetzt hatte.

Sie wälzte sich ein bisschen, öffnete aber kaum die Augen. Es war erst sechs Uhr früh und die Nacht war wirklich nicht gerade lang gewesen. Ich war es allerdings gewöhnt, nur ein paar Stunden Schlaf zu bekommen, und war bereit für die Arbeit. Sonntag war mein Tag für den Papierkram. Ich arbeitete nicht jeden Sonntag, aber diese Woche war ich ziemlich in die Bredouille gekommen, weil mein Partner durch Abwesenheit geglänzt hatte, weshalb ich seine Patientinnen hatte übernehmen müssen.

Unsere Praxis hieß RMA, oder Reproductive Medicine Associates. Bruce und ich waren seit fünf Jahren gemeinsam im Geschäft und bis vor kurzem war alles ziemlich glatt gelaufen. Nie im Leben hätte ich geglaubt, dass ich einmal der verantwortungsbewusste Partner in einer

Geschäftsbeziehung würde sein müssen. Doch hier war ich nun und musste Bruce ins Gewissen reden und ihn ermahnen, zur Arbeit zu erscheinen. Er verbrachte mehr Zeit damit, mit den Damen zu kokettieren, als in der Praxis zu stehen, soviel war sicher.

Wir hatten vereinbart, uns am Sonntag zu treffen und uns über seine Patientinnen auszutauschen, mit denen ich in der Zwischenzeit gearbeitet hatte, und ich musste auch mit ihm über seine ständige Abwesenheit reden. Da wir die Praxis nur zu zweit führten, war es verdammt unpraktisch, wenn er einfach tagelang von der Bildfläche verschwand.

„Julia, hier ist etwas Kaffee. Ich muss jetzt los", sagte ich und legte meine Hand auf ihre Wange. „Ich muss heute noch etwas Arbeit erledigen."

„Du hast Kaffee gemacht?", fragte sie verschlafen.

„Ich kann nicht garantieren, dass er besonders gut ist."

„Das ist aber lieb von dir."

Sie hievte sich hoch und lehnte sich an das große weiße Kopfbrett. Ihr dunkelbraunes Haar fiel um ihre nackten Brüste herum und ich tat mein Bestes, ihre Rundungen nicht anzustarren. Mein Gemächt hingegen nahm alles sehr aufmerksam wahr.

„Ich ruf dich an, okay?"

„Weißt du Mike, es ist total in Ordnung, wenn das hier nur ein Ding für eine Nacht bleibt. Du musst nicht anrufen. Ich verstehe das. Wir hatten unseren Spaß, alles ist gut."

„Ich ruf dich an", antwortete ich auf ihre Zweifel hin.

„Okay." Sie kam näher und drückte ihre Lippen sanft an mich. „Aber wenn du nicht..."

„Wow, noch nie war eine sich so sicher, dass ich nicht anrufen würde", lachte ich. „Ich weiß nicht, ob mich das nicht beunruhigen sollte."

„Oh, das sollte es auf jeden Fall", lachte Julia.

„Hör mal zu, junge Dame. Ich hatte viel Spaß dabei, dich kennenzulernen, und ich würde dich gern auf ein echtes Date ausführen. Ich werde dich anrufen und wir werden einen Termin finden. Einverstanden?"

„Einverstanden", sagte sie mit schiefem Lächeln. „Und jetzt verzieh dich, damit ich weiterschlafen kann."

Ich küsste sie noch einmal und nahm den letzten Schluck Kaffee, bevor ich mich aufmachte. Julia ging noch mit zur Tür und schloss sie hinter mir ab, sobald ich draußen war. Als ich zum Fahrstuhl ging, musste ich laut lachen über den Skeptizismus dieses Mädchens. Vielleicht wollte sie gar nicht, dass ich anrief. Noch nie hatte eine Frau so beharrlich versucht, es bei einem One-Night-Stand zu belassen.

Unser sonntagmorgendliches Treffen verlief nicht wie geplant. Bruce war nicht da, sodass ich den Großteil des Vormittags damit verbrachte, meine Patientennotizen zu aktualisieren und alte Akten abzuschließen. Es dauerte bis zum Mittag, dass Bruce sich herbeibequemte und mit breitem Grinsen und sorglosem Gehabe hereinspazierte.

„Schön, dass du auch mal auftauchst."

„Wir haben Mittag gesagt. Es ist Mittag. Wieso bist du denn so gereizt?" Bruce ließ sich in die große Ledercouch in meinem Büro fallen und legte seine Füße auf den Beistelltisch.

„Alter, ich hab acht Uhr gesagt und du sagtest Mittag. Dann haben wir uns auf neun geeinigt."

„Das hab ich anders im Kopf."

„Na schön, gut, jetzt bist du ja hier. Lass uns die Fälle besprechen, die ich für dich übernommen habe. Ich hab ein paar Fragen", sagte ich und holte die Akten hervor, die aktualisiert werden mussten.

„Diese drei Frauen haben keine Nummern zu ihren Samenspendern aufgeführt. Du weißt, dass das ein grober Fehler ist. Wo sollen wir jetzt im Nachhinein die richtigen Zahlen herkriegen? Hast du da irgendwo Notizen gemacht? Die müssen wir finden."

„Bei den dreien gibts keine Nummern", sagte Bruce und lächelte auf die Akten hinab. „Ich bin der Spender."

Bruce Simon war ein ewiger Junggeselle und Playboy. Bis zu jenem Moment hatte ich geglaubt, er sei einfach ein schlampiger Buchführer. Ich hatte schon andere Akten von ihm gesehen, in denen Notizen und Zahlen fehlten, hatte aber nie ein zweites Mal nachgesehen, ob es erledigt worden war. Wir waren immerhin Partner, ich war nicht sein Aufpasser. Es war nicht mein Job, für ihn den Babysitter zu spielen. Aber das hier war eine große Sache. So etwas hatte ich nicht zu hören erwartet und ich war verdammt schockiert, um es milde auszudrücken.

„Bruce, bitte sag mir, dass das nicht bedeutet, was ich glaube."

„Es bedeutet, dass ich der Samenspender für diese drei Frauen bin. Ist doch nicht so schwer zu verstehen", lachte er.

„Das ist nicht lustig. Das kannst du nicht machen. Es gibt bestimmt irgendein Gesetz, das sowas verbietet. Was zur Hölle?"

„Ich hab einen Anwalt. Er hat mir ein Papier aufgesetzt. Das ist wasserdicht."

„Aber du bist ihr Arzt. Das kannst du nicht ernst meinen!"

„Mike, ich wäre so oder so ihr Arzt gewesen, ist doch egal, welche Spermien da rauf schwimmen und sich an ihr

Ei kleben. Ich finde, das macht keinen Unterschied. Außerdem verarsch ich diese Frauen ja nicht irgendwie. Die kommen hierher und betteln mich quasi darum an. Ich tu ihnen nur einen Gefallen.“

„Bruce!”

„Mike!”, rief er zurück.

„Nein, das kannst du nicht tun. Die Ärztekammer wird sich auf uns stürzen. Hör damit auf! Wenn du schon Babys zeugen willst, schick die Frauen dann wenigstens zu mir als ihren Arzt. Oder hör einfach ganz damit auf. Gott, wir werden noch verklagt.” Ich stützte den Kopf ungläubig in die Hände.

„Schon gut. Dann sag ich eben in Zukunft nein. Aber ehrlich gesagt wundert es mich, dass dich noch keine gefragt hat.“

„Vielleicht setz ich einfach die richtigen Grenzen bei meinen Patientinnen?“

„Oder vielleicht bin ich einfach der von uns beiden, der besser aussieht“, sagte er und betrachtete sich selbst im Spiegel neben der Couch.

Bruce war blond mit blauen Augen, aber südländischem Teint. Ich wusste durch meine Arbeit in diesem Feld, dass solche Eigenschaften sehr beliebt waren bei Frauen, die nach einem Samenspender suchten. Und seine Willigkeit hatte ihn dann natürlich zu einer interessanten Option gemacht. So etwas war mir bisher nicht einmal in den Sinn gekommen und man hatte mich auch noch nie gefragt.

„Die Gründe sind mir egal, Bruce. Es ist unethisch, besonders wenn du sie dann weiterhin behandelst. Können wir uns wenigstens darauf einigen? Und ich würde gerne nochmal mit unserem Anwalt reden, falls es damit doch noch zu Problemen kommt.“

„Ich hab schon mit Bob gesprochen, wie gesagt. Er hat einen Vertrag für mich und die Frauen aufgesetzt."

„Ich werde trotzdem nochmal mit ihm reden und du musst trotzdem aufhören, diese Frauen zu behandeln. Verstanden?"

„Jap."

„Dann lass uns jetzt über die anderen Fälle reden, damit ich dich über die Fortschritte informieren kann."

„Klar doch", meinte Bruce und sah immer noch so entspannt aus wie eh und je.

Nichts schien ihn aus der Ruhe zu bringen. Einst war ich auch so gewesen, der Geschäftskram ließ mich völlig kalt. Aber irgendwann, während wir eine erfolgreiche Praxis aufzubauen versucht hatten, begann ich mir Sorgen zu machen. Ich war zumindest ein bisschen verantwortungsbewusst geworden.

Wir brauchten fast zwei Stunden, um alles wieder auf den neusten Stand zu bringen und ein paar Patientinnen zu verschieben, sodass ich mich künftig um jene unorthodoxen Fälle kümmern konnte, in die er sich hatte verstricken lassen. Ich gab ihm dafür ein paar meiner Patientinnen und am Ende schien alles wieder in Ordnung zu sein.

„Oh übrigens, du müsstest morgen früh auch noch ein paar Patientinnen für mich übernehmen. Ich hab da so eine Sache heute Nacht", fügte Bruce noch hinzu, als wir eigentlich schon fertig und unterwegs zum Parkplatz waren.

„Alter, ich kann nicht mehr. Wieso kannst du nicht einfach rechtzeitig antanzen oder deinen Patientinnen wenigstens selber neue Termine geben?"

Mein Blutdruck war kurz vor dem Kochen. Wir hatten bereits eine Bürokraft und sonstige Assistenten angestellt, die uns beide möglichst entlasten sollten. Aber so, wie sich

Bruce in letzter Zeit aufführte, nützte all das auch nichts und wenn es so weiterging, würde ich mich bald nach einem neuen Partner umsehen müssen.

„Ich hab heute ein heißes Date und ich geh nicht gerne so früh am Morgen. Das ist ziemlich unhöflich, findest du nicht?“

“Wow.”

„Was?“, fragte er, als wäre ich es, der realitätsfremd war. „Wie läuft dein Sexleben so?“

„Mein Sexleben läuft gut. Tatsächlich habe ich heute früh ein heißes Mädchen zurückgelassen, um hierher kommen zu können. Es war überhaupt nicht unhöflich. Ich war einfach nur verantwortungsbewusst.“

„Beeindruckend.“

„Es ist dein Job, Bruce. Komm um acht Uhr hierher und behandle deine Patientinnen, oder gib ihnen einen neuen Termin. Ich kann nicht dauernd deine Scheiße aufräumen.“ Ich wartete nicht auf seine Antwort, sondern stieg in meinen Wagen und knallte die Tür zu.

Schluss, ich hatte genug von diesem Mist. Nicht nur brachte Bruce unsere ganze Praxis in Gefahr mit seinen windigen Aktionen, er kümmerte sich noch nicht einmal um seine eigene Arbeit. Gebühren zu verlangen für die Behandlung von Frauen, deren Kinder er selbst gezeugt hatte, konnte nie und nimmer innerhalb unserer ethischen Grenzen liegen. Aber ich rief unseren Anwalt Bob an, um ihn nach seiner Meinung zu fragen.

„Bob, Mike Cooper hier. Hast du Bruce gesagt, es wäre in Ordnung, dass er für seine Patientinnen Kinder zeugt?“

„Dir auch einen guten Tag“, murrte er.

„Komm schon, ich vertraue dir mit den rechtlichen Sachen und Bruce sagt, du hättest ihm grünes Licht gegeben. Wieso weiß ich nichts von alldem?“

„Folgendes. Wenn dich eine Freundin bitten würde, dich während ihrer Schwangerschaft um sie zu kümmern, würdest du es tun, oder?“

„Ja, wahrscheinlich schon. Aber das überschreitet ja auch keine ethischen Grenzen.“

„Was, wenn dich eine Freundin bitten würde, ihr Kind zu zeugen?“

„Ich weiß nicht, ob ich das tun würde. Ich wäre gern Vater, aber es wäre schwierig, mir vorzustellen, dass es da draußen Kinder gibt, mit denen ich gar nichts zu tun habe.“

„Okay, also dein Problem mit der Sache wäre nur, dass du nicht in die Erziehung eingebunden bist, keine ethische Angelegenheit mit der Frau, die dich um die Spermien gebeten hat?“, fragte Bob, als würde das alles ganz logisch zu einer Antwort führen, die ich nur noch nicht sah.

„Ja. So ist es.”

„Lies den Vertrag. Er ist so formuliert, dass Bruce diesen Frauen als Freundschaftsdienst seine Spermien zur Verfügung stellt. Der Vertrag ist erfüllt, sobald er die Samen liefert. Das hat dann nichts mehr damit zu tun, wen sie in weiterer Folge als behandelnden Arzt wählen. Obwohl ich Bruce trotzdem empfohlen habe, sie nicht zu behandeln und an jemand anderes weiterzuvermitteln. Ich rate sogar dazu, eine andere Praxis zu verwenden.“

„Danke. Das habe ich auch gesagt.“

Der Rest meines Sonntags verlief ziemlich ruhig und ich musste mich zusammenreißen, um nicht mein Handy zu nehmen und Julia anzurufen. Ihr Zweifel darüber, ob ich sie wirklich anrufen würde, störte mich zunehmend, je mehr ich darüber nachdachte. Vielleicht wollte sie wirklich nicht, dass ich mich meldete, und wollte mir das auf diese Art klarmachen?

War das möglich?

Sicher, schließlich hatte ich bis zu diesem Morgen auch nicht geglaubt, dass mich mein eigener Partner anlügen und hintergehen würde. Möglicherweise hatte ich also einfach die Zeichen zwischen Julia und mir missverstanden. Ich würde einfach noch einen Tag oder zwei warten, bevor ich sie anrief, dann würde sich schon zeigen, ob ich später immer noch gleich für sie empfand.

Wochenenden waren für mich allgemein wenig entspannend. Es war die Zeit für meine ganzen Erledigungen, sodass ich am Sonntagabend meistens total erschöpft war. Dieser Sonntag war dabei keine Ausnahme und als ich endlich gegen zehn Uhr ins Bett kroch, wollte ich nur noch schlafen.

Kapitel 5

Julia

„Wie war dein Wochenende? Wann bist du überhaupt heimgekommen?“, fragte ich Kendra, als wir uns am Montagmorgen in der Küche trafen.

„Ich war die ganze Nacht unterwegs.“

Kendra grinste verlegen. Sie hatte ein Händchen dafür, sich die richtigen Männer herauszupicken. Ich beneidete sie um diese Fähigkeit. Hätte ich ähnlich viel Glück mit Männern gehabt wie sie, wäre meine Bereitschaft, auf den Mann meiner Träume zu warten, um ein Kind zu bekommen, sicher größer gewesen.

Für mich war klar, dass mein mangelndes Selbstvertrauen der Grund dafür war, dass ich Schwierigkeiten hatte, annehmbare Männer kennenzulernen. Eine Frau mit Selbstvertrauen hatte eine ganz andere Ausstrahlung. Wenn eine Frau sich nicht darum scherte, ob die Männer um sie herum sie mochten, wirkte sich das auf ihre Art, sich zu bewegen, aus und verlieh ihr eine gewisse Aura. Nur war ich keine dieser Frauen. Selbst wenn mein Selbstvertrauen reichte, um meine Unsicherheit einen Abend lang zu überspielen, hinterfragte ich im Hinterkopf alles, was ich tat. Bei mir gab es ständig nur Selbstzweifel im Umgang mit Männern. Nach der Nacht mit Mike war das nicht anders gewesen.

„Also war der Kerl in Ordnung?“, fragte ich.

„Ja, unser gemeinsames Wochenende war der Wahnsinn! Kennst du das, wenn die Chemie zwischen zwei Menschen ab dem ersten Moment einfach stimmt? Genau so war es."

„Toll! Das klingt wirklich großartig." Ich freute mich so für sie. Über die letzten Monate hatten wir zu viel bekommen von den Jungs in New York, aber vielleicht hatten wir jetzt ja mehr Glück. Obwohl Kendra vergangenen Monat einen Mann kennengelernt hatte, den sie sofort wieder verlassen hatte, nachdem sie herausfand, dass er nur für einen Monat zum Arbeiten nach New York gekommen war.

„Der Kerl, den ich mit heimgenommen habe, Mike – er war wundervoll. Aber ich glaube nicht, dass wir uns wiedersehen werden."

„Warum nicht?"

„Er ist wirklich scharf und extrem nett, aber um dir die Wahrheit zu sagen: Ich glaube überhaupt nicht, dass ich sein Typ bin. Wahrscheinlich datet er Models und so. Und naja, da ist noch etwas anderes..."

„Also, nur um das klarzustellen", sagte sie und unterbrach mich. „Er sagt nichts von alledem? Du entscheidest für ihn, dass du nicht die Richtige für ihn bist?"

„Ja", lachte ich, „außerdem ist mein Termin bei der Kinderwunschklinik jetzt fest. Ich dachte, er wäre nächste Woche, aber er ist heute. Ich gehe das jetzt an und das ist nicht unbedingt das Thema, mit dem Männer beim Ausgehen konfrontiert werden wollen. Er ist nicht die Liebe meines Lebens und ich werde nicht Däumchen drehen und wartend rumsitzen. Das habe ich für mich entschieden."

„Julia, warum wartest du nicht noch wenigstens ein kleines bisschen? Du bist noch jung und hast noch jede Menge Zeit, um mit dem Kinderkriegen anzufangen. Warte einfach noch ein Jahr. Oder vielleicht zwei. Verdammt, du bist noch so jung! Ich kann nicht mal glauben, dass du darüber schon nachdenkst."

Mir war schon klar, welchem Standpunkt Kendra und meine Freunde hatten. Ich war tatsächlich noch jung und wenn ich wirklich warten wollte, dann hätte ich das tun können. Allerdings hatte ich mich schon entschieden, dass ich bereit war für die Mutterrolle und dass ich nicht mehr damit warten wollte. Ich wusste, dass das unüblich war, aber ich war bereit, schwanger zu werden und ein Kind zu bekommen. Ich würde eine dieser hippen jungen Mütter mit einer großartigen Karriere und dem perfekten Leben sein. Ich konnte es kaum erwarten.

Ich hinterfragte vieles in meinem Privatleben, doch bei dieser Sache war ich mir sicher. Tief in meinem Herzen wusste ich, dass ich bereit dafür war, und um ehrlich zu sein, gab es da nicht mehr viel zu überdenken. Es war sehr unwahrscheinlich, dass irgendjemand mich von diesem Plan hätte abbringen können - nicht einmal meine beste Freundin.

„Ich weiß, ich weiß. Aber für mich ist es in Ordnung, eine alleinerziehende Mutter zu sein. Wirklich, ich freue mich schon richtig darauf. Ich brauche niemanden um mich herum. Genau genommen find ich die Vorstellung wirklich cool, das alles alleine machen zu können. Ich werde mir ein neues Apartment suchen und das Kinderzimmer einrichten. Ich habe ein gutes Einkommen und bin auf dem besten Weg, in den nächsten Jahren weiter die Karriereleiter hinaufzuklettern. Jetzt ist genau der richtige Zeitpunkt hierfür."

„Julia, das ist ein wenig verrückt, das musst du zugeben."

„Nein, muss ich nicht. Frauen bekommen sehr oft alleine Kinder. Nur weil ich nicht irgendeinen Kerl mitgenommen habe und aus Versehen schwanger geworden bin, ist das noch lange nicht seltsam. Ich kann mit Geld umgehen und weil wir schon so lange zusammen wohnen, habe ich auch eine Menge Erspartes zurückgelegt. Ich bin bereit."

„Also gut. Ich werde nicht mehr mit dir streiten. Dieser Prozess braucht sicher Zeit, oder? Vielleicht änderst du deine Meinung ja doch noch irgendwann später."

„Ja, aber ich glaube wirklich nicht, dass es noch soweit kommt. Ich würde nicht loslegen, wenn ich mir nicht meine Gedanken gemacht hätte. Aber heute treffe ich mich nur mit Doktor Simon, um die Möglichkeiten durchzugehen. Ich habe ein paar Samenspender aus der Datenbank ausgesucht und muss mich nur noch entscheiden."

„Spermaspender, igitt! Das klingt eklig."

„So eklig ist das auch wieder nicht."

Ich versuchte mich zu verteidigen, aber in diesem Fall hatte Kendra recht. Überhaupt klang es ein bisschen eklig, über Sperma zu reden. Ich wollte mir gar nicht erst vorstellen, wie es für die Männer sein musste, sich in einem sterilen Praxiszimmer zu verstecken und ihren Samen in einen Becher zu spritzen, jedoch gefiel mir dieser Plan deutlich besser, als den Rest meines Lebens an irgendeinen Kerl gefesselt zu sein.

Wäre ich von einem Mann nach ein oder zwei Dates geschwängert worden, wäre das der sicherste Weg in eine Katastrophe. Das konnte zu Sorgerechtsstreitigkeiten, Gerichtsverhandlungen und allem möglichen Ärger führen. Nein, mein Weg war erheblich leichter. Ich bezahlte nur für etwas Sperma, heuerte einen Arzt an, um es in mich hinein zu pflanzen und schwupp, schon hatte man einen Braten in der Röhre.

„Okay. Willst du, dass ich dich begleite? Ich bin zwar nicht zur Gänze überzeugt, aber ich komme mit, wenn du Unterstützung brauchst."

„Kendra, das ist so lieb von dir!" Ich schlang meine Arme um sie und drückte sie ganz fest. Das war ganz ihre Art. Mein Plan gefiel ihr eindeutig nicht und trotzdem bot sie mir an, für mich da zu sein. „Du bist wundervoll! Aber ich glaube, ich sollte das alleine tun. Ich will konzentriert sein und ich denke, dass das eine gute Möglichkeit ist, mich in Unabhängigkeit zu üben."

„Sehr gut! Ich wollte eigentlich wirklich nicht da hingehen", lachte sie. „Aber wenn du jemals jemanden brauchen solltest, der dir den Rücken stärkt, dann verspreche ich dir, für dich da zu sein."

„Nochmal vielen Dank, Kendra. Du bist wirklich eine tolle Freundin."

„Ich weiß, ich weiß. Ich bin die Beste. Das Baby kann mich gerne Tante Kendra nennen." Bei dieser Vorstellung mussten wir beide lachen, denn es würde wahrscheinlich wirklich so kommen. Kendra war wie eine Schwester für mich und wir standen uns sehr nahe.

„Das ist ein guter Plan", sagte ich und umarmte sie, bevor ich schließlich das Apartment verließ und zu meinem Termin beim Arzt ging.

Auf dem Weg zur Klinik in der 56th Street schlug mir das Herz bis zum Hals. Nach reiflicher Überlegung hatte ich mich für Doktor Bruce Simon entschieden. Seine Onlinebewertungen waren ausgezeichnet und viele seiner Patienten hatten vermerkt, dass sie immer wieder zu ihm gingen.

Der erste Termin war eine Art Blinddate oder zumindest stellte ich mir das nach allem, was ich über diesen Prozess in Erfahrung gebracht hatte, so vor. Ich wollte ihm ein paar Fragen zu seiner Arbeitsweise stellen, um herauszufinden, ob er mir geeignet erschien. Er würde das Gleiche tun, wobei ich mir, um ehrlich zu sein, keinen Arzt vorstellen konnte, der es ausschlug, mit einer Frau zu arbeiten, die bereit war ihn zu bezahlen.

Meine Finger fühlten sich eiskalt an, als ich im Aufzug

das Stockwerk mit Doktor Simons Praxis auswählte. Es war ein schöner Tag um die 25 Grad, eigentlich hätte mir also nicht kalt sein sollen. Als ich mir jedoch auf die Hände schaute, bemerkte ich, dass ich während der gesamten Zeit im Aufzug meine Fäuste so fest geballt hatte, dass meine Fingernägel immer noch sichtbare Abdrücke in den Handflächen hinterlassen hatten.

Ich atmete einige Male tief ein, als sich die Türe des Aufzugs hinter mir schloss, und tat mein Bestes, um mich etwas zu beruhigen. Durch künstliche Befruchtung schwanger zu werden war nicht schwierig, jedoch erforderte der Prozess viele kleine Schritte. Ärzte konnten Schwierigkeiten mit der Haftung bekommen, wenn sie vorbelasteten Frauen dabei halfen, schwanger zu werden. Selbst bei einer Kleinigkeit wie einer Spermainjektion. Nach allem, was ich bisher in Erfahrung gebracht hatte, waren die Richtlinien sehr kompliziert – vor allem, wenn man bedachte, dass ich mich auch von irgendeinem Kerl so schwängern lassen konnte, ohne dass vorher jemand meine Werte kontrollierte.

Ich öffnete die Türe und atmete in dem Versuch, mich zu beruhigen, noch einmal tief durch. Jedoch half das nicht viel. Ich spürte trotzdem, wie mein Herz in den Ohren hämmerte und mein Atem ging so schwer, dass ich mir sicher war, alle im Wartezimmer könnten mich hören.

„Herzlich willkommen in unserer Klinik. Wie kann ich Ihnen behilflich sein?“ fragte eine junge blonde Frau mit einem irritierend munteren Lächeln.

„Ähm, hallo. Mein Name ist Julia Rivas. Ich habe einen Termin bei Doktor Simon.“

„Sie sind also Frau Rivas“, sagte sie, während sie aufgesetzt lächelte. „Es gibt da noch etwas Papierkram für Sie zu erledigen. Der Herr Doktor ist spät dran, aber er sollte gleich kommen.“

„Vielen Dank." Ich nahm das Klemmbrett mit zittriger Hand und suchte mir einen Platz in der Ecke des Wartezimmers.

Das Wartezimmer war voller glücklicher Paare. Ich sah nur wenige alleinstehende Frauen. Ich fühlte mich nicht direkt deplatziert, aber auch nicht wohl. Mit ungewohnten Situationen alleine klarzukommen war jedoch genau das, woran ich mich als Mutter würde gewöhnen müssen. Also atmete ich nochmals tief ein, wischte mir den Schweiß von den Händen, nahm den Stift und begann mit der Dokumentation meiner Lebensgeschichte.

Es dauerte beinahe eine halbe Stunde, bis ich alle Bögen ausgefüllt hatte. Die Fragen schienen kein Ende zu nehmen. Wann hatten Sie Ihre erste Periode? Wie lange denken Sie bereits darüber nach, Kinder zu bekommen? Was haben Sie bereits unternommen, um schwanger zu werden? Einige der Fragen schienen mir total absurd zu sein, andere waren klar auf Paare mit Fruchtbarkeitsproblemen ausgelegt. Als ich endlich zurück zu der jungen blonden Frau an der Rezeption ging, fühlte ich, wie sich mein Atem beruhigte. Das war es, was ich wollte, und dreißig Minuten Papierkram konnten meinen Traum nicht in Frage stellen. Tatsächlich war ich mir meiner Pläne noch sicherer, nun, da ich auch diese Hürde genommen hatte.

Und ich war überzeugt, dass es sich nur um eine Hürde handelte. Diese ganze Befragung war dazu da, junge Frauen ohne wirkliches Interesse am Prozesses davon abzuhalten, lediglich herzukommen, um sich zu informieren zu lassen. Natürlich würden einige sich durch den Papierberg arbeiten, nur um an Termine zu kommen, jedoch vermutete ich, dass mehr als nur eine Frau wegen dieser Hürde die Praxis wieder verlassen hatte. Falls die monatelange Wartezeit nicht abschreckend genug wirkte, tat es vielleicht dieser Haufen Papier.

Ständig wurden Leute aufgerufen, aber mein Name fiel dabei nicht. Einige der anwesenden Frauen waren schon länger da als ich, jedoch waren auch diese bereits in ein anderes Zimmer gerufen worden. Trotzdem wartete ich geduldig. Sicherlich war auch das eine Hürde, um Frauen umzustimmen, die nicht zur Gänze hinter diesem Plan standen. Zumindest erklärte ich es mir so.

Doch dann wurde eine Frau ins Behandlungszimmer gerufen, die vor höchstens fünf Minuten das Zimmer betreten hatte. Da konnte ich mich nicht länger zurückhalten. Ich sprang von meinem Stuhl auf und hätte fast meine Fassung verloren, bevor mir klar wurde, dass mir dieses Verhalten Schwierigkeiten in der Praxis bescheren würde. Ich musste cool bleiben. Wenn ich als gute Mutter wahrgenommen werden wollte, durfte ich mich nicht von einem verspäteten Termin aus der Ruhe bringen lassen.

„Entschuldigen Sie, können Sie mir vielleicht sagen, wie lange ich noch warten muss? Ich bin schon seit einer ganzen Weile hier."

„Oh ja, tut mir leid. Ich wollte Sie gerade aufrufen. Doktor Simon verspätet sich noch weiter. Wenn das für Sie in Ordnung wäre, könnten Sie einen Termin bei seinem Partner bekommen. Da könnte ich Sie noch unterbringen. Oder wir bieten Ihnen einen neuen Termin zu einem späteren Zeitpunkt an."

Ich hatte bereits einen Tag frei genommen und fast den ganzen Morgen mit Warten verbracht. Eigentlich wollte ich Doktor Simon treffen, da ich mich ja ursprünglich für ihn entschieden hatte. Zu diesem Zeitpunkt wollte ich aber nur noch den Termin hinter mich bringen, sodass ich zu den weiteren Schritten des Prozesses übergehen konnte.

„Wie viel länger wird der Herr Doktor denn noch brauchen?"

„Tut mir leid, das weiß ich nicht. Kann sein, dass er in wenigen Minuten kommt, kann aber auch sein, dass er heute gar nicht mehr kommt."

„Oh."

„Sein Partner ist sehr kompetent und ich weiß, dass beide Notizen machen, wenn sie für einander einspringen. Es konnte sogar sein, dass er bei der Geburt Ihres Kindes anwesend ist, da beide ein Rotationssystem für ihre Nachtdienste haben. Es könnte vorteilhaft sein, ihn schon jetzt kennenzulernen."

„Okay", sagte ich und versuchte mich zusammenzureißen. „Dann machen wir es eben so."

„Sehr gut. Binnen der nächsten Stunde können Sie damit rechnen, ins Behandlungszimmer gerufen zu werden."

Auf dem Rückweg zu meinem Platz ballte ich meine Fäuste und presste meine Lippen aufeinander. Noch eine Stunde! Das war doch unglaublich. Vor Hunger knurrte mir schon der Magen und ich musste warten und zusehen, wie andere Frauen, die später gekommen waren, trotzdem früher aufgerufen wurden.

Als auch mein Name endlich fiel, war ich gründlich verstimmt. Die Aufmunterungsversuche der Krankenschwester während der Untersuchung und der Durchsicht der Formulare waren vergeblich. Als sie endlich das Behandlungszimmer verließ, war ich außer mir über die ganze Situation. In dieser Kinderwunschklinik verhielt sich niemand, wie ich das in einem der am besten bewerteten Institute der ganzen Stadt erwartet hatte. Nichts wies darauf hin, dass dies tatsächlich die aufstrebende Einrichtung war, über die so viele Frauen sprachen.

Zugegebenermaßen konnte es sein, dass mich die Vielzahl der Praxen, über die ich mich informiert hatte, durcheinandergebracht hatte. In meiner Erinnerung verschwammen einzelne Fakten und ich erinnerte mich nicht mehr an jedes Detail. Sicher war ich mir aber, dass die Frauen, die von Doktor Simon behandelt wurden, ihn wärmstens empfahlen. Wer sein Partner war, war mir jedoch entfallen.

Als ich den Doktor kommen hörte, versuchte ich eilig, meine Ausstrahlung positiv wirken zu lassen. Ich atmete tief ein, setzte ein Lächeln auf und bereitete mich darauf vor, dass er das Zimmer betreten würde.

Ich hörte, wie er bei der Schwester nachfragte; „Wo ist die Akte?"

„Gehen Sie nur hinein. Ich bringe sie jeden Moment. Ich muss hier nur noch etwas fertig machen", antwortete sie.

Die Tür öffnete sich und ich holte noch einmal tief Luft. Dann stockte mir der Atem.

„Julia?", fragte Mike mit verstimmter Miene.

„Hey Mike. Wow, du bist Reproduktionsmediziner? Damit hätte ich nicht gerechnet", lachte ich nervös.

Er gab keinen Laut von sich. Als er sich mir gegenübersetzte, herrschte Stille im ganzen Raum. Ich rutschte nervös auf meinem unbequemen Stuhl hin und her und versuchte, meine Unsicherheit durch ein Lachen zu überspielen. Wieso wusste ich nicht, dass dies sein Fachbereich war? Die Situation hatte etwas Komisches, besonders nach allem, was an diesem Morgen bereits passiert war.

„Wow, ich habe einen sehr anstrengenden Tag heute. Ich dachte, wir hätten alles gestern geklärt, bevor ich gegangen bin", sagte Mike kurz angebunden und verschränkte die Arme vor der Brust.

„Was?"

„Ich hätte nicht gedacht, dass du so etwas tun würdest."

„Wovon sprichst du?“

„Das schmeichelt mir Julia, wirklich. Aber ich habe viel zu tun heute. Ich ruf dich an, okay?“, sagte er und stand auf, um das Behandlungszimmer zu verlassen.

„Ich habe keine Ahnung wovon du redest. Ich bin nicht hierhergekommen, um dich zu stalken. Glaubst du, das ist es, was hier gerade passiert? Wow, du musst wirklich sehr von dir selbst überzeugt sein.“ Ich spürte, wie die Andeutung, dass ich absichtlich in diesem Zimmer gelandet sein könnte, um auf ihn zu warten, Wut in mir aufsteigen ließ.

„Du willst mir also weismachen, dass du einen Termin bei mir vereinbart hast, ohne zu wissen, wer ich bin? Also, komm schon...“, sagte er auf der Türschwelle.

„Hier haben Sie die Akte, Herr Doktor“, hörte ich die Krankenschwester vom Flur aus sagen. „Entschuldigen Sie, dass es eine Weile gedauert hat. Sie ist auch eine von Doktor Simons Patientinnen, die einen Termin für heute vereinbart hatte“, schob sie nach, während sie Mike etwas reichte, von dem ich annahm, dass es meine Akte war.

Er nahm die Akte entgegen und schaute mich nochmal ohne das geringste Anzeichen von Reue an. Als er im Begriff stand, die Akte zu öffnen, die alle Geheimnisse über meine medizinische und sexuelle Vergangenheit sowie meine Fruchtbarkeit barg, schlug ich sie ihm aus der Hand.

„Ich weiß nicht, für wen du dich hältst, aber ich habe monatelang gewartet, um Doktor Simon zu treffen. Ich habe stundenlang im Wartezimmer gesessen, bevor ich schließlich eingewilligt habe, einen Termin bei seinem Partner wahrzunehmen. Ich hatte keine Ahnung, dass du das sein würdest und allein die Tatsache, dass du es für möglich hältst, dass ich hierherkomme, um dich zu treffen, zeigt, dass du vergangene Nacht überhaupt nichts über mich verstanden hast. Du musst schon ein ausgesuchter Narzisst sein, um auf die Idee zu kommen, dass eine Frau, die ein Kind will, nach einem One-Night-Stand in deiner Praxis auftaucht, um dich zu stalken! Das ist schlichtweg verrückt!“

„Jetzt warte doch einen Moment. Du musst dich doch nicht so aufregen, Julia. Ich war nur verwirrt.“

„Genau! Und die erste Erklärung, die du parat hast, ist, dass ich eine verrückte Stalkerin bin? Großartig. Perfekt. Wie soll dieser Tag denn noch besser werden?“ Ich stand auf und griff nach meiner Handtasche. Nichts auf der Welt würde mich dazu bringen, noch länger hier zu bleiben. Auf keinen Fall würde ich die wichtigste Entscheidung meines Lebens mit einem Mann besprechen, der so von sich selbst eingenommen war, dass er angenommen hatte, ich wäre nur wegen ihm gekommen. Nein, ich würde einfach auf Doktor Simon warten und einen neuen Termin vereinbaren.

„Es tut mir leid, Julia. Ich schaue nach, wann Bruce hier sein wird und wann du ihn sehen kannst.“

„Herr Doktor, Doktor Simon geht nicht ans Telefon“, bemerkte die Schwester leise. „Ich versuche den ganzen Morgen schon, ihn zu erreichen.“

„Ist mir doch egal!“, schnauzte ich und schob mich an Mike vorbei. „Vereinbart einen Termin und ruft mich an, wenn es so weit ist!“

„Julia!“, rief mir Mike hinterher.

„Weißt du was?“ Voller Wut drehte ich mich nochmals zu ihm um. „Ich dachte wirklich, du seist ein netter Kerl. Seit Jahren höre ich Rob von dir reden und du hast mir schon in dem Moment gefallen, als du vom College zurückgekommen bist. Ich hätte mir niemals träumen lassen, dass du so ein Arsch bist.“

Plötzlich bemerkte ich, dass ich mich verplappert hatte.

Ich hatte einen Zusammenhang zwischen Mike und Rob hergestellt. Sein Gesicht war blass, als ihm dämmerte, dass es eine Verbindung zwischen uns gab. Ich konnte ihm ansehen, dass er bis zu diesem Zeitpunkt keine Ahnung gehabt hatte, wer ich war.

Ich drehte mich um und ging. Ich war fertig mit Mike. Was auch immer zwischen uns gewesen war, jetzt war es verschwunden. Wenn ich jetzt ging, bedeutete das, dass Mike und ich keine gemeinsame Zukunft hatten. Ich hatte es bereits am Morgen nach unserer gemeinsamen Nacht geahnt. Aber als ich jetzt vor ihm stand und sehen konnte, wie sich sein Gesicht verzog, als ihm klar wurde, dass er mit der Schwester eines seiner Freunde geschlafen hatte, wusste ich es mit Bestimmtheit.

Ich hatte die Praxis schon fast verlassen, bevor Mike überhaupt in der Lage war, eine Antwort zu formulieren. „Julia Rivas“, rief er mir nach. „Robs kleine Schwester...“

Ich wartete nicht ab, was er noch zu sagen hatte. Ich drückte mich durch die Türe des Wartezimmers und stürmte durch die Glastür der Praxis hinaus.

Nervös wartete ich auf den Aufzug in der verzweifelten Hoffnung, dass Mike mir nicht hinterherlaufen würde. Die ganze Situation war so demütigend. Nicht nur die Tatsache, dass er bis zum Schluss nicht bemerkt hatte, wer ich war, sondern auch die Tatsache, dass er nun wusste, dass ich ein Kind zu bekommen versuchte. Vor allem aber, dass er es in Erwägung gezogen hatte, dass ich in seine Praxis gekommen war, um ihn zu stalken. Definitiv hielt Mike weniger von mir, als ich mir das gewünscht hätte.

Selbst nachdem ihm klar geworden war, dass ich ihm nicht nachgestellt hatte, war die gesamte Situation noch unglaublich erniedrigend. Ich war mir sicher, dass ich nicht wiederkommen würde, um Doktor Simon zu sehen, daher musste ich mir wohl einen neuen Arzt suchen und wieder monatelang warten, bis ich einen Termin bekommen würde.

Während sich die Türen des Fahrstuhls schlossen, strömten mir bereits Tränen über die Wangen. Nichts lief, wie es sollte. Noch diesen Morgen war mein Leben perfekt gewesen. Jetzt stand ich vor einem Trümmerhaufen und fühlte mich, als würde ich nie wieder glücklich werden. So schnell konnte sich alles ändern.

Kapitel 6

Mike

„Was war das denn grade?”, fragte Sheryl.

Sie bückte sich und hob die Akten auf, die Julia auf den Boden geworfen hatte. Ich stand einfach nur da, immer noch völlig geschockt davon, was mir alles durch den Kopf jagte. Ich war mir nicht sicher, ob ich überhaupt alles kapiert hatte.

„Ich dachte, sie wäre eine verrückte Stalkerin. Wie das eine Mädchen, du weißt schon, die Rothaarige, die hier aufgetaucht ist, als ich sie nicht zurückgerufen habe?“

„Oh, ja. Das war abgefahren! Dieses Mädchen war also auch hinter dir her? Aber das macht doch gar keinen Sinn, sie hatte einen Termin bei Doktor Simon, nicht bei dir.“

„Das weiß ich jetzt auch Sheryl!“, schnauzte ich. „Die Information hätte mir sehr viel mehr genutzt, bevor ich zu ihr ins Untersuchungszimmer gegangen bin.“

„Tschuldigung. Woher hätte ich denn wissen sollen, dass sie eine von deinen Affären ist?“

„Tu jetzt nicht so, als hätte ich eine ganze Liste an Frauen, mit denen ich ausgehe. Komm schon, so bin ich nicht“, versuchte ich mich zu verteidigen.

„Es ist vielleicht nicht gerade ein ganzes Telefonbuch voll, aber ansehnlich ist die Liste schon“, meinte sie lachend, woraufhin ich nicht anders konnte, als auch ein wenig zu lächeln. „Du hast sie also gekannt? Sie war ziemlich sauer. Lass mich raten, du hast sie auch nicht zurückgerufen?”

Die Frauen einfach nicht zurückrufen, das tat ich normalerweise nicht. Selbst wenn ich mich nicht wieder mit ihnen treffen wollte, rief ich für gewöhnlich einmal an und dachte mir irgendeine Ausrede aus. Ich erzählte ihnen, wie viel ich zu tun hatte oder wieso es gerade einfach nicht so gut passte. Seit dem Zwischenfall mit der Stalkerin machte ich mir jedenfalls mehr Mühe, die Mädchen übers Telefon abzuwimmeln, damit sie nicht in meiner Praxis auftauchten. Aber das alles hatte mit Julia nichts zu tun.

„Anscheinend war das nur ein verrückter Zufall“, sagte ich. „Ihr Termin war wirklich bei Bruce?“

„Ja, sieht so aus, als hätte sie ihn schon vor Monaten vereinbart.“

„Aber sie muss gewusst haben, dass ich hier arbeite. Sie kennt mich von früher. Ich war mit ihrem Bruder befreundet.“

„Du denkst also, dass sie dich verfolgt und vor drei Monaten bei Bruce einen Termin vereinbart hat, in dem Wissen, dass er ein so hoffnungsloser Fall ist, dass er heute nicht zur Arbeit kommen würde, damit sie dann drei Stunden im Wartezimmer warten kann und schließlich zu dir kommt?“

Sheryl grinste mich an. Nein, natürlich dachte ich nicht, dass sie das getan hatte. Und wenn ich zuvor einen Augenblick Zeit gehabt hätte, wäre mir wohl Julias Nachname aufgefallen und dann hätte ich auch begriffen, wer sie war. Es war einfach eine komische Verkettung von Zufällen.

„Sie ist die kleine Schwester meines Kumpels aus der High-School. Am Wochenende hab ich sie in einem Club getroffen und bin mit ihr nach Hause gegangen.“ Ich fuhr mir mit der Hand durch die Haare, während ich darüber nachdachte, wie mir hatte entgehen können, mit wem ich es zu tun hatte. „Sie kam mir schon irgendwie vertraut vor, aber mir wollte einfach nicht einfallen, woher ich sie kannte."

„Oh, Scheiße. Du bist ja ein Arsch", kommentierte Sheryl lachend.

„Danke für die aufmunternden Worte."

„Nein, im Ernst. Ich meine, ich fand schon, dass du dich irgendwie daneben verhalten hast, als du sie vorher in dem Zimmer getroffen hast. Aber wow, du hast tatsächlich mit der Schwester deines Freundes geschlafen und nicht einmal gecheckt, wer sie ist? Das ist schon ganz schön heftig."

„Mhm."

„Und die arme Frau hatte nur im Sinn, sich von Doktor Simon bei einer künstlichen Befruchtung helfen zu lassen. Jetzt schämt sie sich wahrscheinlich grade zu Tode, weil der Kerl, mit dem sie geschlafen hat und der nicht wusste, wer sie war – und es hätte wissen müssen – jetzt auch noch alles über ihre Fruchtbarkeit weiß. Mann, wenn ich ihr nachlaufen und ihr eine Umarmung geben könnte, ich würde es tun. Also nochmal, du bist ein Arsch."

„Scheiße, schon gut. Also sie war wirklich hier, um sich behandeln zu lassen?"

„Ja, es war ihre erste Beratungssitzung."

„Sie ist vielleicht fünfundzwanzig und hübsch, außerdem wirklich witzig. Wieso um alles in der Welt will sie denn ein Kind von einem Samenspender?"

„Ich weiß es nicht. Vielleicht ist sie es leid, nur arschige Typen kennenzulernen, die sie nicht zurückrufen und vergessen haben, dass sie sie schon lange kennen?"

„Autsch."

„Du verdienst es und das weißt du auch. Aber wir haben

eigentlich saumäßig viel Arbeit zu erledigen. So gern ich diese Unterhaltung über deine Unzulänglichkeiten auch fortführen würde, wir müssen echt weitermachen."

„Ich bring Bruce um, wenn ich ihn das nächste Mal sehe", sagte ich, als mir Sheryl die Akte der nächsten Patientin reichte. „Er sollte besser bereits tot sein, ansonsten gibt es keine Ausrede für diese Scheiße. Ich habe gerade erst mit ihm darüber geredet, dass er pünktlicher und verlässlicher werden muss."

„Vielleicht ist er ja echt tot?", meinte Sheryl schulterzuckend und wir machten uns wieder an die Arbeit.

Wir wussten beide, dass Bruce nicht tot war. Er hatte sich nur mit irgendeiner Frau eingeigelt und sein Handy ausgeschaltet. Er tat gern so, als widmete er sich nur ihr, und schaltete deshalb sein Telefon aus, damit sich das Mädchen wohler bei ihm fühlte. Aber in Wirklichkeit war es nur deshalb aus, damit die ganzen anderen Frauen, die ihm schrieben und ihn anriefen, sein aktuelles Date mit der neuen Flamme nicht stören konnten. Und natürlich auch, damit sein Geschäftspartner – ich – ihn nicht erreichen konnte, wenn er mich wieder einmal einen ganzen Tag lang mit all seinen Patientinnen im Stich ließ.

Der Rest des Tages flog verschwommen an mir vorüber. Patientin nach Patientin kam in die Untersuchungszimmer. Ich konzentrierte mich bestmöglich auf sie und machte mir ausgiebig Notizen, um sicherzustellen, dass ich mir später ein genaueres Bild machen konnte, wenn meine Gedanken wieder klarer waren.

Aber es war mir unmöglich, Julia aus dem Kopf zu bekommen. Ich hatte vorgehabt, sie anzurufen und um ein Date zu bitten. Ich hatte die Sache zwischen uns ins Laufen bringen wollen, trotz der Art, wie sie mich an jenem Morgen abgewiesen hatte. Jetzt machte ihre Distanziertheit allerdings auch mehr Sinn. Wenn sie schon von Anfang an gewusst hatte, wer ich war, ich aber bis zum nächsten Morgen immer noch nichts kapiert hatte, dann schmeckte ihr das wahrscheinlich nicht besonders. Außerdem plante sie, ein Baby zu bekommen! Das ist nicht gerade eine nebensächliche Angelegenheit.

Als die letzte Patientin die Praxis verlassen hatte, klappte ich auf der Couch in meinem Büro zusammen. Ich blickte auf den Stapel an Akten auf meinem Schreibtisch, der beinahe einen halben Meter hoch war, als just in jenem Moment mein Telefon läutete und einen Anruf von Bruce anzeigte.

„Er ist es, stimmts?“, fragte Sheryl lachend.

„Er hat gerade beim Empfang angerufen“, fügte Miranda hinzu, die sich auch zu uns in mein Büro gesellt hatte.

„Oh, ich werde ihn töten“, knurrte ich, bevor ich ranging.

„Töte mich nicht“, sagte Bruce, als wüsste er ganz genau, was ich gerade dachte. „Tut mir leid. Ich hab mit einer Schluss gemacht und die Sache ist hässlich geworden. Die Polizei musste einschreiten, ich hatte einen ziemlich beschissenen Tag. Morgen bin ich wieder da. Ich verspreche, dass so etwas nicht wieder vorkommt. Unsere Unterhaltung von neulich ist immer noch präsent in meinem Kopf. Ich werd mich anstrengen.“

„Bruce, ich weiß nicht. Ehrlich gesagt glaub ich dir kein Wort von dem, was du mir gerade erzählst.“

„Verstehe.“

„Du willst nicht einmal mit mir streiten?“, fragte ich ein wenig besorgt, weil mein Freund, der mir sonst schon aus Prinzip widersprach, diesmal keine derartigen Anstalten machte.

„Nein, mein Tag war wirklich beschissen. Die Frau wollte von meinem Balkon springen, nachdem ich es ihr gesagt hatte. Es war schrecklich. Ich konnte sie gerade noch zurückreißen und musste die Polizei holen. Man hat sie in die Psychiatrie gebracht.“

„Scheiße, tut mir leid, Mann”, sagte ich und verstand, dass seine Geschichte diesmal wohl wirklich stimmte und er sich das nicht nur ausgedacht hatte.

„Ja, ich komme morgen in die Praxis und dann erzähl ich dir alles. Ich muss jetzt pennen. Emotional erschöpft“, sagte er und legte auf.

„Und, welche verrückte Ausrede hatte er dieses Mal?“, fragte Sheryl belustigt.

„Ich bin nicht sicher, ob es wirklich eine Ausrede war. Er schien ziemlich durch den Wind zu sein.“

„Naja, das will ich mir morgen selbst ansehen. Viel Spaß noch mit den ganzen Notizen“, sagte sie mit teilnahmsvollem Lächeln.

„Dafür bekommt er die vielen Moneten“, meinte Miranda, bevor die beiden Frauen zum Abschied winkten und sich in Richtung Feierabend davonmachten.

„Macht euch um mich keine Sorgen. Ich bin morgen früh da, wenn ihr wiederkommt“, rief ich ihnen hinterher.

„Wir machen uns keine Sorgen“, lachte Sheryl.

Ich hörte, wie sie die Eingangstür absperrte, nachdem sie sie hinter sich zugemacht hatte. Ich musste meistens noch eine Stunde oder zwei dableiben, nachdem die letzten Patientinnen gegangen waren. Das war nötig, um mit dem Papierkram hinterherzukommen. Aber weil ich an jenem Tag so viele Patientinnen gehabt hatte, war überhaupt keine Zeit gewesen, irgendetwas in den Computer oder die offiziellen Akten zu übertragen. Ich hatte nur während der Untersuchungen meine handschriftlichen Notizen machen können. Jetzt musste ich jeden einzelnen Zettel durchgehen und mein Gekritzel ins Reine schreiben, um die Akten zu sammeln und später mit Bruce über seine Patientinnen reden zu können.

Die Notizen in den medizinischen Unterlagen waren gesetzlicher Bestandteil jedes Falls. Bei Bruces Patientinnen achtete ich besonders darauf, die Sache gründlich zu machen und saubere Akten zu führen. Es durfte auf keinen Fall sein, dass es bei dem ganzen Hin und Her zu Verwirrungen kam, zum Beispiel über die bereits verabreichten Medikamente. Außerdem bestand so immer die Gefahr, etwas Wichtiges zu übersehen.

Gottseidank war der Tag hauptsächlich mit Beratungsgesprächen und Routinekontrollen ausgefüllt gewesen. Wir behielten uns gerne bestimmte Tage der Woche für bestimmte Arten von Terminen frei, jedenfalls soweit es ging. Wäre es ein Freitag gewesen, wäre ich noch angefressener auf Bruce gewesen, weil wir am Freitag immer unsere komplizierten Fälle ansetzten, und dafür brauchte es wirklich den Arzt, der mit der jeweiligen Patientin am besten vertraut ist.

Ich begab mich zu meinem Schreibtisch und stöhnte ob der Menge an Arbeit, die ich an diesem Abend noch vorhatte. Aber bevor ich mich allzu sehr in mein Geschreibsel vertiefte, wählte ich noch Julias Nummer, um zu sehen, ob ich mich vielleicht bei ihr entschuldigen konnte.

„Hier ist Julia, hinterlassen Sie eine Nachricht nach dem Pieps“, sagte ihre liebliche Stimme, gleich nach dem ersten Klingeln.

„Hey Julia. Tut mir echt leid wegen dem, was heute passiert ist. Und weil ich dich nicht erkannt hab. Ich hatte trotzdem das Gefühl, dass es zwischen uns eine Verbindung gab, und ich habe ganz ehrlich gespürt, dass ich dich irgendwie kenne, aber ich konnte dich einfach nicht einordnen. Zu meiner Verteidigung: Du bist jetzt viel hübscher, als ich dich in Erinnerung habe. Scheiße, sorry. Das sollte nicht so übel klingen. Tut mir leid, bitte ruf mich einfach zurück. Ich möchte mich entschuldigen."

Ich legte auf und ließ dann vor Frust den Kopf in meine Hände sinken. Das war bei Weitem die schlechteste Entschuldigungsnachricht in der Geschichte des männlichen Geschlechts. Wieso hatte ich das nicht wenigstens ein bisschen durchdacht, bevor ich sie anrief?

Überall sonst im Leben hatte ich kein Problem damit, mir Notizen zu machen und mich vorzubereiten, um sicherzustellen, dass ich keine Fehler machte. Bei meinen Patientenakten war ich akribisch. Und trotzdem klingelte ich einfach bei ihr durch, ohne mir im Geringsten zu überlegen, was ich überhaupt sagen wollte, und ohne mir etwas aufzuschreiben. Ich hatte ihr im Prinzip gesagt, dass sie hässlich war, als wir noch zur Schule gingen. Sie musste mich hassen!

Widerwillig schob ich mein Handy beiseite und machte mich an den Papierberg. Es war äußerst unwahrscheinlich, dass Julia mich irgendwann in nächster Zeit zurückrufen würde. Ich war mir nicht einmal sicher, ob ich jemals wieder von ihr hören würde.

***

Drei Tage später herrschte noch immer Funkstille zwischen uns. Es trieb mich in den Wahnsinn. Sie musste doch wissen, dass ich mich nicht absichtlich wie ein totaler Arsch aufführte. Sie mochte mich nie wiedersehen wollen, sie mochte meine Praxis für ihre Befruchtung meiden, aber ich konnte nicht mit der Vorstellung leben, dass sie mich für den Rest ihres Lebens für ein Arschloch und einen kolossalen Trottel hielt. Ich beschloss schließlich, bei Rob anzurufen, um mich mal wieder zu melden und auch, um vielleicht herauszufinden, ob Julia ihm irgendetwas über die Ereignisse erzählt hatte.

„Hey, was geht ab?“, ging Rob ans Telefon.

„Nicht viel, ich klingle nur mal wieder durch. Willst du mal was trinken gehen?“, fragte ich.

„Wann wollte ich jemals nichts trinken?“

„Sehr wahr. Wie wäre es gleich heute?“

„Du kennst mich so gut.“

Da hatte er recht, ich kannte Rob tatsächlich gut. Hätten wir einen weiter entfernten Termin ausgemacht, dann hätte er mich mit Sicherheit versetzt. Die beste Strategie war bei ihm immer die Einladung am selben Tag. Ich war auch nicht anders. Die meiste Zeit machte ich keine Pläne für meine Wochenenden und schnappte mir einfach, wer gerade verfügbar war, um etwas zu unternehmen, oder ich rief eine Frau für ein Date an.

„Dann treffen wir uns um neun bei Henrys?“, fragte ich

„Scheiße, nein, heute kann ich doch nicht. Ich hab vergessen, dass ich diese Sache mit Marissa habe.“

„Oh, Marissa?“

„Ja, nur so eine Börsenmaklerin, mit der ich ausgehe. Nichts Ernstes.“

„Wir können uns ein andermal treffen”, sagte ich so gleichgültig wie ich konnte. „Vielleicht könntest du dann auch deine Schwester einladen. Ist sie nicht inzwischen nach New York gezogen?“

„Julia ist schon seit ein paar Jahren hier Mike, ich hab dir von ihrem Job im Hotel erzählt. Weißt du nicht mehr, sie ist Verkaufsberaterin für die hohen Tiere bei King Hotels?“

Als er erwähnte, was Julia beruflich machte, fiel mir sofort die Unterhaltung wieder ein, die wir vor über einem Jahr geführt hatten. Es war ein kurzes Gespräch mitten in einer lauten Bar, danach waren wir gleich losgezogen und hatten ein paar Mädchen aufgerissen. Es war eines der wenigen Male gewesen, das wir im vergangenen Jahr überhaupt miteinander unterwegs gewesen waren, und ehrlich gesagt hatte ich mich in jener Nacht wenig um seine Schwester geschert.

„Oh, ja. Sorry, hab ich vergessen. King Hotels, das ist ziemlich cool. Was treibt sie sonst so in letzter Zeit?"

„Mann, keine Ahnung. Ich komm bei ihrem Leben nicht mit. Du weißt ja, wie sie ist."

Genau genommen wusste ich eigentlich überhaupt nicht, wie sie war. Das hatte ich in den letzten Tagen erfolglos herauszufinden versucht. Aber diese heikle Information würde ich Rob gewiss nicht unter die Nase reiben. Ich war mir nicht so sicher, ob er es für eine so tolle Idee halten würde, dass ich mit seiner Schwester schlafen wollte.

„Oh, ja ich weiß schon. Okay, na dann ruf mich an, wenn du mal was trinken gehen willst. War schön, mal wieder von dir zu hören."

„Dito", sagte Rob, bevor wir beide auflegten.

Das Beste an einem Freund wie Rob war, dass wir uns schon so lange kannten, dass uns eine kurze Unterhaltung genügte. Es war kein Bedarf, uns gegenseitig lang und breit zu erklären, wieso wir zuvor zu beschäftigt gewesen waren, um anzurufen. Kein Bedarf an Heuchelei oder Geheimnistuerei, außer natürlich der Tatsache, dass ich seine Schwester begattete. Dieses Detail würde ich ihm nicht anvertrauen.

Es machte mir nicht viel Mühe, nach ein paar Anrufen zu einem Mr. Schneider durchgestellt zu werden, dem

Verkaufschef bei King Hotels. Fünf Minuten und ein paar Notlügen später hatte ich die Adresse des Hotels, in dem Julia arbeitete.

Ich schnappte meinen Mantel und lief zum Taxistand in der Absicht, zuerst einmal nur das Gebäude auszukundschaften und mir die Umgebung anzusehen. Nichts weiter. Ich wollte nur mal sehen, was Sache ist, sodass ich vielleicht später dann mal in der Gegend Mittagessen und dort zufällig Julia treffen konnte.

Draußen war es eiskalt. Alles andere als normal für einen Nachmittag im September. Ich hatte mir den Mantel bis oben zugeknöpft und musste trotzdem das Kinn im Kragen verstecken, um mich warmzuhalten, nachdem ich vor dem Hotel aus dem Taxi ausgestiegen war.

Als ich da so schlotternd vor dem großen Glasgebäude stand, beschloss ich schließlich doch, hineinzugehen. Die Lobby des Hotels war modern und mit Glasskulpturen und etwas eigenartigen Kunstwerken dekoriert. In einer Ecke der Empfangshalle waren ein paar Ledersessel zu einem Quadrat angeordnet, also setzte ich mich und tat eine Weile lang so, als würde ich etwas auf meinem Handy nachsehen.

Alle paar Augenblicke sah ich mich unauffällig um und beobachtete meine Umgebung. Leider hatte ich auch nach einer halben Stunde nicht wirklich feststellen können, ob die Marketing- und Verkaufsabteilung im Erdgeschoss war oder sonst irgendwo im Gebäude.

Dann sah ich Julia. Mein Puls beschleunigte sich und ich schaute schnell hinunter auf mein Telefon, während ich verstohlen in Richtung der Büros zu spähen versuchte, aus denen sie gerade gekommen war. Meine Technik, aufs Handy zu sehen und dann kurz aufzublicken, funktionierte prächtig, bis Julia mit mir Blickkontakt herstellte und auf mich zukam.

Das Spiel war aus. Sie hatte offensichtlich bemerkt, dass ich sie beobachtete. Jetzt musste ich mir nur überlegen, was für eine Geschichte ich ihr auftischen wollte, was ich hier zu suchen hatte. Vielleicht war ich wegen eines Meetings da? Nein, ich wusste ja nicht einmal, welche Firmen es hier in der Gegend gab. So würde ich mich niemals herausreden können. Vielleicht konnte ich ja einfach behaupten, dass ich mich hier in der Lobby mit einem Freund treffen wollte.

„Mike, was tust du hier?“, fragte Julia und setzte sich in einen Sessel mir gegenüber.

Es hätte auch einen Platz direkt neben mir gegeben, es war also ein deutliches Zeichen, dass sie sich so weit als möglich von mir weggesetzt hatte. Sie war nach vorn gebeugt und stützte die Ellbogen auf die Knie, ihr Gesicht trug einen ernsten und missbilligenden Ausdruck.

„Ich stelle dir nach“, sagte ich, zuckte mit den Schultern und lächelte. In der Hoffnung, dass ein wenig Humor die Stimmung vielleicht auflockern würde.

„Du findest das wahrscheinlich lustig, aber im Ernst, wieso bist du hier?“

„Ich bin gekommen, um dir zu sagen, dass es mir leidtut. Ich habe es dir auf ganz furchtbare Art und Weise auch schon auf Band gesprochen, aber ich wollte sichergehen, dass du mich richtig verstehst. Ich wollte mich nicht so verhalten.“

„Okay, danke“, sagte Julia und stand auf, um zu gehen.

„Das ist alles?” Ich lief ihr nach. „Du verzeihst mir und lässt mich dann einfach stehen?”

„Was willst du noch, Mike? Willst du mich hier bei der Arbeit bloßstellen, wie du es in deiner Praxis getan hast? Nein, danke. Ich nehme deine Entschuldigung an, du kannst jetzt also mit deinem Leben weitermachen und musst dir nicht länger über meine verletzten Gefühle Gedanken machen."

Sie wandte sich um und ging, woraufhin ich instinktiv ihre Hand fasste und sie festhielt. Bei der Berührung ihrer weichen Haut schossen elektrische Blitze durch meinen Körper. Die Reaktion durchfuhr meine Eingeweide und wenige Sekunden später pulsierte ich schon vor Verlangen.

„Kann ich dich zum Abendessen einladen? Du bist hier doch bestimmt bald fertig. Wir könnten in der Nähe was essen gehen, ich verspreche, dass ich ein Gentleman sein werde."

„Jetzt willst du mich zum Essen ausführen? Das ist nicht nötig."

Ihr Blick heftete sich auf mich und sie schüttelte sanft den Kopf hin und her, während ich ihr fest in die schönen braunen Augen sah. Ich war nicht gewillt, sie loszulassen. Ich hielt immer noch ihre Hand fest und wusste einfach, dass ich mehr Zeit mit ihr verbringen musste. Davon konnte ich sie aber nur überzeugen, wenn wir es gleich an Ort und Stelle taten. Ich war Feuer und Flamme.

„Mike, Ich weiß ja nicht, ob du verstanden hast, wieso ich in deiner Praxis war. Aber es bedeutet, dass das hier nicht wirklich eine Option ist", sie deutete zu meiner Hand hinunter, die immer noch ihre umklammerte. „Lassen wir es einfach gut sein. Du hast dich entschuldigt, ich habe die Entschuldigung angenommen. Wir können das beide hinter uns lassen."

„Du sagst also nein zu einer Gratismahlzeit?"

„Ich sage nein."

„Julia, ist alles okay?", fragte ein Mann, der neben uns stehen geblieben war. Er schielte auf meine Hand und ich ließ Julia schnell los.

„Alles bestens Teddy“, versicherte sie ihm. Ich war – wie sich am Beispiel Julia deutlich zeigte – nicht gut mit Gesichtern, aber ich hätte schwören können, dass dieser elegant gekleidete Geschäftsmann Julias schillernde Begleitung letzte Woche im Club war.

„Hi, ich bin Teddy Schneider, der Abteilungsleiter hier. Kann ich irgendetwas für Sie tun?“, fragte er mich, als wollte er mir ein Dutzend Hotelzimmer andrehen oder so.

„Nein, ich denke, Julia hat hier alles im Griff. Sie hat gerade angeboten, dass wir gemeinsam Abendessen gehen könnten, damit wir meine Buchung für eine Konferenz nächstes Jahr besprechen können.“

„Fantastische Idee, ja. Bitte, gehen Sie nur. Julia ist meine beste Verkäuferin. Sie wird Ihnen bei allem behilflich sein, was Sie brauchen.“

Teddy Schneider ging davon und ich versuchte es mit einem weiteren verspielten Lächeln, um zu sehen, ob ich die Spannung nicht etwas hatte lösen können, aber Julias ernstes Gesicht hatte sich kein Stück aufgehellt. Sie marschierte schnurstracks zu dem Gang mit Büros hinüber und ich folgte ihr zu der Tür mit ihrem Namen drauf.

Ich wollte gerade mein nächstes Argument vorbringen, da begriff ich, dass sie ihren Mantel und ihre Tasche holte. Das Grinsen in meinem Gesicht nahm Überhand, als sie an mir vorbei und raschen Schrittes in Richtung des Eingangs zur Lobby ging. Ihre acht Zentimeter hohen Absätze hallten vom Fliesenboden des großen Raumes wieder, während ich mit großen Schritten zu ihr aufschloss.

„Danke, Julia“, hauchte ich und hielt ihr die Tür auf.

„Du wirst bei mir eine Konferenz buchen müssen.”

„Ok“, antwortete ich ohne zu zögern.

Ich war zufälligerweise in einem Konferenzkomitee für

Reproduktionsmediziner. Beim nächsten Treffen würde ich einfach den Namen King Hotels in die Runde werfen und darauf hinwirken, dass wir hier buchten. Meine Schritte waren plötzlich federleicht, als ich Julia über die Straße folgte, um mit ihr essen zu gehen. Ich war heilfroh, dass ich sie dazu gebracht hatte, sich auf das improvisierte Date einzulassen.

„Wir werden hier etwas essen und das wars“, sagte sie und zeigte auf das italienische Restaurant, vor dem wir standen.

„Perfekt.”

„Sonst nichts, Mike.”

„Okay, das passt wunderbar.”

Ich hielt ihr die Tür auf, sie strich sanft an mir vorbei und wir betraten den winzigen Italiener an der Ecke. Von drinnen war Giovannis hübscher, als es von draußen ausgesehen hatte. Mir wäre nie in den Sinn gekommen, eine Frau hierher auszuführen, hätte ich nur das rostige Schild außen am Gebäude gesehen. Aber im Inneren war alles mit glanzpoliertem Parkett ausgelegt und der Gastraum war geräumiger als in vielen hochklassigen Restaurants in New York. Die Tische waren mit weißen Tischtüchern und künstlichen Kerzen gedeckt. Es war geradezu romantisch und ich bemerkte, dass Julia stockte, als wir in der Nähe der Tische darauf warteten, bedient zu werden.

„Ich war hier noch nie. Ich hätte es anders eingeschätzt”, sagte sie verschnupft, als gerade ein Kellner auf uns zukam.

„Hallo und willkommen bei Giovannis. Haben Sie eine Reservierung?“

„Nein, tut mir leid, haben wir nicht“, sagte Julia. „Wir können ein andermal...“

„Es tut mir leid, das ist meine Schuld. Das hier ist so eine

Art Last-Minute-Date“, fiel ich dazwischen, bevor Julia dem Mann sagen konnte, dass wir gehen würden. „Gibt es irgendeine Möglichkeit, einen Tisch zu bekommen? Ich wäre Ihnen wirklich sehr dankbar“, sagte ich und gab dem Kellner die Hand – mit einem Hundertdollarschein darin. Ich schätzte, ein Versuch konnte nicht schaden. Und tatsächlich schaute der Mann auf seine Tischliste und strich einen Namen durch, um für uns Platz zu machen.

„Ihr Name?”, fragte er und schaute mich an.

„Doktor Cooper“, sagte ich und spielte auch noch den Doktortrumpf aus.

„Danke. Ja, es sieht so aus, als hätte es eine kurzfristige Absage gegeben, sodass ich Sie hineinquetschen kann. Bitte folgen Sie mir“, sagte der Mann und wir gingen hinter ihm her in eine der hinteren Ecken des Restaurants. „Ich werde Sie heute bedienen, mein Name ist Jessie. Ich gebe Ihnen ein paar Minuten Zeit und komme dann mit der Speisekarte wieder.“

„Danke sehr“, erwiderte ich und hielt Julia den Stuhl hin. „Das ist ein schöner, romantischer Platz“, sagte ich, als sie sich gesetzt hatte.

„Du weißt, dass ich keinen romantischen Platz wollte. Ich dachte, das hier sei eine Spelunke.“

„Wir können doch das Beste draus machen“, antwortete ich und setzte mich ihr gegenüber. „Darf ich mich jetzt entschuldigen?“

„Nur zu.”

„Zuerst zu meinem Verhalten in der Praxis. Es tut mir leid. Es war respektlos und unhöflich von mir. Meine einzige Ausrede ist, dass mein Kollege Doktor Simon mich im Stich gelassen und ich deshalb die doppelte Menge an Arbeit hatte. Es ist mir in der Vergangenheit einmal passiert, dass sich eine Frau, mit der ich zuvor ausgegangen war, in meine Praxis geschlichen hat, deshalb habe ich voreilige Schlüsse gezogen, als ich dich dort gesehen habe. Es tut mir sehr leid und ich möchte mich ehrlich entschuldigen."

Julia wandte den Blick ab und ihre Augen begannen sich mit Tränen zu füllen. In einem Wimpernschlag war sie von hart und distanziert zu süß und verletzlich gewechselt. Ich streckte mich und griff nach ihrer Hand, um sie zu trösten.

„Schon gut", brachte sie unter Tränen hervor.

„Ich hatte letztens eine wunderbare Zeit mit dir. Ich glaube wirklich, dass wir eine Verbindung hatten, und ich habe mich darauf gefreut, mich wieder mit dir zu treffen."

„Darauf bin ich nicht wirklich aus", sagte sie und blickte weiterhin in eine andere Richtung, nur kurz huschten ihre Augen zu mir. „Weil ich bei dir in der Praxis war, weißt du natürlich, dass ich vorhabe, in eine neue Phase in meinem Leben überzugehen."

„Ja, da bin ich draufgekommen, als ich kapiert hatte, worum es wirklich ging."

„Mike, tut mir leid, dass ich nichts darüber gesagt habe, dass wir uns kennen", sagte sie und blickte mich schließlich mit ihren verweinten Augen an. „Als wir in dem Club waren, fand ich das lustig. Es war aufregend, dass du mich als attraktive Frau wahrgenommen hast und nicht als kleines Mädchen. Aber ich hätte etwas sagen sollen."

„Nein, kein Problem. Ich hatte wirklich das Gefühl, als hätten wir uns schon mal getroffen, oder als würde ich dich kennen. Ich bin eben ein Trottel und selber schuld. Ich hätte dir mehr Fragen stellen und dich besser kennenlernen sollen. Dann wäre es sicher irgendwann herausgekommen. Aber die Wahrheit ist, dass ich einfach wie gefesselt von dir war und die Anziehung hat mir wohl etwas die Sinne verschleiert."

Ich drückte ihre Hand und sie lächelte zurück. Es war das erste Lächeln, dass ich aus ihr herauskitzeln hatte können und es gab mir die Hoffnung, dass sich noch alles zum Guten wenden würde. Ich reichte ihr eine Serviette, damit sie sich die Augen wischen konnte, denn unser Kellner kam gerade zurück und brachte die Speisekarten.

„Kann ich Ihnen schon etwas zu trinken bringen?", fragte er.

„Ich könnte wirklich einen Drink gebrauchen", meinte Julia, bevor ich etwas sagen konnte. „Bringen Sie uns eine Flasche Rotwein. Irgendetwas Gutes."

„Ja, wie die Lady gesagt hat", stimmte ich zu.

„Unsere Pasta des Tages ist heute Primavera. Ich komme gleich wieder und bringe Ihren Wein", sagte der junge Mann beflissen. „Unsere beste Flasche Rotwein kostet dreihundert Dollar", flüsterte er noch in mein Ohr. „Möchten Sie die?"

„Ja, das klingt genau richtig", erwiderte ich.

„Dreihundert Dollar, wow", sagte Julia und lachte ein wenig. „Du willst wirklich, dass ich dir verzeihe."

„Wenn ich nichts weiter tun muss, als Wein zu bezahlen, dann bin ich dabei." Ich hielt immer noch ihre Hand fest und wollte nicht loslassen. Die sanfte Berührung ihrer Haut beruhigte mich und ich hätte am liebsten den ganzen Abend so dagesessen und mich an ihr festgehalten. Und solange sie sich mir nicht entzog, ließ ich mir die Gelegenheit auch nicht nehmen, sie noch länger zu berühren.

„Ich sollte dir wohl mehr darüber erzählen, was ich in deiner Praxis wollte", begann Julia dramatisch und zog ihre Hand an sich. „Ich will ein Baby bekommen, aber ich stehe noch am Anfang des Prozesses und wollte im Grunde Doktor Simon begutachten, um zu sehen, ob er der Richtige für mich ist."

„Darf ich fragen, warum?”

“Weil ich gehört habe, dass viele Frauen sehr zufrieden mit seiner Arbeit sind und oftmals immer wieder zu ihm gehen, um sich befruchten zu lassen.“

„Nein, wieso willst du ein Baby auf diesem Weg? Ich meine das überhaupt nicht abwertend. Ich weiß ja, dass sich viele Frauen dazu entscheiden. Aber du bist eine wunderschöne, intelligente und witzige junge Frau. Mir scheint, als dürftest du keine Probleme damit haben, einen Mann zu finden, der mit dir ein Kind haben möchte.“ Bei dem Gedanken musste ich lächeln.

Ich konnte mir ehrlich keinen Mann vorstellen, der Julia abweisen würde, wenn sie ihn darum bitten würde, ein Baby mit ihr zu zeugen. Sie war eine umwerfende Frau, die eindeutig wusste, was sie wollte, und ihr Leben im Griff hatte. Sie gehörte zum Besten vom Besten, was man in New York so finden konnte. Es schien einfach nicht zu ihr zu passen, ein Kind mittels künstlicher Befruchtung zu bekommen.

„Aber findest du nicht, dass es Frauen bei einer künstlichen Befruchtung viel leichter haben?“, fragte sie. „Sie müssen sich nicht mit irgendeinem komischen Kerl rumschlagen. Keine rechtlichen Probleme. Keine Beziehungsprobleme. So ist es doch viel einfacher.“

„Das stimmt schon manchmal, aber manchmal...“, begann ich, hielt mich dann aber selbst davon ab, weiter ins Detail zu gehen. „Wir sollten das Thema wechseln, finde ich“, sagte ich nervös. „Das scheint mir ein etwas schwieriges Feld zu sein für unsere erste Verabredung.“

„Oh, also du beharrst immer noch darauf, dass wir auf einem Date sind?“ Sie lachte laut.

„Ähm, ja, wir sind in einem romantischen Restaurant und ich habe grade Wein bestellt. Das hier ist definitiv ein

Date.”

„Ich dachte, du wolltest dich nur entschuldigen”, meinte sie lachend.

„Ja, es ist eine Entschuldigung und ein erstes Date. Aber wir müssen ja nicht unbedingt ein Etikett auf alles kleben, oder?“

„Wie hast du überhaupt herausgefunden, wo ich arbeite? Das habe ich dir doch gar nicht erzählt?“

Julia sah fantastisch aus, ihr Gesicht war sanft geworden und sie hatte sich nach vorn über den Tisch gebeugt. Ihre großen braunen Augen glänzten noch von den Tränen, aber ihr Lächeln brachte ihr Antlitz zum Strahlen und ich spürte, dass es zwischen uns bergauf ging.

„Ich hab deinen Bruder angerufen“, meinte ich beiläufig.

„Oh, nein! Du hast ihm doch nicht erzählt, dass ich in deiner Praxis war?“, rief sie aus.

„Natürlich nicht. Es gibt ja immer noch eine ärztliche Schweigepflicht“, sagte ich. „Ich hab ihn nur angerufen, um mich mal wieder zu melden, und da hab ich noch ein paar Fragen über dich und deine Arbeit hier in New York beigemischt.“

„Ich bin schon ein paar Jahre hier. Ihr zwei habt vorher wirklich nie über mich geredet?“

„Nicht wirklich“, antwortete ich, schnitt eine Grimasse und zuckte die Achseln. „Wir sind ziemlich selbsteingenommen und reden normalerweise nur über mich oder Rob und was wir so machen. Ich glaube, wir reden eigentlich nie viel über andere Leute.“

„Ja, das hört sich nach euch beiden an“, lachte Julia. „Ich habe noch keinem meiner Brüder von meinen Plänen erzählt. Ich kann mir nicht vorstellen, dass sie verstehen würden, wieso ich das mache.“

„Wieso du alleine ein Kind bekommen willst?“, fragte ich.

„Ja, es ist ja auch ungewöhnlich. Aber ich habe mich entschieden und ich zieh das jetzt durch. Jetzt brauche ich nur noch einen Papa Bär“, meinte sie lachend.

„Und den suchst du über eine Samenbank?“

„Ja, wieso? Du machst so ein komisches Gesicht. Gibts da etwas, das ich wissen sollte?“

„Nein, nein, ich meine, sie überprüfen ihre Spender auf Krankheiten und manche machen sogar Gentests, ich weiß also, dass das sehr sicher ist. Es ist nur...“ Ich wollte weiterreden, aber sah die Besorgnis in Julias Gesicht. „Vergiss es. Ich bin mir sicher, dass du einen Spender findest, der genau das erfüllt, was du suchst.“

Der Kellner unterbrach uns und schenkte den Wein ein, bevor er unsere Essensbestellungen aufnahm und wieder verschwand. Ich war mir sicher, dass er die Intensität unserer Unterhaltung spürte und sich deshalb schnell wieder rarmachte.

Julia und ich waren beide nach vorn gebeugt und hatten die Hände auf die weiße Tischdecke gelegt. Es lagen nur ein paar Zentimeter zwischen uns, aber dennoch fühlte es sich jetzt wie eine riesige Kluft an und ich begann zu zweifeln, ob Julia sie überwinden wollte.

„Mike, trotz allem sehe ich dich wirklich als Freund. Das ist dein Spezialgebiet und ich hätte gerne deine Meinung. Gibt es eine bestimmte Samenbank, die ich meiden sollte? Oder sollte ich nach irgendetwas Spezifischem fragen? Lass mich bitte keinen riesen Fehler machen, wenn du etwas weißt, das mir helfen könnte.“

„Okay, also ich mache das jetzt seit ein paar Jahren und ich muss sagen, dass ich schon viele Frauen gesehen habe, die beginnen, sich darüber Sorgen zu machen, später keinen echten Vater zu haben, den sie ihren Kindern vorstellen könne. Selbst wenn es nur in Bildern und Geschichten passiert, mit einem Brief von ihm oder durch irgendwelche sonstigen Informationen über den Vater. Oft wirken Frauen mit dem ganzen Prozess auf längere Sicht zufriedener, wenn sie sich einen Freund suchen, der für sie als Vater einspringt."

„Es gefällt ihnen also nicht, dass sie nicht wissen, wer der Mann ist?"

„Nicht allen von ihnen. Ich bin sicher, dass viele Frauen, mit denen ich gearbeitet habe, mit dem anonymen Spenderprozess sehr glücklich sind. Du hast schon recht. Dann gibt es keine rechtlichen Probleme und auch niemanden sonst, der bei der ganzen Sache mitreden könnte. Diese Vorgehensweise hat also bestimmt auch ihre Vorteile."

Sie sah verwirrt aus und nippte an ihrem Wein, der süße rote Nektar berührte sanft ihre Lippen, bevor sie ihn in ihren Mund gleiten ließ. Mir wurde ganz heiß, wenn ich ihr nur dabei zusah, wie ihre Lippen das Glas empfingen und den Wein hereinließen. Für einen Moment stellte ich mir diese herrlichen Lippen vor, wie sie sich um mein Teil legten, und ich musste wegsehen. Gott, sie war so unglaublich schön.

„Und die Leute fragen ihre Freunde? Wie funktioniert das? Ich hab ein paar schwule Freunde, bei denen ich mir das auch überlegt habe."

„Ja, sowas in der Art. Die Leute denken sich alle möglichen Arrangements aus, je nachdem. Ich kenne sogar einen Mann, der direkt an Frauen spendet und dann aber gar nicht weiter involviert ist. Aber die Frauen wissen eben, wer er ist, sie können sich nötigenfalls medizinische Informationen holen, er schreibt sogar eine Klausel in den Vertrag, dass er sich später mit dem Kind trifft, falls sowohl die Frau als auch das Kind das möchten. Ich weiß nicht, es gibt da wohl kein richtig und falsch. Aber es ist jedenfalls etwas, worüber es sich nachzudenken lohnt, bevor du eine Entscheidung fällst."

„Danke Mike, ich weiß deine Hilfe zu schätzen. Das ist schräg, aber ich weiß es zu schätzen."

„Natürlich, du kannst mich über diese Dinge fragen, was du willst. Ich weiß vielleicht nicht immer die richtige Antwort, aber ich helfe gerne."

Nachdem das Essen gekommen war, saßen wir in Stille, aßen und tranken unseren Wein. Wie zum Teufel sollten wir unsere Unterhaltung fortsetzen, nachdem wir gerade über Samenspender geredet hatten? Es war alles andere als ein normales erstes Date.

„Wie gefällt dir die Arbeit in diesem Feld?", fragte Julia schließlich.

„Ich liebe es. Meine Patientinnen machen eine aufregende und gleichzeitig furchteinflößende Zeit in ihrem Leben mit. Es ist eine Ehre, ihnen in dieser Phase beizustehen und zu helfen."

„Scheint mir ein schönes Betätigungsfeld zu sein. Alle sind immer happy und bekommen Babys."

„Nicht alle, leider. Manche Paare kommen zu uns, die verzweifelt versuchen ein Kind zu bekommen, und manchmal können auch wir nicht weiterhelfen. Das kann dann schon herzzerreißend sein."

„Oh, ja", sagte sie leise.

„Und wie gefällt dir dein Job so? Du hast da drüben im Hotel einen ganz schön wichtigen Eindruck gemacht. Läufts gut? Liebst du deine Arbeit? Wie kommst du mit deinem Vorgesetzten klar? Er scheint ja ein netter Kerl zu sein."

„Uff, so viele Fragen beim ersten Date. Komm mal

runter, Alter", lachte sie.

Unser Dinner ging noch zwei Stunden lang so weiter, mit einer Kombination aus den üblichen, etwas ungeschickten Fragen beim ersten Date und Gesprächen über medizinische Reproduktion. So sehr ich Julia auch als sexuell anziehende Frau sah und sie ins Bett kriegen wollte, so sehr spürte ich, dass sie mich auf Distanz hielt und mich nur als Freund haben wollte, je länger wir uns unterhielten. Bis zum Ende des Abends war ich ganz weit in die Untiefen der Friendzone abgedriftet.

„Danke für das Abendessen und die Unterhaltung, Mike. Du wirst mir noch eine große Hilfe sein bei dieser Sache. Du bist ein guter Freund", beendete Julia den Abend und gab mir einen Kuss auf die Wange, nachdem ich sie zu einem Taxi vor dem Restaurant begleitet hatte.

„Klar doch. Ich helfe immer gerne, und ich verspreche, dass Doktor Simon bei deinem nächsten Besuch da sein wird und ihr zwei wunderbar miteinander auskommt. Er hat einen besseren Umgang mit seinen Patienten als ich", sagte ich lachend.

„Danke nochmal, wir hören voneinander. Ich habe bestimmt bald noch eine Menge Fragen. Gute Nacht", sagte sie noch und winkte, als ihr Taxi davonfuhr.

Kapitel 7

Julia

„Na, wie war dein Date mit Mister Geili-Geili-Supertyp?“, fragte Teddy, als ich am nächsten Morgen zur Arbeit kam.

„Date?“

„Du brauchst gar nicht so unschuldig zu tun. Das ist der Typ von neulich aus dem Club. Diese malerischen Augen würde ich überall wiedererkennen. Du hast ihn also dazu gebracht, dass er dir hinterherläuft. Mädel, du bist der Boss!“

„Teddy, so ist das nicht. Er ist ein alter Freund. Es ist eine lange Geschichte, aber wir sind nur befreundet.“

„Nein, das kauf ich dir sowas von gar nicht ab. Wenn ein Mann dich so ansieht, dann hat er keine Freundschaft im Sinn. Was hast du getan, Julia? Willst du dir diesen heißen Kerl etwa entgehen lassen? Sag, dass das nicht wahr ist!“

„Du weißt, dass das kein angemessenes Gespräch fürs Büro ist. Wolltest du nicht daran arbeiten, deine Grenzen als Vorgesetzter einzuhalten?”, fragte ich lachend und gab ihm den Kaffee, den ich ihm auf dem Weg zur Arbeit bei Starbucks mitgenommen hatte.

„Das kann ich besser. Wie wäre es, wenn du deine Verkäufe steigerst, oder ich setz deinen Arsch auf die Straße”, blödelte er.

„Das klingt schon besser.“

„Ernsthaft, Julia. Was läuft da? Gib mir die Details. Du

weißt, dass ich stellvertretend in deinem heterosexuellen Liebesleben aufgehe. Ich selbst hatte in letzter Zeit mit so vielen Vollkoffern zu tun, ich finde ums Verrecken keinen anständigen Kerl."

„Da sind wir schon zwei", antwortete ich kichernd und nippte an meinem Kaffee. „Jetzt aber mal ernsthaft, Mike ist ein Freund meines Bruders und die ganze Sache ist echt super schräg gelaufen. Wie sich herausstellt, ist er Reproduktionsmediziner und als mein Doktor nicht zu unserem Termin erschienen ist, musste Mike für ihn einspringen. Wow, das war so ein peinliches Durcheinander."

„Ernsthaft? Das ist aber eigentlich ganz cool. Ist doch sicher gut, wenn du jemanden kennst, der dir in diesem Prozess helfen kann, nicht?"

Teddy verstand nicht viel von Frauen und Liebe, ich jedenfalls würde bestimmt keinen Mann zu meinem Befruchtungsdoktor machen, mit dem ich gerade geschlafen hatte. Ganz sicher nicht, auf keinen Fall. Das kam nicht in Frage. Ganz zu schweigen von dem ganzen Drama, das es mit sich bringen würde, wenn ich während des ganzen Prozesses dauernd versuchen müsste, nicht mit meinem Arzt zu flirten. Nichts da, ich würde es baldmöglichst wieder mit Doktor Simon versuchen und dann würde ich hoffentlich auch bei ihm bleiben.

Eine Sache, die Mike gesagt hatte, ließ mich jedoch nicht los. Vielleicht sollte ich wirklich eine Samenspende von jemandem in Betracht ziehen, den ich auch kannte? Ich verstand sein Argument, dass ich vielleicht irgendwann in der Zukunft medizinische Auskünfte brauchen würde und dass mein Kind sicher auch irgendwann neugierig sein würde, wer sein Vater war und wie er aussah. Es wäre schon schön, dann ein Bild herzeigen und wenigstens ein bisschen was über die Person erzählen zu können.

„Ich werde mit meinem ursprünglichen Arzt weitermachen, sobald er wieder verfügbar ist, aber über etwas anderes denke ich schon nach.“ Ich hielt kurz inne auf der Suche nach den richtigen Worten. „Was hältst du davon, mein Samenspender zu sein, Teddy?“

„Nein.”

„Was? Wow, das war jetzt echt schnell.“

„Ich hab tatsächlich schon darüber nachgedacht. Als mich eine andere Freundin deswegen gefragt hat. Die Sache ist die, ich möchte wirklich irgendwann Vater werden und ich will dann wirklich am Leben meines Kindes teilhaben. Ich glaube nicht, dass ich damit zurechtkommen würde, ein Baby zu haben, mit dem ich nichts zu tun habe. Tut mir leid.“

„Ich bitte dich Teddy, das muss dir nicht leidtun. Ich verstehe das völlig. Ich dachte nur, fragen kann ja nicht schaden.”

„Ich kann mich ja mal bei ein paar Freunden erkundigen und sehen, ob jemand interessiert ist, wenn du möchtest?“

„Ja, das könnte vielleicht gehen. Ich würde gern mal mit jemandem reden, wenn Interesse besteht. Aber das ist ja schon eine ziemlich große Sache und ich will niemanden drängen. Ich halte mich vielleicht ja doch einfach an den Plan mit dem anonymen Spender, aber ich würde mir trotzdem gerne die Möglichkeit offenhalten, jemanden zu wählen, den ich persönlich kenne.“

„Wie wäre es mit Eddie aus der Buchhaltung? Der steht schon auf dich, seit du hier angefangen hast. Ich bin mir sicher, dass er seine Krieger für den guten Zweck zur Verfügung stellen würde“, meinte Teddy lachend. „Aber ich schätze, er würde sie dir am liebsten auf die altmodische Art und Weise übergeben.“

„Pfui, nein, Teddy! Ich suche niemanden, der Sex will. Das ist ja genau der Grund, warum ich dich gefragt habe", scherzte ich.

„Jaja, ich weiß schon, du wolltest nur, dass dein Kind meinen Sinn für Stil bekommt." Er machte eine Pirouette, um seinen himmelschreienden Anzug des Tages zur Schau stellen.

„Mein Sohn oder meine Tochter hätte Glück, wenn er oder sie deinen Stil erben könnte. Ich meine, man würde das Kind in der Schule wahrscheinlich oft verprügeln, aber..."

„Ha, ha, ha. Sehr lustig. Wieso fragst du nicht die Schnitte, die dich zu dem Date abgeholt hat? Vielleicht würde er es ja tun?"

Bei dem Vorschlag fuhr ich zusammen. Würde er so etwas in Betracht ziehen? Wir hatten die erste Nacht und die Geschichte mit dem One-Night-Stand ja hinter uns gebracht. Ich glaubte wirklich, dass wir jetzt Freunde sein konnten, aber wäre er auch interessiert daran, seine DNA für meine Zwecke zu spenden? Ich konnte es mir nicht vorstellen. Mike wirkte nicht wie die Art Typ, der sich als Samenspender zur Verfügung stellte. Andererseits war er es ja gewesen, der mich überhaupt auf die Idee gebracht hatte.

„Ich glaube nicht, dass er das tun würde. Außerdem finde ich ihn immer noch ziemlich heiß, das wäre wahrscheinlich kein so guter Plan."

„Genau deshalb solltest du ihn ja fragen. Eure Kinder wären so verdammt entzückend! Außerdem ist er offensichtlich clever und du kennst ihn, das wäre später sicher hilfreich, wenn du Kontakt mit ihm willst."

„Schon, aber ich weiß nicht einmal, wie ich ihn das fragen sollte. Ich hätte es vielleicht gestern bei Giovannis erwähnen können, aber jetzt wäre es einfach nur komisch."

Ich konnte dennoch nicht umhin einzusehen, dass Mike eine gute Wahl wäre. Er war zum Niederknien gutaussehend, er wusste natürlich alles über den Befruchtungsprozess und er war ohnehin ziemlich selbstverliebt – er würde sich also wohl kaum in das Leben des Kindes einmischen wollen. Mein Herz begann zu pochen bei dem Gedanken, dass Mike der Vater meines Babys werden könnte. Die Vorstellung gefiel mir. Mir gefiel die Tatsache, dass ich ihn schon lange kannte und ich fand auch, dass er ein einigermaßen anständiger Kerl war. Vielleicht war er genau das, wonach ich suchte.

Aber schon der Gedanke daran, ihn zu fragen, machte mich furchtbar nervös. Unsere bisherigen Aufeinandertreffen waren ohnehin schon weit außerhalb dessen, was ich für gewöhnlich bereit war, mit Leuten zu tun. Wir hatten eine wilde Nacht, eine schreckliche Begegnung im Untersuchungszimmer und dann noch ein romantisches Abendessen gehabt. Die vielfältigen, unterschiedlichen Gefühlsregungen bezüglich Mike ließen mich daran zweifeln, ob ich mich überhaupt noch einmal mit ihm treffen wollte.

„Ich würde ihn einfach anrufen und fragen. Wenn das sein Beruf ist, hat er vielleicht eh schon drüber nachgedacht, es dir anzubieten. Frag einfach. Schaden kann es nicht", meinte Teddy, als würde ich Mike um ein Stück Schokolade bitten, nicht etwa um seine DNA, um damit ein Baby zu zeugen.

„Ich weiß ja nicht..."

„Oder geh mit ihm aus. Aber vielleicht nicht gerade so etwas Romantisches wie Giovannis, wenn du dich nicht an ihn ranmachen willst." Er verdrehte die Augen ob meiner Restaurantwahl.

„Okay, ja, vielleicht zum Bowlen oder so etwas, was Freunde eben so machen?"

„Sicher."

„Hm, ja, das könnte vielleicht gehen. Ich denk drüber nach und ruf ihn irgendwann diese Woche mal an", log ich. Auf keinen Fall würde ich genug Mut aufbringen, Mike wirklich anzurufen. Ich wusste jetzt schon, dass ich das nicht hinkriegen würde.

„Wie war sein Name nochmal?", fragte Teddy und schnappte sich mein Handy vom Schreibtisch.

„Mike Cooper, wieso? Ich hab keine Bilder von ihm da drauf. Du kannst dir seine Facebookseite ansehen..."

„Okay, du rufst ihn grade an", sagte Teddy und hielt mir das Handy vor die Nase.

Ich sah, wie die Nummer gewählt und eine Verbindung hergestellt wurde. Vor lauter Angst und Schreck erstarrte ich komplett. Ich konnte doch nicht einfach so mit ihm reden. Ich musste mir überlegen, was ich sagen wollte. Ich brauchte Zeit, um mir etwas aufzuschreiben, es einzustudieren und erst dann anzurufen, falls ich überhaupt anrufen wollte. Nein, das ging so nicht.

„Hallo?", hörte ich ihn sagen, während Teddy das Handy immer noch vor mein Gesicht hielt. „Hallo, Julia? Bist du da?"

„Ähm, hi", brachte ich nuschelnd hervor.

„Wie gehts dir? Ich freu mich, von dir zu hören", antwortete er, gefolgt von peinlicher Stille, weil ich nichts mehr sagte.

Alles Blut war aus meinem Kopf gesackt und ich fühlte mich, als würde ich jeden Moment ohnmächtig werden. Wieso zum Teufel machte es mich so verdammt nervös, einfach nur mit ihm zu reden? So hatte ich mich doch zuvor nicht gefühlt? Ich hatte ja schon mit dem Mann geschlafen! Ich hatte ihn schon in mir drin gehabt! Und jetzt, wo ich ihn zum Vater meines Kindes machen wollte, konnte ich dennoch kaum denken.

„Wir sollten bowlen gehen“, platzte ich schließlich heraus, viel lauter als ich eigentlich gewollt hatte.

„Was ist denn mit deinem Handy los?“, fragte Mike lachend. „Vorher hab ich dich kaum gehört, jetzt klingt es, als würdest du brüllen.“

„Ähm, keine Ahnung. Vielleicht nur, weil hier drin schlechter Empfang ist. Naja, also wenn du viel zu tun hast, versteh ich das. Ich will mich nicht aufdrängen, ich war nur...“

„Ich würde total gerne mit dir bowlen gehen, Julia“, sagte er sanft. „Wie wäre es mit Freitagabend?“

„Jap, hol mich um sieben ab“, sagte ich und legte auf.

„Julia, das war voll unhöflich.“ Teddy lachte ungläubig und legte das Handy zurück auf meinen Tisch.

„Jetzt denkt er wahrscheinlich, dass ich irgendwie bekloppt bin! Oh mein Gott, ich kann nicht atmen. Ich mache das wirklich. Ich frage ihn wirklich, ob er der Vater sein will. Mach ich das? Oh, ich weiß nicht.“

„Ja, tust du. Er scheint ein guter Kerl zu sein und wenn du schon ein Baby bekommen willst, sollte es auch mit einem guten Kerl sein. Aber vielleicht könntest du das Kind auch einfach ganz klassisch mit ihm machen? Du magst ihn doch, oder?“

„Nein, nein, das will ich nicht. Wir hatten nur ein bisschen Spaß zusammen. Es ist nichts Ernstes und ich werde ganz bestimmt nicht gleichzeitig um eine Beziehung und ein Baby bitten, das ist verrückt. Wir sind Freunde. So verkauf ich das. Wir sind Freunde und ich will nur sein Sperma, nicht sein Geld oder irgendetwas sonst. Nur sein Sperma, damit ich ein süßes Baby kriegen kann.“

Teddy nickte handelseinig und wir setzten uns beide hin, um schweigend unseren Kaffee fertigzutrinken. Wenn Mike sich bereiterklärte, mein Samenspender zu sein, dann war das das bestmögliche Endergebnis. Je mehr ich über den Plan nachdachte, desto besser gefiel er mir.

Das größte Problem würde sein, den Mut aufzubringen und ihn auch wirklich zu fragen. Aber sobald ich das geschafft hatte, würde alles glattgehen, davon war ich überzeugt.

„Und wie gedenkst du mit deiner sexuellen Hingezogenheit von dir zu ihm und umgekehrt zu verfahren?“, fragte Teddy, nachdem ich mich endlich wieder ein bisschen beruhigt hatte.

„Was? Nein, da gibts keine Hingezogenheit. Wir sind jetzt Freunde, das habe ich entschieden.”

„Ja genau, das kauf ich dir nicht eine Sekunde lang ab. Aber lüg dich ruhig selber an“, sagte er und feixte mich an.

***

Es schien mir wie eine Ewigkeit, bis Freitagabend endlich da war. Ich war die ganze Woche über ein Häuflein Elend und dachte nur darüber nach, wie ich Mike am besten fragen konnte. Ich konnte nur daran denken, dass ich unmöglich würde sagen können, was ich eigentlich von ihm wollte, ohne völlig verrückt zu klingen. Ich würde bestimmt nicht in der Lage sein, die richtigen Worte zu finden und das ganze völlig in den Sand setzen, da war ich mir sicher.

Als Mike dann am Freitag unten an der Tür zu unserem Gebäude klingelte, sah ich erschrocken zu Kendra auf, als wäre ich ein Reh im Scheinwerferlicht.

„Geh hin“, sagte sie und schob mich zur

Gegensprechanlage.

„Hallo."

„Hey, ich bins, Mike. Drück mir mal die Tür auf, dann komm ich hoch und hole dich."

Wollte ich, dass er zu unserer Wohnungstür heraufkam? Das war eher eine Gepflogenheit für richtige Dates und ich wollte ja nur mit ihm befreundet sein. Ich ging besser einfach runter und traf mich mit ihm in der Lobby.

Summ.

Kendra hatte den Knopf gedrückt und Mike ins Haus gelassen. „Was tust du denn?", rief ich panisch.

„Ich lass ihn rauf. Hör mal auf, dich so seltsam zu verhalten."

„Ich bin nicht seltsam. So bin ich nun mal", sagte ich resigniert.

„Von mir aus, aber überanalysier nicht immer alles und hab einfach Spaß. Wenn das Thema aufkommt, frag ihn einfach. Wenn es eine Gefühlsverbindung gibt, solltest du dich vielleicht darauf einlassen, anstatt dir immer nur um diese ganze Babykiste Gedanken zu machen. Vielleicht ist er ja der Eine?"

„Er ist nicht der Eine." Ich verdrehte die Augen über Kendra. „Ich habe schon beschlossen, dass er nicht der Eine ist. Ich hab dir doch erzählt, wie er sich in der Klinik verhalten hat? Nein, wir werden nur Freunde sein."

„Okay, Julia."

Sie belächelte mich, ich sah es an der Art, wie sie die Lippen zusammenpresste und mich aus dem Augenwinkel ansah. Es war egal, ob sie mir glaubte oder nicht. Mike würde ein Freund sein und nichts weiter. Ich hatte schon so viel Energie aufgewendet, um mich für die Babysache zu entscheiden und Mike hatte dabei noch geholfen, indem er mir die Idee gegeben hatte, jemanden zu bitten, den ich kannte. Erst als ich es von ihm gehört hatte, hatte ich begonnen, überhaupt ernsthaft darüber nachzudenken. Trotzdem waren wir nur Freunde.

Als Mike klopfte, öffnete ich sofort die Tür und schob mich nach draußen in den Gang, bevor Kendra ein Gespräch mit ihm beginnen konnte. Ich hätte es gar nicht gebrauchen können, wenn sie ihn mit Fragen bombardiert und zweideutige Andeutungen gemacht hätte, zumal sie ja die ganze Geschichte kannte. Nichts da, ich würde sie nicht in seine Nähe lassen.

„Hey", sagte ich und hielt die Tür fest, sodass Kendra nicht herauskommen konnte. „Sollen wir gleich los?"

„Ich kann auch noch reinkommen und hallo zu deiner Mitbewohnerin sagen, wenn du möchtest?"

„Nein, nein, wir sollten besser gehen. Kendra fühlt sich nicht so gut." Ich schnappte Mikes Hand und zog ihn den Gang entlang, als ich hörte, wie sie hinter uns die Tür öffnete.

„Viel Spaß, ihr zwei Turteltäubchen", rief sie, als wir gerade in den Aufzug stiegen.

Ich schüttelte nur den Kopf und Mike lachte über ihren Auftritt. Ich wusste nicht einmal, wie ich darauf antworten sollte und betrat einfach nur schweigend den Fahrstuhl.

Mike war echt gutaussehend in seinen dunklen verwaschenen Jeans und dem lässigen T-Shirt dazu. Sein unaufgeregter Look hatte ihn wahrscheinlich nur zwei Minuten gekostet, während ich mich über eine Stunde lang gequält gefragt hatte, welche Hose und welches Oberteil ich anziehen würde. Dann hatte ich mich auch noch nicht entscheiden können, wie ich meine Haare tragen und welches Make-up ich auftragen sollte. Der ganze Vorgang hatte den kompletten Nachmittag in Anspruch genommen und ich war immer noch nicht sicher, ob ich alles richtig gemacht hatte. Ich hatte mich letztlich für meine lose geschnittenen Jeans und mein Lieblingsshirt von den Kansas Royals entschieden. Meine Haare waren in einem einfachen Pferdeschwanz zusammengebunden und ich hatte nur etwas Wimperntusche und Rouge aufgetragen.

Es ging nicht um ein Date, sondern um eine Gelegenheit, Mike ein bisschen kennenzulernen und herauszufinden, ob er wirklich eine gute Wahl als Spender war. Sollte es sich richtig anfühlen, würde ich ihn an jenem Abend fragen... Das heißt, sofern ich mich genug zusammenreißen konnte und überhaupt den Mumm dafür aufbrachte. Aber ein Date war das hier ganz sicher nicht.

„Ich freu mich, dass du mich auf dieses Date eingeladen hast“, sagte Mike und ich erstarrte an Ort und Stelle. „Ich hab mir schon Sorgen gemacht, du würdest dich nicht mehr mit mir treffen wollen nach allem, was passiert ist. Ich bin froh, dass du angerufen hast.“

„Wozu hat man Freunde?“, sagte ich in einem Anflug von Panik.

„Genau“, erwiderte er und drückte auf den Knopf fürs Erdgeschoss.

„Es macht bestimmt Spaß, sich ein bisschen besser kennenzulernen. Außerdem war ich schon seit Ewigkeiten nicht mehr beim Bowling. Ich bin richtig aufgeregt.“

„Ich auch.“

Die Stimmung war etwas angespannt, als wir gemeinsam im Taxi zur Bowlinghalle saßen. Mike sah aus, als wollte er mir etwas sagen, aber jedes Mal, kurz bevor er den Mund aufmachte, blieb er doch stumm und sah dann zum Fenster raus.

Als ich selbst einen Versuch zum Smalltalk startete, lief das auch nicht so toll.

„Das Wetter ist in letzter Zeit wieder viel wärmer, das ist cool“, sagte ich aufs Geratewohl.

„Ja, viel besser als die Kälte und der Wind am Anfang der Woche.“

„Mhm“, antwortete ich unmotiviert.

Bäh, die Spannung zwischen uns war kaum auszuhalten. Ich musste mir etwas einfallen lassen, um die Stimmung zu lösen, ansonsten würde ich Mike bestimmt nie nach seinem Sperma fragen.

Als wir vor der Bowlinghalle hielten, machte er mir die Autotür auf und völlig aus dem Nichts klatschte ich ihm im Vorbeigehen auf den Hintern. Irgendetwas hatte von mir Besitz ergriffen, eine Art flirtender Dämon in meinem Gehirn, von dessen Existenz ich bisher noch nicht einmal gewusst hatte.

„Na warte“, lachte er und gab mir im Gegenzug auch gleich einen Klaps, als wir durch die Tür gingen. „Ich werd dich fertigmachen.“

„Das bezweifle ich. Ich bin ziemlich geübt darin, mit großen Murmeln zu spielen.“

„Nö, das glaub ich nicht so einfach. Beweis es”, kicherte er.

Wir holten uns die übertrieben stinkenden Schuhe ab und gingen zu unserer reservierten Bahn, damit der Bowlingspaß beginnen konnte. Endlich fühlte sich der Abend etwas gelassener an und ich war schon viel optimistischer, dass wir uns vertragen würden und ich bald das Sperma haben würde, das ich zum Schwangerwerden brauchte.

Mike war ein witziger Kerl. Den ganzen Abend über

klopfte er Sprüche und erzählte Witze, ich lachte so viel wie schon lange nicht.

„Knall sie weg, die Kegel haben es echt verdient, so wie die sich den ganzen Abend über schon verhalten haben“, feuerte er mich an, als ich zu meinem letzten Wurf des ersten Spiels antrat.

Natürlich ging meine Kugel direkt in die Rinne. Ich hatte meine Bowlingkünste offensichtlich überschätzt. Bisher hatte ich kaum 100 Punkte, während Mikes Spielstand nahe bei 300 lag.

„Verdammt, ich glaube, du könntest noch gewinnen“, scherzte ich.

„Lass mich dir zeigen, wie das geht”, sagte er, schnappte eine Kugel und trat von hinten an mich heran.

Seine Arme legten sich um meinen Körper und ich fühlte seinen Atem im Genick. Jeder Zentimeter meines Körpers prickelte vor Erregung. Seine Berührung war berauschend, sie löste so viel Lust in mir aus, dass ich mich kaum noch aufs Atmen konzentrieren konnte.

Ich schluckte schwer, als er die Kugel in meine Hand legte und diese mit seiner eigenen umschloss. Er schlängelte hinter mir ein bisschen mit der Hüfte, dann zog er meinen Arm nach hinten und kontrollierte meinen Schwung.

„Schon gut, du musst mir das nicht zeigen“, sagte ich und versuchte, die sexuelle Spannung zu zerreißen, aber es hatte keinen Zweck.

„Also, du fängst mit der Kugel hier an“, sagte er und ignorierte meinen Kommentar, während er meinen Arm mit der Kugel nach vorn schob. „Siehst du den zweiten Pfeil da auf dem Boden? Lass uns auf den zielen.“

„Ähm, okay“, murmelte ich nervös. „Aber sie geht sowieso wieder einfach in die Rinne.“

„Nicht doch, lass uns positiv denken. Du ziehst jetzt deinen Arm nach hinten und wenn du dann loslässt, möchte ich, dass du die Kugel so drehst.“ Er rollte den Ball ein wenig in meiner Hand, um mir die Drehbewegung zu zeigen.

„Also zurückziehen und drehen, während ich loslasse?”

„Versuch zu warten, bis kurz bevor sich die Kugel löst und behalt ein Auge auf den Punkt am Boden gerichtet, damit du das Ziel nicht verlierst“, sagte Mike und machte einen Schritt zurück.

„Was machst du denn? Willst du mir nicht helfen?“

„Ich denke, du solltest es allein versuchen. Es ist mein letzter Wurf, ich verlass mich auf diesen Strike“, sagte er und grinste mich an.

Ich schloss die Augen und machte ein paar Schritte zurück bis zum Anfang der Bahn. Ich spürte seinen Blick auf mir und versuchte, nicht zu viel darüber nachzudenken, während ich mir vorstellte, wie die Kugel nach dem Wurf zu fliegen hatte. So, wie ich es bei ihm zuvor so oft gesehen hatte.

Langsam hielt ich die Kugel vor mir ausgestreckt, machte meine Schritte die Bahn entlang, zog sie nach hinten und drehte sie, bis ich die Kugel schließlich aus meiner Hand rollen ließ. Ich behielt die Augen auf die Bodenmarkierung gerichtet, wie Mike gesagt hatte, und dann beobachtete ich erstaunt, wie die Kugel die Bahn entlangtaumelte. Zuerst sah es so aus, als würde sie geradewegs in die Rinne wandern, aber dann geschah etwas. Der leichte Drall, den ich ihr gegeben hatte, ließ sie zurück in Richtung des Mittelkegels rotieren und dann – peng!

„Ich hab einen Strike!“, kreischte ich und fiel Mike um den Hals.

„So gefällt mir das“, sagte er wohlwollend und umarmte

mich.

Unsere Umarmung wurde allerdings schnell zu etwas nicht gerade Freundschaftlichem, je länger wir uns festhielten. Ich fühlte mich so wohl in seinen Armen, so aufgehoben, es war schön. Ich war nur leider sehr schlecht im Beziehungen führen und wollte diese Freundschaft nicht ruinieren, indem ich eine kurzfristige Affäre daraus machte, wenn ich doch so viel mehr mit Mike haben konnte. Er könnte der Vater meines Kindes werden. So eine Freundschaft war vielleicht genau das, wonach ich suchte, und es war die perfekte Lösung für meinen Kinderwunsch und meine Suche nach dem richtigen Samenspender.

Als wir uns aus unserer Umarmung lösten spürte ich endlich den Mut, Mike zu fragen, worüber ich schon so lange nachgedacht hatte. In einem plötzlichen Anflug von Courage nahm ich seine Hand und ging mit ihm zurück zu den Stühlen, um ihn zu fragen.

„Mike, willst du mein Samenspender sein?", fragte ich, während ich seine Hand hielt und ihm hoffnungsfroh in die Augen sah.

Er blinzelte ein paarmal und zog dann seine Hand weg. Bevor die Worte seinen Mund verließen wusste ich schon, dass die Antwort nein sein würde. Es stand ihm ins Gesicht geschrieben. „Ich kann nicht“, sagte er. „Es tut mir leid."

„Nein, ist schon gut. Mir hat deine Idee gefallen, jemanden zu fragen, den ich kenne, und da bist du mir eingefallen, weil wir ja jetzt Freunde sind. Ist total okay“, sagte ich und versuchte, die Tränen zurückzuhalten. „Sollen wir noch eine Runde spielen oder woanders hingehen? Ich bin echt müde, vielleicht gehen wir besser.“

„Julia, ich kann dir das erklären."

„Nein, das musst du gar nicht. Ich kapier das total. Lass uns einfach gehen", sagte ich und eilte hinüber zur Theke, um meine Leihschuhe abzugeben.

„Ich hatte heute einen tollen Abend mit dir, Julia. Aber deine Frage hat mich überrumpelt. Ich dachte, wir hätten hier etwas am Laufen. Tut mir leid."

„Alles gut, mach dir nichts draus. Wir sind immer noch Freunde. Ich würde gern bald mal wieder mit dir bowlen gehen. Ich werde einfach einen anonymen Spender nehmen. Ich glaube, das ist die beste Option für mich." Ich redete einfach nur irgendwas vor mich hin, damit Mike nichts mehr sagen konnte.

Wir holten uns ein Taxi und fuhren schweigend zurück zu meiner Wohnung. Als wir dort ankamen, sprang ich schnell hinaus und sagte: „Danke für den lustigen Abend. Wir hören uns." Dann ging ich schnell in Richtung Haus davon.

„Julia", begann Mike zu sagen. „Wir können nochmal darüber reden, wenn du möchtest."

„Nein, nein, ich hab schon verstanden. Alles okay. Machs gut", sagte ich und verschwand, so schnell ich konnte.

Kapitel 8

Mike

Sie wollte nur mein Sperma.

Ich hatte echt geglaubt, dass sie mit mir ausgehen wollte. Es gab auf jeden Fall Chemie zwischen uns und wir hatten das gewisse Extra, das ich einfach nicht erklären konnte. Eine Art von Geborgenheit, wenn Julia in meiner Nähe war, die ich wirklich genoss, aber es war wohl absolut nicht das, wofür ich es gehalten hatte.

Wie hatte ich nur mit allem so falsch liegen können?

Julia hatte mich so fest in der Friendzone eingesperrt, wie ich es noch nie zuvor im Leben gewesen war. Wahrscheinlich war es am besten so. Eine Beziehung hätte vermutlich sowieso nicht funktioniert, aber verdammt nochmal, ich hätte es wirklich gerne wenigstens versucht.

„Du siehst heute irgendwie fertig aus“, sagte Sheryl, als ich am Montagmorgen zur Arbeit kam. “Ist alles in Ordnung?”

„Ja, nur ein anstrengendes Wochenende.“

„Sind nicht alle deine Wochenenden anstrengend?“, scherzte sie.

„Bitte sag mir, dass Bruce heute hier ist.“

„Ja, er ist in seinem Büro.“

„Gottseidank, noch so einen Montag wie letzte Woche würde ich nicht ertragen. Ich schwöre, ich habe zwölf Stunden lang nichts gegessen oder getrunken, während wir die ganzen Patientinnen eine nach der anderen reingequetscht haben. Wie siehts denn heute aus?“

„Halb so voll wie letzte Woche“, lachte Sheryl. „Dr. Simon wird sich nämlich ausnahmsweise selbst um seine Patientinnen kümmern.“

„Ha, ha, du bist ja so lustig“, murrte ich sie an und ging den Gang hinunter zu Bruces Büro.

Wir hatten unsere Differenzen während der letzten Woche besprochen und alles war wieder im Lot zwischen uns, aber ich wartete ehrlich gesagt nur darauf, dass Bruce das nächste Mal wieder einfach nicht auftauchte. Ich war nicht sehr zuversichtlich, dass seine Pünktlichkeit lange anhalten würde. Unser Geschäft bis zu seiner jetzigen Größe aufzubauen, war eine Menge harter Arbeit gewesen. Ich verstand einfach nicht, wieso Bruce nicht mehr daran teilnahm. So viele Jahre lang hatte er dasselbe gewollt wie ich, aber jetzt schien er ständig nur von seinem Liebesleben eingenommen zu sein.

„Morgen“, sagte ich und ließ mich selbst herein.

„Guten Morgen. Ich bin hier und bereit zu arbeiten“, sagte er, ohne von seinem Papierkram aufzusehen.

„Ich weiß deine neugewonnene Hingabe zu schätzen, Bruce.“

„Ja, ich bin wieder motiviert. Das ist mein Stapel Patientinnen für heute, ich vergewissere mich nur, dass ich bei allen Bescheid weiß, was so los ist.“

„Cool. Alles klar, dann lass ich dich wohl mal besser arbeiten“, sagte ich und verließ sein Büro wieder.

Irgendetwas an Bruce war einfach anders. Vielleicht hatte ihn der Zwischenfall mit der Frau neulich so aus dem Konzept gebracht? Oder vielleicht war auch sonst etwas los bei ihm, ich hatte keine Ahnung, aber ich war schon froh, dass er in der Praxis war und seine Patientinnen empfing.

Der Tag verlief ziemlich unspektakulär, bis ich um ca. drei Uhr nachmittags Julia im Wartezimmer sitzen sah. Sie war zu ihrem Termin mit Bruce gekommen und ich tat mein Bestes, mich nicht blicken zu lassen. Ich wollte auf keinen Fall, dass sie sich unwohl fühlte, wenn sie zu uns in die Praxis kam. Nur um sicherzugehen, dass ich nicht im Weg war, schnappte ich mir Bruce, nachdem ich gehört hatte, wie die Schwester Julias Namen aufrief. Ich zog ihn auf ein schnelles Wort in mein Büro, bevor sie den Gang entlangkam.

„Hey, dieses Mädchen, Julia Rivas, sie ist eine Freundin von mir. Ich mache eine kurze Pause während deines Termins mit ihr. Ich will nicht, dass sie sich unwohl fühlt, wenn sie mich hier sieht."

„Wenn ihr befreundet seid, wieso sollte ihr das dann unangenehm sein?"

„Naja, sie hat gefragt, ob ich ihr Samenspender sein möchte und ich hab nein gesagt. Ich will einfach nicht, dass es jetzt zu einer schrägen Situation kommt."

„Oh, okay", sagte Bruce und verließ mein Büro. „Ich biete ihr meins an, wenn sie will. Das mach ich gerne."

„Nein, ich meinte doch nicht...", begann ich zu sagen, bevor ich Julia draußen im Gang mit der Schwester hörte und schnell meine Tür schloss.

Einen Moment lang stand ich da und überlegte, ob ich rausgehen und mit ihr zusammenstoßen sollte. Es war nicht gerade cool, aber so hätte ich wenigstens mit ihr reden und ihr erklären können, wieso ich ihre Bitte so strikt abgeschlagen hatte.

Ich fühlte mich geschmeichelt, weil sie mich gefragt hatte. Und wenn es irgendeine andere Freundin von mir gewesen wäre, hätte ich vielleicht auch ja gesagt. Aber irgendetwas hatte mir gesagt, dass es falsch gewesen wäre, es bei Julia zu tun. Vielleicht aber hatte ich auch nur Angst, dass es meine Position in der Friendzone für immer einzementieren würde, wo ich doch eigentlich viel mehr von diesem Mädchen wollte? Vielleicht war ich auch nur ein Arsch, der einer Freundin nicht helfen wollte? So oder so, es wäre mir eindeutig nicht recht gewesen, wenn Bruce sich jetzt in die Sache einmischte.

Was hatte ich getan? Ich wollte nicht, dass sie Bruce zum Vater des Kindes machte. Das war auf keinen Fall eine gute Idee. Sie sollte einfach einen anonymen Spender nehmen, das war das Beste, zumindest dachte ich das. Sie würde doch bestimmt Bruce nicht für die Aufgabe wollen. Er würde es ihr nicht anbieten und sie würde gewiss nicht ihrem Arzt beim ersten Gespräch einen solchen Vorschlag machen. Zumindest hoffte ich wirklich inständig, dass sie diese Unterhaltung nicht führen würden.

Ich öffnete immer wieder meine Tür, um nachzusehen, ob Bruce die Besprechung mit Julia schon abgeschlossen hatte. Fünf Minuten vergingen, dann noch einmal fünf. Wie lange wollte er denn da drinbleiben? Es wurde langsam lächerlich. Ich hatte noch nie erlebt, dass Bruce so lange in einem Untersuchungszimmer geblieben war. Allerdings achtete ich normalerweise auch nicht darauf, wie viel Zeit er womit verbrachte, trotzdem war ich mir sicher, dass er ungewöhnlich lange bei Julia blieb.

Die Anspannung machte mich verrückt. Zum Schluss trat ich vor mein Büro und ging dort auf und ab, bis Sheryl zu mir kam.

„Du hast eine Patientin in Zimmer zwei, die wartet schon eine ganze Weile“, sagte sie und gab mir die Akte. „Du solltest wahrscheinlich anfangen, wenn du heute im Zeitplan bleiben willst.“

„Ja, tut mir leid. Nur eine Sekunde, ich muss ganz kurz mit Doktor Simon reden.“

„Er hat gerade das Erstgespräch mit dieser Frau, die du kennst. Ich glaube, da nimmt er sich immer ziemlich viel Zeit. Du kannst dir deine Patientin wahrscheinlich noch ansehen, bevor er fertig ist. Ich sag ihm, er soll auf dich warten, wenn er rauskommt.“

Widerwillig eilte ich ins Untersuchungszimmer zu meiner Patientin. Es war eine kurze Routineuntersuchung über den Verlauf ihrer ersten Schwangerschaftswochen. Ich nahm mir zehn Minuten Zeit und konzentrierte mich so gut ich konnte auf ihren Fall, während ich versuchte, nicht daran zu denken, worüber Bruce und Julia gerade redeten.

Und tatsächlich wartete Bruce schon auf mich, als ich aus meinem Zimmer kam. Er hatte ein großspuriges Grinsen im Gesicht, so als wüsste er, dass er gleich etwas sagen würde, das mir nicht gefallen konnte. Das Herz sank mir in die Hose, noch bevor er zu sprechen begonnen hatte.

„Also, sie hat Interesse daran, dass ich es mache. Geht das für uns jetzt in Ordnung? Hast du dir mal mit dem Anwalt zusammen den Vertrag angesehen? Für mich ist das okay, wenn es für dich auch passt.“

„Nein. Nein, das passt mir überhaupt nicht“, sagte ich fast panisch. „Du kannst nicht Julias Baby zeugen. Bruce, du wirst ihr nicht dein Sperma geben. Nein, absolut nicht. Deine Schwimmer werden sich gefälligst von ihr fernhalten.”

„Das gesetzliche Zeugs ist also nicht geregelt?”, sagte er stichelnd.

„Nein, das würde schon gehen. Der Anwalt hatte nicht allzu viel anzumerken, aber ich hab mir das auch noch nicht so genau angesehen. Ich meine damit, dass du nicht der Vater von Julias Baby sein kannst. Du wirst deine Säfte nicht in sie spritzen. Das lasse ich nicht zu.“

„Wieso?”, fragte er und grinste mich immer noch hämisch an. „Und überhaupt, du lässt es nicht zu? Ich wusste nicht, dass du Teil dieser Entscheidung bist. Vielleicht hättest du dann mitkommen und bei der Beratung zuhören sollen“, lachte er.

„Du wirst ihr nicht zusagen. Bitte sag mir, dass du nicht schon zugesagt hast?“

„Ich habe nicht zugesagt. Ich hab ihr gesagt, ich muss das besprechen. Es scheint da gewisse ungeklärte Dinge zwischen euch beiden zu geben. Sie hat nach dir gefragt. Ich habs auch in ihren Augen gesehen. Sie will nicht, dass ich das Kind zeuge. Also, ist da irgendwas im Busch?”

„Ja, allerdings“, sagte ich. „Wo ist dein verdammter Vertrag?“

Bruce ging in sein Büro und nahm einen Vertrag, der beängstigenderweise mitten auf seinem Schreibtisch lag. Ich nahm ihn, ging geradewegs zu Julias Tür und klopfte.

Meine Hände zitterten und ich versuchte mich zu beruhigen, bevor ich den Raum betrat. Ich wollte nicht wie ein verrückter, eifersüchtiger Freund rüberkommen, aber ich konnte nicht zulassen, dass sie Bruce ihr Kind zeugen ließ. Besonders nicht, nachdem ich und sie bereits zusammen gewesen waren. Mein Körper war schon in ihrem gewesen. Ich hatte bereits die Orgasmen in ihr gespürt. Nein, wenn irgendjemand dieses Kind zeugen würde, dann war ich das.

„Herein“, sagte sie schüchtern.

„Ich mach es“, blaffte ich. „Unterschreib das und ich werde es tun.“

„Mike, was tust du hier? Warte, was war das? Was heißt das, du wirst es tun? Die Spende? Du willst mein Spender sein?“

„Na, ich kann ja schlecht zulassen, dass Bruce es macht, das ist verrückt!“, sagte ich ein bisschen lauter, als ich eigentlich gewollt hatte.

Julias Augen füllten sich mit Tränen und sie begann zu schluchzen. Sie weinte so sehr, dass ich instinktiv meine Arme um sie legte und sie festhielt. Ich wusste nicht so recht, wieso sie weinte. Hatte ich etwas Falsches gesagt oder weinte sie vor Glück? Ich stand da und hielt sie bestimmt eine Minute lang im Arm. Ich rieb ihr abwechselnd den Rücken und atmete ihren Duft ein, während ich darauf wartete, dass sie sich beruhigte und mir sagte, weshalb sie überhaupt heulte. Im Moment hatte ich nämlich wirklich keine Ahnung.

„Danke Mike“, nuschelte sie schließlich.

„Du solltest dir zuerst den Vertrag durchlesen. Ich sollte ihn wahrscheinlich auch lesen“, lachte ich. „Es ist der von Bruce. Ich meine Doktor Simon.”

„Ich muss ihn nicht lesen. Sag mir einfach, was da drinsteht“, sagte sie und wischte sich die Tränen aus den Augen.

„Ich les ihn dir vor“, antwortete ich sanft und wir setzten uns gemeinsam in die Sessel.

Ich las das gesamte Dokument laut vor, als sei es irgendeine Geschichte, die ich ihr erzählte. Ich versuchte das Ganze ein wenig zu betonen, sodass es weniger langweilig wurde, aber alles in allem war es ziemlich trockener Lesestoff. Aber es war gut, vor der Unterschrift alles nochmal genau anzusehen. Obwohl ich mir den Vertrag mit dem Anwalt durchgesehen hatte, hatte es zuvor kein persönliches Interesse an dem Dokument gegeben. Das war jetzt natürlich anders.

„Ich zahle dich also und du gibst mir dein Sperma. Und ich sichere zu, dass ich dich nicht wegen Kindesunterhalt verklage, richtig?“, fragte Julia, nachdem ich fertig war.

„Du solltest das trotzdem vorher von einem Anwalt durchsehen lassen und es mit ihm besprechen. Es wäre mir wirklich nicht recht, wenn du jetzt sofort unterschreibst.“

„Du hast recht. Ich möchte das wirklich alles richtig machen. Ich danke dir, Mike. Ich weiß es wirklich zu schätzen, dass du da mitmachst. Du bist der ideale Kandidat für mich.“

„Kandidat, wie ein Teilnehmer bei einer Spieleshow oder so?“, lachte ich.

„Du weißt schon, was ich meine. Einfach danke. Also, wie gehts jetzt weiter?“

„Mit dem tatsächlichen Akt?“, fragte ich lachend.

„Ich meine, wenn ich das von meinem Anwalt durchsehen lasse und alles in Ordnung ist, was dann?“

„Dann kommst du wieder und wir regeln das mit deinem Arzt. Ich denke, Doktor Simon sollte mit deiner Behandlung weitermachen, um unser Verhältnis nicht zu stören.“

„Perfekt. Danke nochmal, Mike“, sagte Julia und gab mir einen Kuss, der mich aus dem Konzept brachte.

Es war ein kurzer Schmatzer, eher freundschaftlich als sonst irgendwas, aber mein Körper reagierte trotzdem prompt auf ihre Berührung. Wie hatte ich zulassen können, dass die Dinge derart aus dem Ruder liefen? Vor nicht allzu langer Zeit hatte ich noch ihren süßen, nackten Körper verschlungen, und jetzt stand ich hier und umarmte meine Freundin, mit der ich bald ein Kind zeugen würde. So hatte ich mir die Sache wirklich nicht vorgestellt, als ich diese wunderbare Frau mit ins Bett genommen hatte.

„Okay, ich sollte jetzt besser zurück zu meinen

Patientinnen. Wir sehen uns demnächst.“ Ich hielt ihr noch die Tür auf und sie machte sich durch den Gang schnell davon.

„Danke nochmals, Mike. Du bist der beste Freund aller Zeiten!“ Sie schickte mir einen Luftkuss und ging dann durch die Lobby hinaus.

Julia strahlte und war glücklicher, als ich es mir je hätte vorstellen können. Sie wollte dieses Baby wirklich. Ich konnte nicht glauben, dass ich gerade zugestimmt hatte, bei dieser ganzen Sache mitzuspielen, aber mir gefiel dennoch auch die Vorstellung, sie jetzt öfter um mich zu haben. Es war eine seltsame Mischung an Gefühlen, als ich ihr dabei zusah, wie sie praktisch aus meinem Büro hinaustanzte.

„Autsch, bester Freund“, sagte Bruce, der hinter mir stand.

Er legte seine Hand auf meine Schulter, als müsste er mich nach einer schweren Trennung trösten. Ich war mir auch nicht so sicher, ob es mir gefiel, von ihr als Freund bezeichnet zu werden, aber es war immerhin besser, als gar keinen Kontakt mit ihr zu haben. Diese ganze Sache mit Julia war Neuland für mich.

„Ja, ich steh nicht so drauf, das zu hören.“

„Sie wird jetzt also dein Kind austragen? Habt ihr zwei es da drinnen getrieben? Soll ich die Putzfrau vor meiner nächsten Patientin noch durchwischen lassen?“ Er knuffte mich mit dem Ellbogen.

„Nein, wir haben es nicht getrieben. Hast du nicht gehört? Ich bin jetzt ihr bester Freund“, knurrte ich Bruce an und machte mich davon, um mir meine nächste Patientin anzusehen.

Ich war in die betreffende Akte vertieft, als Sheryl sich neben mich stellte. Sie stand einfach nur da, schweigend, und wartete darauf, dass ich etwas sagte. Ich verengte die Augen, sah sie an und schüttelte den Kopf.

„Was?”, fragte sie.

„Wenn du irgendwas sagen willst, spucks einfach aus.”

Sheryl und ich arbeiteten schon lange zusammen. Sie war meine Angestellte, aber auch eine Freundin, nachdem wir uns schon so gut kannten. Ich sah es in ihren Augen. Sie wollte etwas zu der ganzen Situation sagen und wenn ich es mir nicht gleich anhörte, würde ich den Rest des Tages mit diesem starrenden Blick zurechtkommen müssen.

„Freunde ergeben die besten Paare“, sagte sie beiläufig, lächelte und ließ mich dann stehen.

„Interessant“, murmelte ich, bevor ich mich wieder an die Arbeit machte.

Sie hatte vielleicht recht. Die besten Paare, die ich kannte, waren zuerst Freunde gewesen. Vielleicht war das hier ja der Anfang von etwas, das noch sehr lange halten würde. Oder vielleicht hatte ich mich auch gerade in ein fürchterliches Schlamassel manövriert und würde es für den Rest meines Lebens bereuen. Nur die Zeit würde das klären können.

Kapitel 9

Julia

„Mike hat zugestimmt!“, rief ich Kendra zu, als ich von meinem Arztbesuch zurückkam. „Ich war schon total auf einen anonymen Spender eingestellt, da hat Doktor Simon dann auch davon angefangen, dass es besser wäre, jemanden aus dem Bekanntenkreis zu nehmen. Ich habe ihm dann gesagt, dass ich Mike schon gefragt hätte und er nicht wollte, aber Doktor Simon ist dann zu ihm gegangen und Mike hat doch zugestimmt! Ich bin ja so aufgeregt.“

„Ja, du wirkst tatsächlich ein bisschen aufgeregt”, sagte sie ironisch und lachte, als ich mich zu ihr auf die Couch setzte.

„Du hast ja keine Ahnung. Das Einzige, was mich noch zurückgehalten hat, war die Entscheidung über den Spender. Und als ich dann mit Mike darüber zu reden begonnen habe, wusste ich gleich, dass er der Richtige ist. Aber als er dann nein gesagt hat, hab ich angefangen, überhaupt wieder alles in Frage zu stellen. Und jetzt freu ich mich so! Ich werde Mutter. Kannst du das glauben?”

„Nein, eigentlich nicht wirklich.“

„Es ist wahr, Schätzchen, es ist wahr!“

„Also habt ihrs dann gleich in seinem Büro getrieben oder was? Wie geht denn das jetzt, wo ihr zwei doch schon miteinander geschlafen habt?“

Das war eine gute Frage und ich hatte mir auf dem Weg nach Hause auch schon Gedanken darüber gemacht. Ich hatte mit Mike nicht explizit geklärt, dass es mir absolut recht wäre, das Ganze über künstliche Besamung zu machen. Ich wollte absolut nicht, dass er sich unwohl fühlte oder ihm noch mehr abverlangen als ohnehin schon.

„Wir machen es auf die medizinische Art. Er tut sowieso schon so viel für mich, ich will es nicht unnötig seltsam zwischen uns machen."

„Wäre es dann nicht besser für ihn, wenigstens richtigen Sex zu bekommen, anstatt es in einen Becher zu machen?", fragte Kendra.

„Nein, nein, er wollte das ja eigentlich zuerst gar nicht. Ich will wirklich, dass die Dinge zwischen uns freundschaftlich bleiben und nicht komisch werden. Wenn wir miteinander schlafen, ist das mehr wie eine Beziehung und ich glaube nicht, dass er das will. Es bleibt bei dem Becher."

„Darüber solltet ihr zwei euch vielleicht unterhalten, außerdem braucht ihr einen Anwalt und eine rechtliche Einigung. Ich habe da einen Freund, der dir helfen könnte, ich geb dir seine Nummer."

„Perfekt, ich hab schon ein Dokument aus Mikes Büro. Ich brauche nur jemanden, der sich das ansieht und mir bestätigt, dass alles gut ist, damit wir weitermachen können."

„Wow, Julia. Ich glaub das alles gar nicht."

„Ich weiß, es ist so aufregend!", kreischte ich und umarmte Kendra, die sich gar nicht so sehr zu freuen schien. Ich spürte in ihrem Körper die Anspannung, in die sie diese ganze Situation versetzte, aber ich würde mir davon nicht die Stimmung vermiesen lassen.

Es lief alles besser, als ich es mir je erträumt hätte. Ich konnte es gar nicht erwarten, loszulegen, und eilte in mein

Zimmer, um mein neues Ovulationsset herauszuholen. Es funktionierte mit einer App auf dem Handy und benutzte meine Basaltemperatur und die letzte Periode, um den perfekten Ovulationstag für die Befruchtung zu bestimmen.

In den nächsten Tagen folgte ich allen Vorschriften. Ich aß gesund, schlief viel und nahm meine Schwangerschaftsvitamine. Ich traf mich mit dem Anwalt und vereinbarte meine Insemination an einem Freitag, weil das mein fruchtbarster Tag war und ich so danach das Wochenende zum Ausruhen nutzen konnte.

Die Woche verflog, weil ich noch so viel zu tun hatte, um für Freitag bereit zu sein. Ich hatte so lange geplant und gewartet, dass ich es kaum glauben konnte, dass es tatsächlich am kommenden Freitag soweit sein sollte. Ich versuchte, meine Erwartungen ein bisschen im Zaum zu halten, weil ich wusste, dass ich möglicherweise nicht gleich beim ersten Mal schwanger werden würde. Aber das war okay für mich. Jetzt wo ich Mike hatte, war mein allgemeines Gefühl zu dem ganzen Prozess viel positiver, und wenn ich ein paar Monate warten musste, dann würde ich damit auch zurechtkommen.

Als ich dann endlich zu meinem Termin in die Klinik ging, fühlte ich mich wie ein junges Mädchen, das zu seiner allerersten Verabredung ging. Ich war sowas von nervös. Mein ganzes Selbstvertrauen von den Tagen zuvor war plötzlich wieder verschwunden und ich musste mich bewusst anstrengen und tief einatmen, während ich in der Lobby wartete.

„Miss Rivas", rief mich Doktor Simons Schwester.

„Ja, das bin ich. Oh, okay", brabbelte ich und schnappte meine Handtasche, wobei ich nur einen Henkel erwischte und den gesamten Inhalt über den Boden verteilte.

Eine nette schwangere Frau saß neben mir und beugte

sich hinab, um mir zu helfen. Sie hielt mir die Tasche auf, während ich alles wieder hineinwarf. Meine Hände zitterten vor lauter Nervosität.

„Ist heute der große Tag?”, fragte sie, nachdem ich wieder aufgestanden war.

„Ja, ich bin sowas von nervös.”

„Nur keine Sorge. Es ist einfacher als auf dem normalen Weg.“ Sie lachte und rieb sich dann ihren Bauch.

„Schätze schon“, sagte ich nervös und ging dann mit der Schwester nach hinten ins Behandlungszimmer. „Ähm, ist Mike da? Ich meine, Doktor Cooper? Ich glaube, ich brauche da noch etwas von ihm.”

„Er schaut gleich noch bei Ihnen vorbei, bevor Doktor Simon kommt“, sagte sie lächelnd. „Ich glaube, er war den ganzen Morgen über mindestens so nervös wie Sie.“

„Wirklich?”

„Ja, nur zu, setzen Sie sich. Ich hole ihn für Sie.“

Ich trommelte mit den Füßen auf dem Boden und blätterte durch ein Magazin, ohne irgendetwas zu lesen. Ich konnte mich nicht einmal auf die Bilder konzentrieren, so abgelenkt war ich von allem, was mir durch den Kopf ging. Jetzt war es wirklich so weit. Es würde passieren.

Klopf. Klopf.

„Herein“, sagte ich und ließ die Zeitschrift zu Boden fallen.

„Gehts dir gut?“, fragte Mike und schloss die Tür hinter sich.

Er trug den gleichen hellblauen OP-Anzug, in dem ich ihn auch sonst immer gesehen hatte, wenn ich in der Praxis gewesen war, aber heute sah er irgendwie anders aus. Sein Lächeln war strahlend weiß und die Sommersprossen auf seinen Wangen wirkten größer als in meiner Erinnerung. Er sah so gut aus, wie er da so vor mir stand, dass mir kurz der Atem wegblieb und ich ihm nicht einmal antworten konnte.

Mike bückte sich und hob das Magazin vom Boden auf, legte es zurück auf den Tisch und schnappte sich dann einen Stuhl, den er direkt vor mir platzierte. Als er sich setzte, berührten seine Knie meine und er legte seine Hände auf meine, um sie sanft zu drücken.

„Julia, gehts dir gut?"

„Ja", brachte ich schließlich heraus. "Oh, ich habe die Dokumente mit. Sie sind hier irgendwo." Ich griff nach meiner Tasche und verteilte gleich noch einmal den Inhalt über den Boden. Ich konnte kaum glauben, wie sehr er mich aus der Fassung brachte. „Sorry, das hab ich in der Lobby auch schon gemacht. Keine Ahnung, was mit mir los ist."

„Ich glaube, du bist nervös."

„Vielleicht, aber ich weiß genau, dass ich das tun will. Bist du immer noch dabei? Bitte mach jetzt keinen Rückzieher."

„Ich bin immer noch dabei. Ich habe meine Lieblingsunterlagen mitgebracht."

„Oh", sagte ich ein wenig schockiert. „Das heißt, du machst es direkt jetzt? Ich, ähm..."

„Je frischer, desto besser", meinte er lachend.

„Also, hier ist der Vertrag." Ich platzierte das Papier zwischen uns. „Ich will nicht, dass du denkst, dass wir jetzt zusammen sein müssen oder so. Ich habe aber deinen Antrag auf jährliche Informationen über das Kind angenommen, falls wir keinen Kontakt mehr haben sollten. Hm, was noch?" Ich las den Vertrag durch und versuchte mich zu erinnern, was die Anwälte noch angefügt hatten, aber ich konnte einfach nicht richtig denken.

„Schon okay, Julia. Ich hab ihn mir nach der letzten Überarbeitung durchgelesen. Ich werde ihn jetzt unterschreiben“, sagte er, nahm einen Stift aus seiner Tasche und unterschrieb das Dokument. „Hier, bitte.“

Er reichte mir den Stift und seine Finger verweilten einen Moment lang auf meiner Hand. Die Wärme des Kontakts mit ihm beruhigte mich augenblicklich. Wie konnte er nur so gelassen sein bei dieser ganzen Sache? Er war es doch gewesen, der zuerst nein gesagt hatte, und jetzt plötzlich schien er mit allem so völlig im Reinen zu sein. Und wieso war ich plötzlich so verdammt nervös? Die ganze Woche über hatte ich mich gefreut und war bereit für diesen Tag gewesen und jetzt, wo ich mit Mike in einem Raum war, flippte ich völlig aus.

„Wir sind zu nichts verpflichtet. Ich habs wirklich so gemeint, als ich gesagt habe, dass wir einfach Freunde sein können. Je nachdem, wie sehr du dich involvieren willst, mir ist alles recht. Ich freue mich nur so wahnsinnig, dass du der Sache zugestimmt hast. Mir geht es jetzt so viel besser mit allem.”

„Es ist schon ziemlich aufregend, oder?”

„Ja, ist es“, sagte ich, während seine Hände mich berührten.

„Bist du sicher? Ich will nur noch ein letztes Mal fragen.“

„Ja, ich bin sicher. Ich will unbedingt Mutter sein, Mike. Ich möchte keine von diesen älteren Müttern sein und ich will auch nicht an irgendeinem Losertyp hängen bleiben. Ich finds toll, dass es so geklappt hat und ich kanns kaum erwarten, mein Baby kennenzulernen.“

„Na, dann sollte ich mich wohl besser an die Arbeit machen“, sagte er augenzwinkernd.

„Warte“, sagte ich und sprang auf, als er gerade den

Raum verlassen wollte. „Kann ich dir einen Glückskuss geben oder wäre das zu komisch?“

„Da hin“, erwiderte er lächelnd und zeigte auf seine Wange. „Glück werde ich aber keins brauchen.“

Ich drückte sanft meine Lippen an ihn und er ließ eine Hand um meinen Rücken gleiten, während wir einen Augenblick lang so verweilten. Dies war der Anfang meines neuen Lebens, ich konnte es fühlen. Es war unkonventionell und ein bisschen verrückt, aber es war mein Leben und ich freute mich total darauf.

„Okay, leg los, Großer“, sagte ich und verpasste ihm auf seinem Weg aus dem Büro noch einen Klaps auf den Hintern.

Er warf mir ein spitzbübisches Lächeln zu und verschwand dann um die Ecke. Hatte ich gerade mit meinem Samenspender geflirtet? Na gut, er war ja auch der Mann, mit dem ich erst vor ein paar Wochen geschlafen hatte und außerdem der Freund meines Bruders von der High School, sodass ich wohl ein bisschen mehr Spielraum hatte, was das Flirten anging. Aber es gab ihm vielleicht trotzdem einen falschen Eindruck, weil ich ja keine Beziehung mit ihm wollte. Aber Freundschaft wäre wirklich schön. Ich stellte mir gerne vor, wie es sein würde, mit ihm befreundet zu bleiben, während unser Kind aufwächst.

Wir mussten uns ja nicht ständig sehen, aber wir konnten uns zumindest ein paarmal im Jahr alle treffen. Mike würde anmerken, wie sehr unser Sohn mir ähnlichsah, und ich würde ihm von all den Dingen erzählen, die unser Sohn tat und die mich an Mike erinnerten. Oder vielleicht würden wir auch ein hübsches kleines Mädchen haben und ich konnte sie schick anziehen, wenn Mike uns besuchte. Ich war mir noch nicht sicher, ob wir dem Baby sagen sollten, wer der Vater war, denn das erschien mir schon ein wenig heikel. Und was würde eigentlich passieren, wenn ich doch jemanden kennenlernte und mich irgendwann später noch zum Heiraten entschloss? Es gab noch eine Menge solcher Details, die ich früher oder später klären musste, aber ich freute mich einfach darauf, meinen Weg gehen zu können.

Die Schwester klopfte sanft, wartete aber nicht auf eine Antwort und trat ein. Sie hatte einen Kittel in der Hand und noch ein paar Papiere, die wir durchgehen mussten.

„Das sind die Unterlagen fürs Büro, die Sie noch unterschreiben müssen. Lassen Sie sich Zeit und lesen Sie alles durch, bevor Sie dann jede Seite unterzeichnen. Wenn Sie diesen Knopf hier drücken, geht draußen ein Licht an und der Arzt kommt dann gleich herein. Machen Sie sich bitte untenrum frei und warten Sie auf der Liege auf den Doktor."

„Okay", sagte ich und versuchte, alles zu verarbeiten, was sie gerade gesagt hatte.

Sie schloss die Tür hinter mir und ich überflog den Papierkram. Es wirkte alles ziemlich standardmäßig auf mich. Es ging hauptsächlich um den Eingriff und die minimalen Risiken, die es gab, wobei Infektionen wohl das häufigste Problem waren, aber das machte mir keine Sorgen. Es gab noch ein Formular, dass es eine einmalige Prozedur sei und ich für zusätzliche Eingriffe neuerlich Gebühren würde zahlen müssen, aber auch das war nichts Besonderes.

Ich unterzeichnete alle Papiere und zog mich aus, bevor ich den Rufknopf drückte, um anzuzeigen, dass ich bereit war. Ich hüpfte schnell auf den Operationstisch und versuchte, so gelassen wie möglich auszusehen, während mein nacktes Hinterteil hervorragte und ich nur einen blauen Papierfetzen um die Hüfte trug.

Klopf. Klopf.

„Sind Sie bereit?", fragte die Schwester.

„Jap."

„Doktor Cooper lässt fragen, ob Sie ihn gerne hier haben möchten während des Eingriffs", meinte Doktor Simon.

„Nein", antwortete ich.

„Alles klar, dann machen wir Ihnen mal ein Baby."

Die Schwester hielt einen kleinen Behälter in der Hand und wandte sich zum Arbeiten einen Moment lang zu einer Ablage um, während der Doktor und ich sprachen. Doktor Simon war genauso gutaussehend wie Mike, aber auf ganz andere Art. Er war ein bisschen älter, hatte blondes Haar und blaue Augen. Er wirkte ein bisschen rauer als Mike, war aber dennoch ein sehr netter Mann.

„Können Sie mir vorher nochmal erklären, was Sie genau machen werden?", fragte ich mit den Händen vor mir verschränkt.

„Gerne, die Schwester gibt die Samenzellen jetzt in ein Gerät, das ich nachher verwenden werde, um es in der Nähe ihrer Cervix einzuführen. Es dauert nur einen Augenblick, aber danach möchte ich, dass Sie noch etwa dreißig Minuten hier liegen bleiben. Es gibt einige Studien, die zu dem Schluss kommen, dass das nicht unbedingt nötig ist, aber mir ist es einfach lieber so und ich wäre froh, wenn wir das so machen könnten."

„Ja natürlich, kein Problem."

„Und dann empfehle ich in der Regel auch, dass die Patientinnen es für ein paar Tage ruhig angehen lassen. Aber Sie müssen sich deswegen nicht allzu sehr in Ihrer Aktivität einschränken. Das wars auch schon. In zwei Wochen kommen Sie dann nochmal in die Praxis, aber Sie können sich auch in der Apotheke einen Schwangerschaftstest holen, die sind teilweise schon nach zehn Tagen zuverlässig."

„Super, okay, gehen wirs an“, sagte ich und legte mich voller Tatendrang auf den Rücken. Das Papier knisterte unter mir, als ich mich in Position brachte und der Doktor meine Füße in die dafür vorgesehenen Bügel stellte. Eigentlich war alles gleich wie bei einem normalen Arztbesuch, der ganze Prozess dauerte sogar viel kürzer als ein gewöhnlicher Besuch beim Gynäkologen.

„Okay, das wars“, sagte Doktor Simon etwa fünf Minuten später.

„Das wars?“

„Jap, die Schwester wird Ihnen ein paar Zeitschriften bringen, dann können Sie sich einfach zurücklegen und entspannen. Wir kommen dann und lassen Sie wissen, wann die dreißig Minuten um sind.“

„Danke.“

„Soweit ich weiß, wollte Doktor Cooper Sie besuchen kommen. Würde es Sie stören, wenn er in der nächsten halben Stunde mal vorbeischaut?“

„Gern“, sagte ich, als die Schwester gerade den blauen Papierkittel über meine Beine legte und mir dabei half, sie aus den Haltebügeln zu nehmen.

„Wir sehen uns dann in zwei Wochen“, sagte der Doktor und schloss die Tür hinter sich.

„Ich hab da noch eine warme Decke, die ich Ihnen bringen kann“, meinte die Schwester. „Hier ist schon mal etwas Lesestoff. Ich schaue in ein paar Minuten nochmal nach Ihnen.“

„Wunderbar, danke.“

Sie kam mit der Decke zurück und deckte mich zu, sodass ich in meiner Lage nicht mehr ganz so seltsam aussah, während ich darauf wartete, dass Mike zu mir in das Zimmer kam. Ich hielt die Knie leicht angezogen, ansonsten versuchte ich, mich möglichst zu entspannen und den Zeugungsprozess passieren zu lassen.

Als Mike hereinkam, hatte er wieder dieses verteufelt hinreißende Lächeln im Gesicht. Es war richtig ansteckend.

„Wie gehts mit dem Braten voran?”, fragte er und zog einen Stuhl zu mir heran.

„Alles im Griff“, antwortete ich und verdrehte dabei die Augen.

„Ist es gerade ein schlechter Zeitpunkt, um dich um ein Date zu bitten?“

„Ha, ha, sehr witzig.” Es gab eine nervöse Stille zwischen uns. Er machte offenbar Witze. Wieso zur Hölle sollte er mich jetzt auf ein Date ausführen wollen? Ich versuchte immerhin gerade schwanger zu werden. „Hast du keine Patientinnen, die du untersuchen müsstest? Mir gehts hier gut. Ich muss das nur noch ein bisschen einziehen lassen, dann bin ich hier auch bald wieder raus.“

„Ich hab ein paar Minuten übrig.“

„Ist es komisch?“, fragte ich.

„Was?”

„In einen Becher zu kommen und das dann bei mir einpflanzen zu lassen?“

„Naja, also ich hätte es lieber auf die altmodische Art gemacht, aber der Becher ist schon in Ordnung.“

„Danke nochmal. Ich bin so glücklich. Das ist der beste Weg zu meinem Ziel, den ich mir hätte wünschen können. Ich werde dir niemals genug danken können.”

Mikes Pager piepste und er holte ihn hervor, sah ihn kurz an und steckte ihn dann wieder weg. Ich hatte zuvor gar nicht bemerkt, dass er so ein Ding hatte. In dem Nachtclub und auch in dem italienischen Restaurant, in dem wir essen waren, hatte er ihn nie herausgeholt.

„Die Pflicht ruft. Ich muss heute Nacht noch Zwillinge holen gehen, vielleicht auch erst morgen, wenn sie stur sind."

„Na klar, das versteh ich. Ich werd einfach heimgehen und den Rest des Wochenendes auf der Couch herumvegetieren."

„Das heißt also nein wegen dem Date?"

„Ich werde das ganze Wochenende lang auf der Couch Pizza essen und Netflix schauen. Du kannst mit mir abhängen, wenn dich das interessiert."

„Klar, klingt doch nach Spaß. Ich schreib dir, sobald die Babys ihren Auftritt abgeliefert haben."

„Okay."

„Gratuliere, zukünftige Mama. Ich hab ein gutes Gefühl bezüglich meiner Schwimmer", sagte Mike und umarmte mich dabei. Der süße Duft seines Rasierwassers und die Stoppeln des Bartwuchses vom Vortag brachten meinen Körper zu einem regelrechten Prickelanfall.

Als er mich berührte, errötete ich und spürte, wie ich vor Erregung feucht wurde. Wir hatten gerade mit einer Umarmung und einem Kuss auf die Wange ein Baby gemacht, aber das bedeutete nicht, dass Mike mich nicht trotzdem wahnsinnig scharf machte.

„Wir sehen uns dann, ähm, ja, morgen also", stammelte ich.

„Jap, lass es mich wissen, falls ich irgendwas mitbringen soll. Ich bin gut darin, Essiggurken und Eiscreme einzukaufen, wenn du mit den seltsamen Gelüsten gleich anfangen willst."

„Ach wirklich?"

„Schätze schon. Ich liebe essen. Wonach dir der Sinn auch steht, ich bring dir jede Lieferung auf Nachfrage."

„Danke, Mike. Wir sehen uns morgen."

„Pass auf dich auf, bis morgen", sagte er und zog die Tür hinter sich zu.

Als ich kurz darauf die Praxis verließ, war ich vor lauter Aufregung ganz kribbelig und hoffte, dass ich schon bald guter Hoffnung sein würde. Ich zählte die Tage, die ich noch warten musste, bis ich den Test machen konnte, und nahm mir vor, die nächsten zwei Wochenenden so zu planen, dass ich zu Hause bleiben und mich ausruhen konnte.

Ich wusste zwar, dass so viel Ruhe nicht wirklich nötig war, um eine Schwangerschaft zu fördern, aber ich wollte einfach wirklich sichergehen, dass ich meine Gesundheit so gut es ging schonte, um dieses Baby zur Welt bringen zu können.

Auf dem Weg nach Hause lud ich mir sogar noch die App eines örtlichen Lebensmittelladens herunter, der auch Lieferungen zustellte, nur für den Fall, dass ich das ganze Wochenende über keine Lust haben sollte, überhaupt das Haus zu verlassen. Ich hatte Teddy schon Bescheid gegeben, dass ich es in der nächsten Woche bei der Arbeit ruhig angehen lassen würde und dass ich während der Schwangerschaft nicht vorhatte, Überstunden zu machen.

Teddy unterstützte mich total. Und sogar Kendra hatte sich in der letzten Woche wohl dazu entschieden, der Sache positiv gegenüberzustehen. Ihre Art, mich bei meinem zukünftigen Lebensstil zu unterstützen, war gewesen, die Woche über unseren gesamten Vorrat an alkoholischen und koffeinhaltigen Getränken leerzutrinken.

Als ich an jenem Abend schließlich ins Bett schlüpfte, schwebte ich auf Wolke sieben und dachte an alles, was noch vor mir lag. Ich würde bald Mutter sein. Ich würde mein eigenes süßes Baby großziehen dürfen. Eine neue Lebensphase brach für mich an und ich freute mich darauf.

Jetzt, wo alle meine Freunde mich unterstützten, freute ich mich nur noch mehr. Und das Mike tatsächlich mein Spender war, setzte dem Ganzen natürlich die Krone auf. Jetzt machte ich mir nur noch ein bisschen Sorgen über die intensive sexuelle Spannung, die ich in seiner Gegenwart immer spürte.

Ich wollte einfach nicht die Freundschaft ruinieren, die wir uns geschaffen hatten. Er war ein toller Kerl und wenn er im Leben meines Kindes eine Rolle spielen wollte, dann wollte ich das auch. Aber zum Schutze unserer Freundschaft musste ich meine Triebe zurückhalten. Mein Kind verdiente nur das Beste und Mike als Freund in der Nähe zu haben, war das Beste, was ich mir vorstellen konnte. Aber als ich die Augen schloss, konnte ich nur an seinen Duft denken und daran, wie es sich angefühlt hatte, als mich seine Hände beim Abschied berührt hatten. Das würde vielleicht schwerer werden, als ich gedacht hatte.

Kapitel 10

Mike

Ich war jetzt schon ein beschissener Freund. Nach achtundvierzig Stunden im Krankenhaus hatte meine Patientin endlich die Zwillinge zur Welt gebracht, aber ich hatte das ganze Wochenende über nicht geschlafen und ich musste wirklich nach Hause und mich ausruhen. Ich entschuldigte mich bei Julia und es schien ihr nicht viel auszumachen, aber für mich war es eine riesen Enttäuschung. Vor dem Einschlafen schrieb ich ihr noch, um unser Date zu retten.

MIKE: Wie wärs mit nächstem Samstagabend?

JULIA: Für Netflix und Pizza?

MIKE: Für was auch immer du möchtest.

JULIA: Nochmal Netflix und Pizza klingt großartig.

MIKE: Perfekt!

Sie hätte auch vorschlagen können, nur dazusitzen und Bücher zu lesen, ich hätte trotzdem zugestimmt. Ich fühlte mich mehr denn je zu Julia hingezogen. Die Woche schleppte sich dahin, als würde ich auf irgendetwas Großartiges warten, nicht etwa nur auf einen Gammelabend bei Julia zu Hause. Ich war bei der Arbeit immer wieder abgelenkt, dabei wollten Bruce und ich uns eigentlich ein Projekt genauer ansehen, über das wir schon länger nachdachten.

Wir überlegten, einen neuen Arzt in unserer Praxis aufzunehmen. Das war eine große Sache und in Anbetracht der Turbulenzen, die Bruce und ich in letzter Zeit gehabt hatten, war ich mir auch nicht so sicher, ob es der richtige Zeitpunkt war, aber ein solcher Prozess konnte Monate oder sogar Jahre dauern, wenn man wirklich die richtige Person an Bord holen wollte, und deshalb entschieden wir uns, mal die Fühler auszustrecken. Eine Menge Bewerbungen flatterten herein von Ärzten, die auf der Suche nach ihrer eigenen Praxis waren.

„Das ist echt mühsam“, brummte Bruce, als wir am Freitag lange nach Feierabend noch immer dasaßen und die Unterlagen durchsahen.

„Ich weiß, die sehen alle so aus, als wären sie viel qualifizierter als wir, als wir diesen Laden hier aufgemacht haben.“

„Stimmt! Wenn wir einen von denen anheuern, hab ich echt Angst, dass er uns das Ruder aus der Hand nimmt!“

Beim Betrachten unserer ersten Liste an Kandidaten hatte ich genau denselben Gedanken gehabt. Bruce und ich machten unsere Sache mit der Leitung dieser Klinik verdammt gut, aber wir waren nicht perfekt. Es würde ein Balanceakt werden, jemanden zu finden, der zu uns passte und der weder zu schwach war, noch uns die Show stehlen würde.

„Vielleicht sollten wir zwei Ärzte als Angestellte an Bord holen und stattdessen keinen neuen Partner“, schlug ich vor. „Die beiden würden dann eher wissen, dass wir das Sagen haben und sie sich unterordnen müssen.“

„Haben wir ausreichend Patientinnen, um das zu rechtfertigen?“

„Naja, du und ich, wir müssten ja nicht immer so viele Patientinnen selbst annehmen. Wir könnten einfach die schönen Gesichter auf der Reklame sein und uns weniger mit medizinischer Arbeit eindecken. Die Hauptlast der

Patientinnen könnten wir dann auf die neuen Docs abwälzen."

„Mir gefällt, was ich da höre."

„Wir sollten das von deinem Buchhaltertypen durchrechnen lassen, dann können wir uns die Möglichkeiten ansehen. Ich denke auch, dass wir den Rest dieses Stockwerks übernehmen sollten, sobald diese IT-Firma pleitegeht."

„Ha, ja, früher oder später gehen die eh alle den Bach runter." Wir mussten beide lachen.

Jede Firma, die neben uns auf dem Stockwerk eingezogen war, war innerhalb eines Jahres wieder verschwunden, manchmal schon nach ein paar Monaten. Es war wohl eine Kombination aus schlechtem Management und Leuten, die einfach noch zu jung waren und sich zu sehr darauf versteiften, ganz groß rauszukommen.

„Ich werde morgen Abend bei Julia vorbeischauen", sagte ich als nächstes, denn ich brauchte dringend eine männliche Sichtweise auf das, was ich da tat.

„Cool, wie gehts ihr? Irgendwelche Neuigkeiten über das Kleine?"

„Es ist erst eine Woche her."

„Oh, ja, in letzter Zeit bring ich die Tage durcheinander. Ich bin nicht mehr ich selbst, seit ich jeden Tag zur Arbeit kommen muss."

„Ja, ich glaube, dieser neue Geschäftsplan gefällt dir bestimmt gut."

„Darauf kannst du Gift nehmen. Ich kanns kaum erwarten, einer von diesen schnöseligen Ärzten zu sein, der nie auftaucht, außer vielleicht einmal pro Woche."

„Wieder", fügte ich hinzu.

„Jaja. Also du willst mit deiner Mutti abhängen, das ist süß. Irgendwie gefährlich, aber süß."

„Was meinst du mit gefährlich?"

„Du wirst sie bumsen und dann den schönen kleinen Vertrag vermasseln, den ich dir gegeben habe. Gefühle vermasseln immer alles."

„Zu deiner Information, gebumst hab ich sie bereits lange vor der ganzen Babykiste", lachte ich. „Aber ich weiß schon, was du meinst. Wir bleiben Freunde. Sie ist bestimmt eine gute Freundin, auf die man zählen kann. Außerdem kenne ich sie schon seit ich zehn bin oder so, das macht die Sache mit dem gemeinsamen Kind vielleicht noch besser."

„Wenn du sie nicht bumst."

„Sag ich doch grade, Bruce. Wir bleiben Freunde."

„Okay", sagte er und sah dabei wenig überzeugt aus.

Ich war ja nicht einmal sicher, ob ich mich selbst überzeugen und wirklich fähig sein konnte, es nur bei einer Freundschaft mit Julia zu belassen. Ich wusste allerdings, dass das wohl die beste Idee war und ich wollte wirklich alles tun, was gut für sie war.

Wir schlossen die Durchsicht der Bewerber ab und ließen es gut sein. Auf dem Weg aus der Klinik fiel mein Blick hinüber zu der IT-Firma auf der anderen Flurseite, wo überall noch Licht brannte. Das ganze Büro war voller Mitarbeiter, die nicht so aussahen, als würden sie demnächst nach Hause gehen. Die Burnout-Rate bei diesen Computerleuten musste ganz schön hoch sein.

***

Ich nahm eine Pizza mit, halb Fleisch und halb vegetarisch. Ich holte auch noch etwas Eiscreme und Knabbereien, dann machte ich mich auf den Weg zu Julias Wohnung. Der Türsummer ertönte kurz und ich trat ins

Gebäude, nahm den Fahrstuhl und klopfte kurz darauf an ihre Tür.

Ihre Wohnung war klein, mit einem Schlafzimmer für sie selbst und einem für ihre Mitbewohnerin. Das Wohnzimmer war in der Mitte und die Küche war direkt daran angeschlossen. Sie hatten ein weiches graues Sofa und einen großen Fernseher in dem Raum, aber sonst nicht viel. Der Platz war ziemlich beengend und ich musste mich fragen, ob sie etwa vorhatte, nach der Ankunft des Babys in demselben Apartment zu bleiben.

Vielleicht zog ja die Mitbewohnerin aus? Vielleicht ging mich das aber auch gar nichts an, weil ich in dieser Konstellation nur der Spender war und mich überhaupt nicht in Julias Leben einzumischen hatte.

„Ich hab das Futter!", sagte ich, als Julia die Tür öffnete. „Ich war nicht sicher, ob deine Mitbewohnerin auch da sein würde, also habe ich vorsichtshalber reichlich eingekauft, nur für den Fall."

„Nö, sie ist mit ihrem neuen Kerl unterwegs."

„Der Typ aus dem Club?"

„Nein", lachte Julia, als hätte ich etwas total Lächerliches gesagt.

„Also, was steht heute auf dem Programm? Irgendwas Gutes? Film oder Serie?"

„Ich bin flexibel. Ich hatte schon länger vor, diese Serie anzuschauen, die im Mittelalter spielt oder sowas in der Art. Du weißt schon, die mit der heißen blonden Frau und den Drachen, die alle fertigmachen."

„Ja, perfekt. Die hab ich noch nicht gesehen."

„Gut, dass du gekommen bist, Mike. Es ist schön, dich zu sehen." Julia nahm mir die Pizza ab und ich folgte ihr in die Küche.

Sie war bereits schwanger, da war ich mir sicher. Ihre Haut strahlte noch mehr als bei unserem letzten Treffen. Sie sah so glücklich aus. Eben wie eine Frau, die gerade einem Baby Leben schenkte.

„Wie fühlst du dich? Du siehst toll aus!"

„Ich fühle mich normal. Ich esse, glaub ich, nur viel mehr, weil ich so nervös bin", sagte sie und lachte.

„Wie auch immer, du siehst toll aus", sagte ich noch einmal und sah ihr dabei zu, wie sie sich bückte und eine große Schüssel aus der untersten Schublade holte. Ihr Arsch sah grandios aus in ihren Shorts.

„Danke", sagte sie und grinste, als sie mich dabei erwischte, wie ich ihr Gesäß anstarrte. „Ich finde, er wirkt jetzt schon größer", neckte sie.

„Perfekt. Ich liebe dicke Hintern."

Sie lachte nur und schüttete Chips in die Schüssel, die sie gerade geholt hatte. Wir füllten gemeinsam unsere Teller mit Pizza und Snacks auf und gingen dann zur Couch, um unseren Fernsehabend zu starten.

Julia hatte ein paar enge Trainingsshorts und ein viel zu großes Sweatshirt an. Aber sie hatte die Ärmel gekürzt und einen Teil des Kragens abgeschnitten, sodass der Pullover ihr über eine Schulter herunterhing. Ihre Haare waren zu einem wirren Dutt zusammengebunden und sie trug kein bisschen Make-up, trotzdem sah sie absolut umwerfend aus.

Ich saß auf der Couch, während sie auf der Fernbedienung herumdrückte und schließlich die Sendung fand, die wir uns ansehen wollten. Es war eine Serie mit mehreren Staffeln, die uns locker für Tage und Wochen auf Trab halten konnte. Genau darauf hatte ich gehofft: tage- und wochenlang mit Julia herumzuhängen. Sie suchte sich einen Platz auf der Couch, der ein wenig weiter von mir entfernt war, als mir lieb gewesen wäre. Aber eigentlich wollten wir ja auch Freunde bleiben, ein bisschen Distanz war also wohl nicht so schlecht. Es fiel mir allerdings wirklich schwer, mir vorzustellen, dass ich nichts weiter als Julias Freund sein sollte. Je öfter ich bei ihr war, desto schlimmer wurde es.

„Also, in ein paar Tagen sollte ich doch den Test machen können, oder?“, fragte Julia und zog ihre Beine auf der Couch heran.

„Ja, aber denk dran, im ersten Trimester passiert das meiste Wachstum. Deshalb ist es auch die Zeit, in der es zu den meisten Fehlgeburten kommt. Versuch, nicht zu viel zu erwarten, bis alles ein wenig zurechtgewachsen ist.“

„Oh, okay“, sagte Julia und das Lächeln auf ihrem Gesicht zerfiel. „Wie oft kommt das denn vor?“

„Ist Bruce das nicht mit dir durchgegangen?“, fragte ich und kam ein wenig auf sie zu, um sie zu beruhigen.

„Ich weiß nicht, ich hab nicht so genau aufgepasst. Ich war so aufgeregt, vielleicht habe ich es vergessen. Also vielleicht freue ich mich, weil ich endlich schwanger bin, und werde es dann doch verlieren? Was passiert bei einer Fehlgeburt? Ich höre Frauen oft darüber reden, aber ich weiß eigentlich nicht genau, wie es dazu kommen kann. Tut das weh? Woher weiß ich, ob es passiert?”

Sie begann in Panik zu verfallen und ich fühlte mich mies, weil ich es überhaupt erwähnt hatte. Ihren Blutdruck in die Höhe zu treiben und sie dazu zu bringen, sich Sorgen zu machen, nutzte niemandem. Damit machte ich nichts besser. Tatsächlich war ich überzeugt, dass zu viel Stress einem heranwachsenden Fötus schaden konnte.

„Julia“, sagte ich und nahm ihre Hand. „Darüber darfst du dir jetzt noch keine Sorgen machen. Ich will damit nur sagen, dass du die Sachen in den nächsten Wochen ein bisschen nüchtern betrachten solltest. Freuen kannst du dich dann immer noch. Du solltest dich auf jeden Fall freuen. Überhaupt möchte ich, dass du mich nach dem Test sofort anrufst und davon erzählst."

„Aber ich soll mich darauf vorbereiten, dass etwas Schlimmes passiert?"

„Naja, ein bisschen zumindest. Behalte einfach im Kopf, dass es sein könnte. Pass gut auf dich auf, sieh zu, dass deine Gesundheit perfekt in Schuss ist. Mehr kannst du nicht tun. Die Natur bringt die Dinge manchmal etwas durcheinander, da können wir nichts dran ändern."

„Dann sollte ich mir die neue Wohnung vielleicht doch noch nicht kaufen, die ich mir überlegt hab?"

„Du kannst deine Wohnung kaufen. Du kannst dir dein Gitterbett kaufen. Du kannst all die Mutterdinge tun, auf die Lust hast. Denn wenn es diesmal nicht funktioniert, versuchst du es einfach im nächsten Monat wieder und dann nochmal. Du bist jung und gesund, ich glaube wirklich nicht, dass es allzu lange dauern kann."

„Ich kann nicht anders, als aufgeregt zu sein", sagte sie und hüpfte auf die Lehne der Couch. „Ich glaube kaum, dass ich mich noch zurückhalten kann, sobald ich schwanger bin. Ich schätze, das Risiko muss ich einfach eingehen."

„Ja, das kann ich mir gut vorstellen", sagte ich und lächelte zu ihr hinauf.

Sie glitt zurück auf ihren Platz auf dem Sofa und schaltete die Serie ein. Ich saß neben ihr und beschloss, in ihrer Nähe zu bleiben. So war es ohnehin gemütlicher.

Je länger wir uns die Serie ansahen, desto mehr rückte ich zu ihr hinüber. Bald schon hatte sie ihren Kopf neben meine Brust gelegt und wir kuschelten und sahen stundenlang fern. Ihr Haar roch nach Kokosnuss und ich konnte gar nicht genug von ihrem Duft bekommen, während wir gemeinsam dasaßen.

Aber als sie ihre Hand in meinen Schoß sinken ließ, erstarrte ich. Bei der Berührung ihrer Finger auf meinem Schenkel verzehrte ich mich mit dem ganzen Körper nach ihr. Ich wusste, dass wir Freunde bleiben mussten, oder zumindest hatte ich mir das eingeredet, dabei kehrte immer eine solche Ruhe in mir ein, wenn ich bei Julia war.

Ich schob ihre Hand nicht weg. Ich versuchte, mich nicht darauf zu konzentrieren. Aber es gefiel mir, dass sie mich berührte. Mit den Augen sah ich weiter der Serie zu, aber ich bekam nichts mehr von der Handlung mit. Meine Aufmerksamkeit war stattdessen vollständig auf Julia gerichtet. Auf ihren Duft, ihre Bewegungen, ihre Atmung. Als sie leicht die Finger bewegte, flehte ich sie im Geiste an, die Hand noch ein bisschen weiter nach oben zu bewegen.

Oh, wie sehr ich wollte, dass sie mich gepackt und mir einfach einen runtergeholt hätte. Ich hatte Sex im Sinn, daran gab es keinen Zweifel. So viel ich auch über Freundschaft reden mochte, ich wollte einfach mehr mit Julia, es machte auch keinen Unterschied, dass sie ein Baby wollte. Aber ich wusste auch, dass das nicht in Ordnung war. Ich sollte respektieren, dass dies das Leben war, das sie sich wünschte, und wenn ich jetzt Sex von ihr wollte, würde sie das nur verwirren. Ich musste wirklich Rücksicht nehmen.

„Ich schwöre, wenn der Kerl noch einen Kopf mehr abhackt, wird er am Schluss zum König“, sagte Julia und hob den Kopf, um mich anzusehen.

„Krass, oder?”, lachte ich und hatte keine Ahnung, wovon sie redete.

Um mich anzusehen, hatte Julia ihre Hand von meinem Bein genommen und wieder in ihren eigenen Schoß gelegt. Ich war wirklich enttäuscht. Widerwillig sah ich wieder dem

Geschehen auf dem Bildschirm zu und konzentrierte mich darauf, zumindest für eine Weile.

Bald schon begannen mir die Augen zuzufallen. Es war schon deutlich nach Mitternacht, aber Julia schaute die Serie immer noch und ich wollte nicht gehen. Ich ließ mich ein wenig tiefer in die Couch sinken und fand einen gemütlichen Platz für meinen Kopf. Augenblicke später driftete ich auch schon ins Traumland ab.

Als ich wieder zu mir zu kommen begann, war ich nicht sicher, ob ich tatsächlich aufwachte oder immer noch am Träumen war. Julias Hand rieb jedenfalls eindeutig an meinem Schaft auf und ab. Die Jeans hatte ich noch an, aber sie zeigte eine Beule, als würde sie jeden Augenblick platzen.

Ich analysierte die Situation. Julia streichelte mich gerade untenrum, also war sie wohl doch nicht nur an reiner Freundschaft interessiert? Genau das hatte ich gewollt. Es war mein Wunschszenario. Das würde ich mir gewiss nicht entgehen lassen.

Doch dann übernahm jener Teil meines Gehirns das Sagen, den ich so sehr hasste. Sie war gerade verletzbar. Es war eine bewegte Zeit für sie und vielleicht dachte sie, ich würde mich nicht weiter um sie kümmern, wenn sie nicht mit mir schlief, oder so etwas in der Art. Ich war mir nicht ganz sicher, was hier vor sich ging. Ich ließ meine Finger durch ihre Haare gleiten und genoss eine Weile lang einfach ihre Hand auf mir, während ich mir überlegte, was ich jetzt tun sollte. Vielleicht konnten wir einfach nur Spaß haben und sowas wie Freundschaft plus miteinander anfangen.

„Julia, ich dachte du willst nur mit mir befreundet sein?", fragte ich sanft.

Sie antwortete nicht.

„Ich bin offen hierfür, wenn du interessiert bist, aber wir sollten vielleicht darüber reden."

Wieder gab es keinerlei Reaktion. Aber mit der Hand streichelte und spielte sie weiterhin mit mir. Ich war ziemlich verwirrt und wusste nicht recht, was los war. Sie war doch wohl wach, oder nicht? Ein Mädchen fängt doch nicht einfach an, einen zu melken, während sie tief und fest schläft, oder etwa doch?

Ich beugte mich vor und versuchte, einen Blick auf ihr Gesicht zu werfen, aber ihr Kopf war so dicht an meine Brust gedrückt, dass ich nichts sehen konnte. Sie sah auch ziemlich zusammengesunken aus.

„Bist du wach?“, fragte ich schließlich.

Keine Antwort.

Langsam nahm ich ihre Hand von mir und schob ihren Kopf so hin, dass sie auf dem Rand der Couch zu liegen kam. Sie schlief! Julia wusste nicht einmal, dass sie mir gerade den Bolzen gestreichelt hatte. Ich schob mich schnell auf die andere Seite der Couch, um die ganze Situation aufzulösen.

Wir hatten so lange geschlafen, dass inzwischen die Sonne schon aufzugehen begann. Ich wollte nicht gehen, ohne etwas zu sagen, aber jetzt gerade konnte ich sie ja auch schlecht wecken, zumal ich immer noch durch meine Jeans hindurch pulsierte.

Stattdessen begann ich, den Saustall aufzuräumen, den wir gemacht hatten, bevor ich in die Küche ging und auch dort etwas saubermachte. Julia begann sich ein wenig auf der Couch zu rühren und ich werkte sogar noch leiser in der Küche herum, um sie noch nicht gleich im Schlaf zu stören. Trotzdem begann sie schließlich aufzuwachen und sah sich um, wo ich wohl geblieben war.

„Oh, ich sollte dich wohl öfter zu mir einladen, wenn du jetzt schon für mich putzt“, sagte sie verschlafen, als sie in die Küche kam.

„Weißt du was, ich hab richtig gut geträumt, und es ging dabei um dich“, meinte sie und kam mir noch näher.

„Echt, was denn?“

„Weiß nicht, ob ich dir das erzählen sollte. Ich meine, wir sind ja Freunde und so.“

„Ja, dann lieber nicht. Wer würde schon so etwas wie einen Traum mit seinem Freund teilen.“

„Ich hab geträumt, dass wir uns auf einer Liege irgendwo am Meer zusammengekuschelt haben. Es war richtig romantisch.“

„Ah, das ist ja schön.”

„Und naja...“, sie verstummte, während sie sich auf die Theke schob, neben der ich gerade abspülte.

„Ja, was denn?“, fragte ich und tat so, als hätte ich keine Ahnung, was in diesem Traum wohl so passiert sein könnte.

„Wir hätten beinahe Sex gehabt. Ich hab mit dir gespielt.“

„Echt?“, sagte ich mit vorgetäuschter Überraschung.

„Jap, und gefallen hats dir auch.“

„Oh, da bin ich mir sicher. Ich hab absolut keinen Zweifel, dass es mir sehr gefallen hat, deine Hände auf meinem Körper zu spüren.“

„Ich hab mich gefragt“, sagte Julia und ihre Hand strich an meinem Arm entlang. „Stehst du wirklich voll dahinter, mit mir befreundet zu sein?“

„Natürlich. Ich will dir so nahe sein, wie es für dich gut ist. Die Vorstellung gefällt mir sogar wirklich gut.“

„Ich meine, was wäre, wenn ich mich einfach nicht zurückhalten könnte“, sagte sie, wobei sie mich packte und für einen Kuss an sich zog.

Ich ließ den Teller fallen, den ich gerade waschen wollte,

und genoss jeden Augenblick, in dem ich Julias Lippen auf meinen fühlte. Jetzt war sie eindeutig wach. Es gab keinen Zweifel daran, dass sie genau wusste, was sie da tat.

Kapitel 11

Julia

Ich konnte mir einfach nicht helfen. Mike die ganze Nacht direkt neben mir zu haben war die reinste Folter. Ich trug vielleicht schon sein Kind in mir, aber wenn ich das alles nicht getan hätte, wäre es bestimmt einen Versuch wert gewesen, eine lockere Beziehung mit ihm zu starten. Mann, ich wusste gerade überhaupt nicht mehr richtig, was ich tat. Ich wusste nur, dass ich Mike küssen wollte, und so tat ich es eben.

„Julia, wir sollten vielleicht hierüber reden“, sagte Mike und entzog mir seine Lippen, ohne jedoch mit seinem Körper von mir zu weichen.

„Willst du wirklich reden?”, neckte ich ihn und zog ihn noch dichter heran.

„Wir *sollten* reden.“

„Es muss nichts Ernstes sein. Wir sind ja schon Freunde. Ich trage vielleicht schon dein Kind in mir. Wir können uns einfach entspannen und Spaß haben. Was ist schon dabei?”

„Du meinst sowas wie Freundschaft plus?”

„Ich weiß, diese Dinge laufen nie nach Plan, aber wir sind doch anders. Wenn einer von uns jemanden kennenlernt, dann lassen wir das einfach sein und machen ganz normal weiter. Keine verletzten Gefühle. Nur Spaß.”

„Dann machen wir das also mehr als einmal?”, fragte Mike mit einem verschmitzten Lächeln.

„Wahrscheinlich", sagte ich und schlang meine Beine um ihn herum, um ihn an mich zu pressen.

„Abgemacht?"

„Hm, ja, wir können ja mal sehen wie es läuft."

Mehr brauchte ich nicht zu hören und schmiegte mich dicht an ihn. Dieses Mal küsste ich ihn jedoch nicht. Stattdessen blieb ich einfach so, ganz dicht bei ihm, und wartete darauf, dass er einen Schritt tat.

Und natürlich beugte er sich herab und legte seine Lippen sanft auf meine. Das hier würde eine Menge Spaß machen. Keine Sorgen wegen einer Beziehung, keine Sorgen wegen Verhütung. Nichts davon. Naja, angenommen ich war schon schwanger, dann musste ich mir keine Sorgen machen.

„Brauchen wir ein Kondom?", fragte ich neugierig.

„Schätze nein. Aber mir macht es nichts aus, wenn du möchtest."

„Ja, ist vielleicht doch besser", sagte ich nur zur Sicherheit.

Ich hatte gerade tausende von Dollar ausgegeben, nur damit ein Arzt Mikes Sperma in mich spritzen konnte. Ich wollte nicht das Gefühl haben, dass das Ganze einfach nur Geldverschwendung war. Außerdem gab ein Kondom mir irgendwie die Möglichkeit, mich emotional ein bisschen auf Distanz zu halten. Und ein bisschen Distanz hielt ich für keine schlechte Idee, damit diese Beziehung sich nicht in eine Richtung entwickelte, für die ich absolut nicht bereit war.

„Cool", antwortete Mike und hob mich direkt auf, um mich ins Schlafzimmer zu tragen.

Ich lachte ob seines Enthusiasmus. Das mit dem Kondom schien ihm reichlich egal zu sein. Er wollte nur eine

Antwort, um zur nächsten Phase des Spaßes voranschreiten zu können. Und Spaß machte es wirklich. Bei unserem letzten Mal war es heiß und schwer gewesen. Die Romantik war an jenem Abend auf Hochtouren gelaufen, aber dieses Mal waren wir einander schon so viel vertrauter, dass wir einfach nur kicherten, während wir einander die Kleider auszogen.

„Schwing deinen Arsch aufs Bett", sagte ich und schubste Mike verspielt auf die Matratze.

„Jawohl, Gebieterin", antwortete er spöttelnd.

„Mmmh, irgendwie gefällt mir das. Vielleicht geb ich heute mal die Befehle. Dazu hab ich sonst nicht so oft die Gelegenheit", sagte ich und schnappte mir ein Kondom.

„Ja", keuchte er rau, während seine pulsierende Rute sich vor Erregung aufstellte.

„Oh, stehst du da drauf? Gefällts dir, wenn ich dir Befehle gebe?", fragte ich.

„Ja", sagte er wieder.

„Mmmmh, also wenn ich heute das Sagen habe, dann sollte ich mir vielleicht Zeit mit dir lassen. Dich ein bisschen ärgern. Mit dir spielen." Ich kniete mich neben Mike und ließ meine Hand langsam an seinem Bein auf und ab streichen. Ich glitt in die Nähe seines Schwanzes und dann wieder von ihm weg. Einmal ließ ich die Finger um seine Kuppel gleiten, bevor ich losließ und mit seinem anderen Bein weitermachte.

Sein Ding pochte so hart, dass er bald vor Aufregung zu tropfen begann. Ich konnte mich nicht zurückhalten und leckte es auf. Meine Zunge umkreiste langsam seine Spitze und ich nahm den salzigen Geschmack seines Lusttropfens auf. Aber es dauerte nicht lange, da legte ich meine Lippen fester um ihn und glitt hinab bis zur Wurzel, bevor ich wieder heraufkam.

Langsam, ganz langsam bewegte ich mich und kostete ihn dabei. Auch wenn er seine Hüften sanft gegen meinen Mund drückte, lag Mike im Grunde still da und gab sich der Macht hin, die ich mit meinem Mund über ihn ausübte. Je schneller ich arbeitete, desto mehr schien er sich zu entspannen. Er mochte die schnellen Bewegungen und ich wusste, dass ich ihn mit Langsamkeit quälen konnte. Ich wollte ihn quälen. Nicht auf schlimme Weise natürlich. Ich wollte ihn nur sexuell foltern und seinen Orgasmus in solche Höhe treiben, dass er es nie wieder vergessen würde.

Langsam leckte ich weiter. So langsam, dass ich irgendwann sogar selbst die Dinge ein wenig beschleunigen wollte. Er knurrte und stöhnte wie ein Besessener. Dann kam es, das Wort, auf das ich gewartet hatte.

„Bitte“, ächzte er. „Bitte.”

„Oh, soll ich etwa auf dich drauf steigen?”

„Ja, tu es. Komm her.”

„Mmmmh, vielleicht in einer Minute“, feixte ich schelmisch und sah zu ihm auf.

Es machte ja solchen Spaß, mit ihm zu spielen! Es gefiel mir, so viel Kontrolle zu haben. Es gefiel mir, zu tun was ich wollte und mir dabei Zeit zu lassen. Ich konnte verstehen, worin die Faszination lag, eine Domina zu sein. Es war aufregend zu wissen, dass einem jemand ausgeliefert war und man über dessen Lust entscheiden konnte.

Nachdem ich Mike noch ein paar Minuten gefoltert hatte, war klar, dass ich mich nur selbst quälen würde, wenn ich noch länger wartete. Ich riss das Kondom auf und machte mich daran, auf ihn zu klettern, als Mike mich packte, sanft wendete und auf das Bett legte.

„Oh nein, so einfach kommst du mir nicht davon“, sagte

er mit Entschlossenheit im Blick.

„Ich dachte, ich hätte heute Nacht das Sagen“, meinte ich lächelnd.

„Das war gelogen. Jetzt werde ich dir deine kleine Folterstunde heimzahlen.“

Ich lachte nur über seinen teuflischen Plan. Wenn er mich lecken wollte, war das nicht wirklich dieselbe Art von Folter wie das, was ich eben mit ihm getan hatte. Eigentlich war das überhaupt keine Folter, ich würde jeden Augenblick davon genießen.

Aber dann fing auch er an, mit mir zu spielen. Er drückte meine Beine weit auseinander und betrachtete meinen feuchten Körper. Seine Hände hielten meine Knöchel fest und glitten ganz langsam an meinen Schenkeln entlang, während er mich unablässig anstarrte.

„Mike“, lachte ich nervös, weil er mich so ansah.

„Du bist so feucht.”

„Weil du mich heiß machst. Leg das Kondom an und komm her”, drängte ich.

„Nur eine Sekunde.“

Er beugte sich hinab und ließ seine Zunge sanft über mein feuchtes Element gleiten. Mike und unser bisheriger Abend hatten mich über alle Maße erregt. Inzwischen triefte ich wahrscheinlich geradezu, es war nicht zu verbergen.

Seine Zunge fuhr langsam von meiner Unterseite bis hinauf zur Spitze meines Kitzlers. Er ließ sich bei jedem Strich Zeit und verweilte immer ein bisschen länger bei meiner Lustperle. Er leckte langsam und fest, was meine Erregung in jenem Moment nur noch weiter steigerte.

Als er mit dem Lecken fertig war, kniete Mike sich zwischen meine Beine. Ich war bereit für ihn. Ich war vor

Geilheit durchnässt und wollte ihn nur noch in mir spüren. Doch dann sah ich, wie er mit einem schelmischen Spitzbubengesicht auf mich heruntersah.

Er grinste und drückte mit den Händen gegen meine inneren Oberschenkel, um mich so weit als möglich zu öffnen. Mit den Augen wanderte er über jede Rundung meines Körpers. Er nahm sich Zeit, betrachtete meine beiden Nippel, ließ den Blick über meinen Bauch streifen und hielt dann bei meinem Zentrum inne.

Er hielt mich nicht etwa absichtlich hin. Mike blickte mich an und genoss alles, was er sah. Bei unserem ersten gemeinsamen Mal hatte mich sein Blick noch sehr unsicher gemacht, doch jetzt erkannte ich es. Ich erkannte die Lust in seinen Augen, das Verlangen, das er für mich hatte, ohne mich mit seinem Blick auch nur im Geringsten zu verurteilen. Er wollte wirklich jeden Zentimeter von mir, es stand ihm ins Gesicht geschrieben.

„Okay, Mike, genug gefoltert", sagte ich sanft. „Ich will dich in mir spüren."

„Mmmmh", brummte er. „Du bist so scharf. Ich will mir jede Kurve deines Körpers einprägen."

„Ja?", fragte ich.

„Oh ja."

Ich war mir sicher, dass er jetzt das Kondom überstreifen und mit mir Liebe machen würde, aber er hatte anderes vor. Er legte sich auf den Bauch und zwischen meine Beine. Er hatte mich soweit auseinandergespreizt, dass ich mich gar nicht bewegen konnte, als er mich zu verschlingen begann.

Er knurrte und brummte sogar ein bisschen, während er mich leckte und verschlang. Ich drückte mich hart an ihn, aber die Position, in der er mich festhielt, erlaubte mir kaum, mich gegen seine Zunge aufzubäumen, wie ich es gewollt hätte.

Der sanfte Druck von vorher war verschwunden, diesmal aß mich Mike auf, als wäre ich seine Henkersmahlzeit. Er leckte und naschte an mir, gönnte sich meinen Saft, als sei er sein Lebenselixier. Er verweilte gerade so lange auf meinem Lustknopf, um mich noch mehr zu erregen, aber dann glitt er mit seiner Zunge wieder ab, um den Rest meiner Grotte zu erkunden. Bald schon spürte ich es, diese Folter, das Verlangen, Kommen zu dürfen, das unglaubliche Gefühl, dem Orgasmus so nah zu sein und doch noch so weit davon entfernt.

„Ich brauch dich in mir“, stöhnte ich und packte Mikes Haare.

Auch er wollte in mich eindringen. Er wollte es genauso sehr wie ich, aber Mike hatte genug Selbstkontrolle, um noch weiter mit mir zu spielen und mich zu foltern. Er legte seinen Mund um meine Klitoris und sog sie sanft ein. Der behutsame Druck war göttlich und ich presste mich an ihn, weil ich mehr wollte.

„Ich setz mich jetzt auf dich“, versuchte ich ihm zu befehlen. Aber Mike hatte kein Interesse mehr daran, sich von mir herumkommandieren zu lassen. Er hatte die Kontrolle über unser kleines Schäferstündchen an sich gerissen.

Das langsame Saugen machte mich ganz berauscht vor Lust. Ich spürte ein Pulsieren tief in meinem Körper, das ich so schon lange nicht mehr gefühlt hatte. Ich lechzte nach der Erlösung. Das ganze Ausmaß meiner Erregung war beinahe zu viel für mich und ich musste den Atem anhalten, während ich mich an ihn drückte und mehr und immer mehr von seiner Zunge verlangte.

Dann geschah es. Mein Körper konnte nicht länger warten. Ich spürte, wie sich das Kribbeln aufbaute und das

Blut in meine Mitte schoss, während ich zu kommen begann. Es war allerdings eine andere Art von Orgasmus, als ich gewohnt war. Er war langsam, tief und taumelnd, und er schaukelte sich immer weiter und weiter auf. Meine Beine zitterten, meine Hände krallten sich fest ins Laken. Endlich würde ich die süße Erlösung bekommen, nach der mein Körper sich so gesehnt hatte. Ich konnte es kaum erwarten, befreit zu werden. Jede Faser in mir stand kurz davor zu explodieren.

Und dann gab er mich frei. Mike ließ meinen Körper mit Mund und Händen los. Er kniete zwischen meinen Beinen, berührte mich jedoch überhaupt nicht. Er beobachtete mich nur und ich sah mit Grauen zu ihm auf. Er hatte aufgehört! Nein, nein, nein, er konnte doch nicht aufhören. Ich war so kurz davor. Ich wäre fast explodiert und er hatte einfach aufgehört. Welche Tortur wollte mir dieser Mann antun?

Mike grinste mich von oben an und wusste ganz genau, was er da gerade getan hatte. Er badete in der Macht, die er über mich hatte. Er genoss sichtlich meinen Schock. Ich glaubte sogar zu sehen, dass er mich kurz auslachte, als ich ihn so flehentlich ansah.

„Was denn?”, fragte er spöttelnd.

„Leg dir jetzt das Kondom an und komm sofort in mich rein“, sagte ich mit Nachdruck.

„Oh, soll das heißen, ich bin gut darin, dich sexuell zu foltern? Sag, dass ich gut bin“, verlangte Mike und hielt das Kondom in der Hand.

„Du bist gut. Jetzt mach schon.“

Er begann die Kondompackung zu öffnen und tat dann so, als würde er sie nicht aufkriegen. Vergnügt ließ er es fallen und hob es wieder auf. Er fummelte mit dem Ding herum, als wäre er ein Teenager, der noch nie einen Gummi übergestreift hat.

„Oh Mann, diese Dinger gehen so schwer auf“, sagte er theatralisch.

„Du bist sowas von tot“, lachte ich.

„Ich weiß nicht, was los ist. Ich krieg das einfach nicht gebacken”, scherzte er weiter.

Dann tat ich etwas, von dem ich gar nicht gewusst hatte, dass ich es konnte. Ich schlüpfte nach unten, näher an Mike heran und schlang meine Beine um ihn. Ich drückte ihn zur Seite und bevor ich mich versah, saß ich wieder auf ihm. Ich war mir sicher, dass er sich nicht gegen meine Initiative gewehrt hatte, denn beim geringsten Widerstand seinerseits hätte das nie geklappt. Aber da war ich nun und hatte die Kontrolle über die Situation wieder zurück, nur würde ich dieses Mal keine Zeit verschwenden.

Ich schnappte das Kondom aus Mikes Hand und riss es mit meinen Zähnen auf. Ich streifte es ihm über, während ich schon über ihm schwebte, bereit, mich nach unten gleiten zu lassen. Die beiden Bewegungen verflossen zu einer und ich pflanzte meinen Körper fest auf seinen aufgerichteten Mast.

„Wow“, machte ich und nahm ihn so tief in mich auf, dass ich mich einen Moment lang daran gewöhnen musste. „Warte, ist das den okay wegen dem Baby?“

„Die Hormone, die beim Sex freigesetzt werden, helfen dir beim Entspannen, was sogar gut ist für das Baby“, sagte Mike mit sachlich klingender Stimme.

Ich war mir nicht ganz sicher, ob er das mit den Hormonen und dem Entspannen wirklich ernst meinte. Aber ich wusste, dass er nicht mit mir Sex haben würde, wenn dadurch meine Schwangerschaft gefährdet wäre. Also entspannte ich mich wirklich und führte ihn in mich ein, während ich mich sanft auf ihm auf und ab schaukelte.

Während ich Augenblicke zuvor noch so kurz vor dem Orgasmus gestanden hatte, so war ich jetzt doch wieder weit davon entfernt, deshalb bewegte ich mich gleich fester auf ihm. Der Wechsel des Gefühls warf mich ein paar Schritte zurück, aber nicht wieder bis ganz an den Anfang.

Seine Hände hielten meine Hüften fest und ich wiegte mich auf ihm. Ich bewegte mich langsam und druckvoll, und ich hatte die Kontrolle, auch wenn ich mir ziemlich sicher war, dass Mike sie jederzeit an sich hätte reißen und sich plötzlich zu bewegen hätte aufhören können, um mich wieder zu necken .

Wir bewegten uns miteinander, sanft und perfekt. Es war, als hätten wir schon tausende Male gemeinsam Liebe gemacht. Aber der Druck einer Beziehung fehlte und ich konnte mich einfach entspannen und unsere gemeinsame Zeit genießen. Noch nie hatte ich mich mit einem Mann so gelöst gefühlt. Es war eigentlich ziemlich traurig, dass ich ganze fünfundzwanzig Jahre alt hatte werden müssen und mich noch bei keinem so wohl gefühlt hatte. Anscheinend brauchte ich einfach einen Kerl, der mir sein Sperma zur Verfügung stellte, damit ich ihm endlich vertraute und mich mit ihm entspannen konnte.

Aber ganz besonders gefiel mir, dass ich mir um keine Beziehungsgeschichten Gedanken machen musste. Wir waren Freunde. Wir hatten bereits beschlossen, dass ich dieses Kind bekommen würde und dass ich dabei das Sagen haben würde. Es würde keine geteilten Elternpflichten geben oder irgendetwas in der Art. Er hatte seinen Samen gegeben, sodass ich meinen eigenen Traum vom Muttersein wahrmachen konnte. Unsere Freundschaft war nur ein Bonus zu der ganzen Situation, und dieser neue Zusatz mit den sexuellen Leistungen war das Sahnehäubchen obendrauf.

Ich sah zu, wie Mike mir zusah. Er war immer noch

entzückt davon, mich dabei zu beobachten, wie ich mich bewegte. Es machte mich so heiß, dieses Verlangen in seinen Augen zu sehen. Das unverfälschte Verlangen nach meinem Körper berührte mich tief und gab mir die Kraft, auf ihm sitzen zu bleiben und mich seinem Blick auszusetzen.

Meine Hände ruhten auf Mikes Brust und ich fand schließlich die perfekte Position auf ihm. Mein Becken machte kurze ruckartige Bewegungen und ich rieb mein Lustzentrum bei jedem Stoß leicht an ihn. Langsam, aber sicher spürte ich, wie die sich aufstauende Erregung unerträglich wurde.

Ich bremste meine Schübe ein, weil ich den Orgasmus noch etwas zurückhalten wollte. Ich mochte es nicht, wenn ich die Kontrolle verlor. Es gefiel mir nicht, wenn ich nicht mehr gänzlich Herr über meinen Körper war. Aber Mike bemerkte, was ich da tat. Er bemerkte, wie kurz ich vor dem Kontrollverlust stand und er hielt meine Hüften fest, während er meine Bewegungen bekräftigte.

Mit seiner zusätzlichen Hilfe machte ich weiter und er stieß bald schon wieder fester zu. Ich hatte die Kontrolle bereits verloren. Härter und härter stieß er in mich. Ich schloss die Augen, um mich auf das herrliche Gefühl des Genusses zu konzentrieren, das mich überkam.

„Ja“, murmelte ich, während ich weitermachte. „Ja.“

„Komm für mich, Baby“, stöhnte Mike und ich spürte seine Stöße, die er mir nun fester entgegensetzte.

Ich war noch nie ein großer Fan von Dirty Talk im Bett gewesen, aber Mikes Worte brachten mich direkt zum Kommen. Ich brauchte seine Erlaubnis nicht, aber ich begrüßte sie, damit mein Körper endlich nachgeben konnte, um einen so heftigen Orgasmus zu bekommen, dass sich meine Finger tief in Mikes Brust gruben.

Aber er ließ sich nichts von den Schmerzen anmerken. Er

stieß tief in mich und entließ dann seine eigene Explosivkraft. Ich zitterte immer noch vor Erlösung und fiel erschöpft auf seiner Brust zusammen. Ich konnte mich in jenem Moment schlichtweg nicht mehr aus eigenem Antrieb bewegen, mein Körper bebte wie verrückt von der ganzen Lust, die er gerade erfahren hatte.

Seine Finger glitten sanft an meinem Rücken entlang auf und nieder, dann nahm er mich in eine enge Umarmung. Die Intimität fühlte sich gut an. Ich entspannte mich sofort und spürte, wie ich direkt in seinen Armen einzuschlafen begann, während er noch immer in mir war.

Ich schlief einfach ein. Auf Mikes Brust und seinen immer noch pochenden Körper mit den Beinen umschlungen, schlief ich ein. In jenem Augenblick fühlte sich mein Leben einfach perfekt an. Alles war genau so, wie ich es mir gewünscht hatte, eigentlich sogar noch besser, als ich es mir zu erträumen gewagt hätte. Das Leben war so gut, dass ich zum ersten Mal seit meiner künstlichen Befruchtung tief und fest schlafen konnte.

Kapitel 12

Mike

Julia und ich verbrachten das gesamte Wochenende gemeinsam. Wir waren sowohl Freitag-, als auch Samstagnacht beieinander, wobei wir fast den ganzen Sonntag nach unserer frühmorgendlichen Nummer im Bett verschliefen. Erst kurz vor Sonnenuntergang schafften wir es aus dem Bett, um einen Bissen zu essen, nur um uns direkt danach wieder hinzulegen.

Sie war meine erste echte Freundschaft Plus. Bisher hatte ich diese Art Beziehung nur aus Erzählungen von Freunden gekannt, wobei ich mir nie sicher war, inwiefern ich deren Schilderungen glauben konnte. Bis jetzt hatte ich gedacht, dass Frauen sich immer nach einer festen Beziehung sehnten. Das Wochenende mit Julia hatte mich eines Besseren belehrt.

Von einer Beziehung war nie die Rede. Stattdessen sprachen wir über Julia und ihr Baby. Sie erzählte mir, wie sie über die letzten Jahre Geld gespart hatte, um sich eine Wohnung leisten zu können und wie sie sich finanziell auf ihren Traum vorbereitet hatte. Julia war sehr fokussiert auf ihre Zukunft als alleinerziehende Mutter und das Kind, dass sie sich so sehr wünschte. Dates oder meine Wünsche spielten überhaupt keine Rolle in unseren Unterhaltungen – es war der absolute Hammer.

Es war so befreiend, Sex zu haben, ohne sich Sorgen darüber zu machen, wann die nächste verbindliche Verabredung anstehen würde. Was in ein paar Wochen oder

Monaten sein würde oder wie ich die Beziehung beenden konnte, wenn sich herausstellen sollte, dass wir nicht zusammenpassten, spielte keine Rolle. Julia forderte nichts von alledem und dadurch konnte ich unsere gemeinsame Zeit unbeschwert genießen.

Bevor ich zur Arbeit ging, hatten wir noch vereinbart, dass wir gemeinsam Essen gehen würden, um ihren Schwangerschaftstest zu feiern. Ob er positiv oder negativ sein würde, spielte dabei keine Rolle. Wir wollten unsere Freundschaft und ihre Lebensentscheidung feiern.

Wir vereinbarten einige Grundregeln für unsere Beziehung. Die Befruchtung sollte erneut künstlich durchgeführt werden für den Fall, dass es mit der Schwangerschaft beim ersten Versuch nicht geklappt hatte. Sie glaubte, das würde ihr helfen, die Dinge emotional zu trennen. Ich würde weiterhin Kondome verwenden, wenn wir weiterhin miteinander schliefen. Ob wir diesen Teil unserer Beziehung fortsetzen würden, ließ Julia jedoch offen.

Ihre Regeln besagten, dass ich mich nicht darauf verlassen konnte, jeden Tag von ihr zu hören. Sie wollte sich auf sich selbst konzentrieren und daher wenig Kontakt zu mir suchen. Es war perfekt. Eine bessere Situation hätte ich mir nicht erträumen können. Wir würden einfach Freunde sein. Zwei Menschen, die gerne Zeit miteinander verbrachten und vielleicht ein Kind miteinander bekommen würden.

Als Julia nach zwei Wochen für die Standarduntersuchung bei Bruce in die Praxis kam, funktionierte unsere Freundschaft Plus nach wie vor solide. Ich hatte sie sogar besucht, um mit ihr zu feiern, dass ihr Schwangerschaftstest positiv gewesen war, und wir waren miteinander im Bett gelandet.

Wir schrieben uns jeden Tag, aber nicht, weil wir uns

dazu verpflichtet fühlten, sondern, weil wir wirklich wissen wollten, was im Leben des anderen geschah. Ein wichtiger Teil unserer Freundschaft bestand aus gegenseitigem Austausch.

Am Morgen vor ihrem Termin in der Praxis telefonierten wir und schmiedeten Pläne für den Abend.

„Wo sollen wir uns zum Feiern treffen?“, fragte ich, als wir darüber sprachen, in welchem Restaurant wir die Ereignisse feiern wollten.

„Auf jeden Fall nicht scharf. Ist es ungewöhnlich, dass mir schon jetzt unwohl ist?“

„Das ist bei jeder Schwangerschaft anders“, erklärte ich. Körperliche Veränderungen zu Beginn der Schwangerschaft ließen sich fast immer so beantworten. Der veränderte Hormonhaushalt, der mit einer Schwangerschaft einherging, wirkte sich bei allen Frauen anders aus.

„Wie wäre es mit einem Salatschuppen?“, fragte Julia.

Ich war eigentlich eher der Fleischtyp. Ich liebte Steak und konnte mit Salat eigentlich nichts anfangen. Salat essen fühlte sich für mich an, als bekäme ich für mein Geld nichts zurück. Oft musste ich, nachdem ich Salat gegessen hatte, noch etwas anderes hinterher schieben, weil ich nicht satt wurde.

„Klar“, antwortete ich, in dem Gefühl, dass Julias Bedürfnisse in dieser Situation wichtiger waren als meine.

„Oder vielleicht doch Pizza?“, fragte sie und ignorierte ihre Unpässlichkeit.

„Lass uns das doch einfach nach deinem Termin entscheiden“, lachte ich. „Wir sehen uns dann später wieder.“

„Mein Termin ist um vier. Meinst du, du kannst es einrichten, dass wir danach zusammen Essen gehen?“

„Das sollte sich machen lassen“, sagte ich leichtfertig. „Einen guten Tag noch bei der Arbeit und bis später.“

Nachdem ich aufgelegt hatte, wurde mir bewusst, wie viele Patientenkarteien ich noch vom vergangenen Arbeitstag aktualisieren musste. Seit Julia und ich Freunde waren, hinkte ich mit der Arbeit hinterher. Ich war abgelenkt im positiven Sinne. Jedoch wollte die Arbeit von gestern erledigt werden und außerdem waren für heute noch jede Menge Termine mit Patientinnen angesetzt.

Ich vertiefte mich in die Karteien und arbeitete immer noch, als Bruce um acht Uhr in die Praxis kam. Während die Sprechstundenhilfen die ersten Patienten annahmen, tauschten er und ich uns aus und brachten uns gegenseitig auf den neuesten Stand.

„Du schaust aber wohlgenährt aus“, witzelte Bruce.

Vor ein paar Tagen hatte ich mit ihm über die Möglichkeit gescherzt, mich nur noch von Oralsex zu ernähren. Er hatte sich köstlich amüsiert und zugestimmt, dass er es für möglich hielt, lediglich von den Säften einer Frau zu leben. Eine Frau zu lecken hatte etwas Sättigendes an sich. Es war auf eine erotische Art so köstlich, dass ich mich danach stets zufriedener fühlte, als jeder Salat mich je hätte machen können.

„Ja”, lachte ich. „Sie schaut heute für den offiziellen Test vorbei. Danach werden wir zur Feier zusammen essen gehen.“

„Also seid ihr jetzt zusammen?“

„Nein, eigentlich nicht. Ich würde es eher als Teil unserer Freundschaft Plus sehen.“

„Ach, sowas kann doch nicht funktionieren“, scherzte Bruce.

„Unsere Situation hat schon etwas Einzigartiges, findest

du nicht?“

„Ja, aber früher oder später wird einer von euch Gefühle für den anderen entwickeln. Also sei auf der Hut.“

„Ich weiß“, sagte ich, ohne Bruce wirklich zuzustimmen.

Natürlich stimmte es, dass solche Geschichten auf lange Sicht meistens schief gingen. Auch mir war neu, dass eine Frau sich auf so etwas einließ. Aber bei Julia und mir war das etwas anderes. Sie wollte selbstständig sein, und die Initiative für unseren gegenwärtigen (nicht-) Beziehungsstatus war von ihr ausgegangen. Bei uns würde es funktionieren. Irgendwann würden wir einfach wieder eine normale Freundschaft ohne Plus miteinander führen. Früher oder später würde mir eine andere Frau begegnen, mit der ich ausgehen würde, und natürlich würde ich dann auch nicht mehr mit Julia schlafen.

„Wobei ich es cool finde, was ihr beiden miteinander am Laufen habt“, sagte Bruce anerkennend. „Es wird ihr helfen, entspannt durch die Schwangerschaft zu kommen und dir tut es auch gut.“

„Wirklich?“

„Ja, sie ist eine tolle Frau, wobei ich denke, dass eure Geschichte auch schnell schiefgehen könnte. Außerdem bin ich mir sicher, inwieweit sie dir dabei helfen wird, nicht so ein Arsch im Umgang mit Frauen zu sein“, lachte Bruce.

“Ich? Ich bin doch kein Arsch!”

“Ich bin mir sicher, dass deine Verflossenen das anders sehen würden“, schob er noch nach, während er das Zimmer verließ.

„Ich bin kein Arsch“, rief ich ihm nach und prallte fast mit Sheryl zusammen, die noch hinzufügte: „Das ist eine Frage der Perspektive.“

„Besteht die Möglichkeit, dass ich heute schon um fünf

hier rauskomme?“

„Nicht wenn du deinen Papierkram erledigen willst“, sagte sie und präsentierte mir die Liste der Patientinnen, die heute zur Behandlung bestellt waren.

„Also gut, dann muss ich eben Notizen machen und sie erst später in die Akten eintragen. Das ist zwar nicht optimal, aber ich muss wirklich um fünf loskommen.“

„Wichtiges Date?“ frage Sheryl mit verschmitztem Lächeln.

„Nicht so ein Date. Ich gehe lediglich mit Julia zusammen ins Restaurant, um die Bestätigung ihrer Schwangerschaft zu feiern.“

„Ohhh“, antwortete Sheryl mit vielsagendem Blick. „Du hast dich rasiert und ihr habt eine Uhrzeit vereinbart. Du richtest deinen gesamten Tagesplan darauf aus, dass du hier rechtzeitig loskommst, aber du hast kein Date?“

„Es ist kein Date“, wiederholte ich.

Sheryl glaubte mir kein Wort. Sie lachte mir zu und ging zum Schwesternzimmer, um sich auf die Arbeit vorzubereiten. Es dauerte nicht mal eine Minute, bis sie mich bei der Büroarbeit unterbrach, um mir zu sagen, dass die erste Patientin bereits auf mich wartete.

„Wenn du rechtzeitig bei deinem Date sein willst, musst du auch deine Termine einhalten“, sagte sie und zwinkerte mir zu.

„Es ist kein Date“, versuchte ich sie nochmals zu überzeugen.

Aber sie hatte natürlich recht. Ich musste bei der Sache sein, um die heute besonders dicht getakteten Termine einzuhalten. Selbst an besonders guten Tagen schaffte ich es nicht, die Praxis um fünf Uhr zu verlassen. Es ließ sich nicht vermeiden, dass es zu Verzögerungen kam oder ich zusätzliche Zeit benötigte, um sicherzustellen, dass Patientinnen über alle Informationen verfügten, die sie benötigen – was noch völlig außer Acht ließ, dass die Möglichkeit einer unerwarteten Niederkunft bei einigen Patientinnen bestand.

Bruce und ich versuchten zwar, die Wochenenden und Abende mit der Rufbereitschaft durchzurotieren, wenn jedoch während des Arbeitstages eine Geburt anstand, kümmerten wir uns jeweils um unsere eigenen Patientinnen. Der Betrieb unserer Praxis war ein Prozess, der viel von uns abverlangte. Manchmal bekam ich monatelang nicht mehr als 6 Stunden Schlaf pro Nacht.

Glücklicherweise hatte die Analyse unserer Geschäftszahlen ergeben, dass wir zwei neue Ärzte einstellen konnten und so unsere Pläne zur Expansion würden verwirklichen können. Jedoch hatte keiner von uns beiden Zeit, um sich ausgiebig mit den Bewerbungen potentieller Kandidaten zu beschäftigen. Es bestand allerdings noch kein Grund zu großer Eile, zumal unsere Nachbarfirma nach wie vor im Geschäft war und zumindest noch für das nächste halbe Jahr einen Mietvertrag laufen hatte.

Mit dem Vorsatz, alle Termine planmäßig zu bewältigen, und einer neuen Patientenakte in der Hand ging ich zu meinem ersten Termin. Ich konnte es kaum erwarten, Julia auszuführen, um diesen für uns so aufregenden Tag zu feiern.

Ich schuftete mich durch den Tag. Patientinnen kamen und gingen. Ich versuchte nicht an Julia zu denken, während ich mich im Behandlungszimmer befand, sobald ich jedoch in mein Arbeitszimmer ging, schaute ich, wie viel Uhr es war und wie lange es noch dauern würde, bis Julia kam. Ich konnte nicht erwarten, dass es endlich vier Uhr wurde.

Julia schickte mir einige Nachrichten, in denen sie mir mitteilte, wie aufgeregt sie war. Abseits dessen bekam ich jedoch nichts von ihr zu hören. Ihr Termin sollte lediglich eine kurze Kontrolle ihres Hormonspiegels sein, um die Schwangerschaft zu bestätigen. Vermutlich würde sie enttäuscht sein, weil bei diesem Test so wenig geschah. Die spannenden Untersuchungen würden erst in ein paar Wochen kommen. Dann konnte sie ihr Baby beim Ultraschall beobachten oder seinen Herzschlag hören.

Ich hatte nicht erwartet, dass ich so in ihre Schwangerschaft involviert sein würde. Ich machte mir Gedanken darüber, ob sie genug schlief und ob sie sich gut ernährte. Am liebsten hätte ich ihr dauernd alle Ratschläge gegeben, die mir einfielen, und es erforderte alle meine Selbstdisziplin, mir das zu verkneifen.

Es würde *ihr* Kind sein. Faktisch war es nicht mein Kind – zumindest redete ich mir das ein. Ich beobachtete mich bei dem Versuch, die Dinge getrennt voneinander zu betrachten. Auf der einen Seite Julia und auf der anderen ihre Schwangerschaft und die Tatsache, dass es mein Sperma war, dass die Grundlage dieser Schwangerschaft bildete. Wir hatten die juristisch relevanten Dokumente bereits unterzeichnet, in denen festgelegt wurde, dass ich keine Rechte bezüglich meiner Vaterschaft hatte. Daher konnte ich mich auch nicht auf meine Vaterrolle berufen.

Wir waren Freunde. Zwar hatte unsere Freundschaft einige exquisite Besonderheiten, aber nichts wies darauf hin, dass sich mehr entwickeln würde. Vielleicht würde sich in der Zukunft sporadischer Kontakt zu ihrem Kind ergeben, aber ich musste mir abgewöhnen, wie ein Vater über diese ganze Geschichte zu denken.

Als es endlich vier Uhr war, befand ich mich noch mitten in der Behandlung einer Patientin, was dazu führte, dass ich erst eine halbe Stunde später nach Julia schauen konnte.

Sheryl hatte sich entschieden, sie in meinem Arbeitszimmer auf mich warten zu lassen, ohne dass sie es mit mir abgesprochen hatte. Das war mir jedoch egal.

„Hey Julia, ich sollte hier jeden Moment fertig sein. Ich habe nur noch einen weiteren Termin zu erledigen. Lief alles glatt bei dir?“

„Ja, bei mir ist alles gut. Ich bin schwanger!“, rief sie und sprang auf, um mich in den Arm zu nehmen. „Danke, Mike.“

„Ja, also weißt du, ich musste dafür wirklich hart arbeiten. Du hast dir sicher schon etwas überlegt, um dich bei mir zu revanchieren“, witzelte ich.

„Ich werde hier noch ein Nickerchen halten, bis du mit der Arbeit fertig bist. Letzte Nacht habe ich nicht besonders gut geschlafen, weswegen ich heute etwas müde bin. Ist das in Ordnung für dich?“

„Na klar! Leg dich doch in unser Schlafzimmer. Wir haben eines für den Fall, dass wir Rufbereitschaft haben und es während der Schicht viel Arbeit in der Praxis gibt. Da könntest du es dir gemütlich machen.“

„Das klingt bequem.“

„Bequem würde ich es nicht nennen, aber besser, als auf der harten Couch zu schlafen, ist es allemal“, lachte ich.

Gemeinsam gingen wir zu dem kleinen Raum in der hintersten Ecke unserer Praxis, wo ich ihr unser eher rustikales Schlafzimmer zeigte. Ursprünglich war es eine Abstellkammer gewesen, aber wir hatten sie in ein Schlafzimmer verwandelt, indem wir ein schmales Bett und einen Nachttisch hineingestellt hatten. Allerdings hatten wir weder bei der Matratze noch beim Bettbezug an Geld gespart, weshalb es jetzt möglich war, eine Mütze voll Schlaf zu bekommen, auch wenn man nur wenig Zeit hatte.

„Vielen Dank. Ich glaube zwar nicht, dass ich richtig schlafen kann, aber ich kanns ja zumindest mal probieren."

„Ich hole dich hier wieder ab, sobald ich fertig bin", sagte ich und bemerkte, wie erschöpf sie aussah, als sie sich auf das Bett setzte.

Nach meinem letzten Termin ging ich wieder zu unserem Schlafzimmer, um nach Julia zu schauen. Wie ich bereits erwartet hatte, war sie eingeschlafen. Ich hatte nicht vor, sie zu wecken. Stattdessen schrieb ich ihr eine Notiz, in der ich ihr mitteilte, dass ich in meinem Büro war und sie zu mir kommen könne, sobald sie wieder aufgewacht war. Falls sie vergangene Nacht wirklich nicht geschlafen hatte, dann war Schlaf jetzt wichtiger als unsere Ausgehpläne.

„Ich dachte, ihr zwei geht miteinander essen?", bemerkte Bruce, als er an meinem Arbeitszimmer vorbeikam. Es war bereits sechs Uhr und er verließ die Praxis, um Feierabend zu machen.

„So so, ich verstehe", sagte er mit einem Kopfschütteln und es war klar, dass er dachte, ich hätte mir Hintergedanken gemacht, als ich Julia weiterschlafen lassen hatte.

„Ich lasse sie nur ausruhen. Sie war wirklich müde."

„Ist schon klar, du führst nichts im Schilde. Zuerst als Freund für sie da sein, um dich dann unentbehrlich zu machen. Es ist offensichtlich, was du auf lange Sicht vorhast."

„Ich hab keine Ahnung, was du damit sagen willst. Ich versuche nur ihr zu helfen."

„Und mit ihr zu schlafen", sagte er mit einem Grinsen. „Wir sehen uns morgen. Eine schöne Nacht wünsche ich dir." Ich hörte, wie er noch beim Verlassen der Praxis vor sich hin gluckste.

Bei Bruce klang es so, als würde ich jede meiner Handlungen bis ins Detail planen, um Julia und mich näher zusammenzubringen. Aber so war es nicht. Ich hatte keinen langfristigen Plan für uns beide. Wenn Julia sich zurückziehen würde oder mich bitten würde, mich weniger zu engagieren, dann würde ich ihrer Bitte nachkommen. Mir kam es einfach so vor, als wäre sie gern in meiner Gesellschaft, und außerdem wollte ich gerne für sie da sein.

Während ich darauf wartete, dass Julia wieder aufwachte, arbeitete ich an meinen Patientenakten. Als ich um sieben Uhr nach ihr schaute, schlief sie noch immer tief und fest, weswegen ich beschloss, weiterzuarbeiten, um den Papierkram hinter mich zu bringen. Gegen halb neun war ich auch damit fertig. Eigentlich wollte ich Julia zwar immer noch nicht wecken, da es jedoch langsam spät wurde, entschied ich mich, es trotzdem zu tun.

„Julia“, sagte ich leise, während ich mich auf die Bettkante setzte.

„Oh, hallo. Entschuldigung. Wie viel Uhr ist es denn?“

„Fast neun“, antwortete ich mit einem Lächeln.

„Was? Wieso hast du mich nicht schon viel früher geweckt? Bestimmt stirbst du fast vor Hunger! Tut mir leid“, sagte sie und setzte sich auf. Allerdings musste sie sich in einem Anfall von Schwindel gleich wieder hinlegen.

„Bleib liegen und lass mich deinen Blutdruck überprüfen.“ Schnell holte ich alles, was ich dafür benötigte, und machte mich an die Arbeit. „Hast du genug gegessen und getrunken?“

„Ich hatte heute weder Hunger noch Durst. Wahrscheinlich wegen der Anspannung.“

„Dein Blutdruck ist zu niedrig. Du musst dringend etwas trinken. Wenn ich dir etwas Gatorade organisiere, bringst du dann den einen oder anderen Schluck davon runter?“

„Ja.“

Zwar nippte sie einige Male an der Flasche, aber nicht ausreichend, um mich zu beruhigen. Aus unserem Abendessen würde sicher nichts mehr werden. Mir war sogar unwohl bei dem Gedanken, sie wieder allein nach Haus gehen zu lassen.

„Ist Kendra heute zu Hause?“

„Nein, ich glaube Kendra ist unterwegs.“

„Kannst du dir vorstellen, heute Nacht mit zu mir zu kommen?“, schlug ich vor und versuchte, ihr die Vorteile meines Vorschlags vor Augen zu führen: „Ich wohne in der Nähe. Ich habe ein Gästezimmer, in dem ich dich unterbringen kann, und außerdem jede Menge Essen und Trinken vorrätig, um dich wieder aufzupäppeln.

„Okay“, gab sie fast ohne zu zögern zurück.

„Perfekt. Dann verschaffen wir dir etwas Ruhe.“

Ich war erleichtert, dass sie meinem Vorschlag so schnell zugestimmt hatte. Sonst hätte ich mit zu ihr gehen müssen, um mich zu vergewissern, dass sie sich ausreichend um sich selbst kümmerte.

Wir nahmen ein Taxi, um zu meiner Wohnung zu kommen. Normalerweise konnte man die Strecke laufen, aber in Julias Zustand wollte ich nicht, dass sie sich noch weiter verausgabte. Als wir uns dem Gebäude näherten, war sie überwältigt.

„Es ist zwar etwas zu groß, aber die Eigentumswohnungen sind wirklich toll.“

„Ich dachte, das sei ein Bürogebäude. Ist das ein reines Wohnhaus?“

„Ja, ist es. Ich glaube das Gebäude hat 45 oder 50 Stockwerke, aber ich weiß es nicht sicher. Das ist mir eben auch nicht so wichtig. Meine Wohnung ist im vierunddreißigsten Stock."

„Wow, es ist wirklich schön hier", meinte Julia, als wir in der Lobby standen.

„Ja, finde ich auch. Außerdem haben wir das beste Personal der ganzen Stadt", sagte ich laut genug, dass ich mir sicher war, dass auch die Angestellten mich hören konnten.

„Habt ihr einen Swimming-Pool?"

„Oh ja. Es gibt einen vollwertigen Fitness-, Schwimm- und Businnessbereich im Gebäude. Außerdem eine sehr große Terrasse im 5. Stock. Da lässt es sich gut aushalten."

„Wird eben auch nicht ganz günstig sein", lachte Julia.

Das zu leugnen hätte keinen Sinn gehabt. Hier zu leben war wirklich teuer, aber an Geld fehlte es mir nicht und in einer Umgebung zu wohnen, die mir alles, was mir wichtig war, direkt vor der Haustüre bot, war mir das Geld definitiv wert. Ich hatte eine Wohnung mit zwei Schlafzimmern gekauft, um mir die Möglichkeit offen zu halten, im Home-Office zu arbeiten, aber bisher hatte ich davon noch keinen Gebrauch gemacht. Stattdessen war mein zweites Schlafzimmer mittlerweile zum Gästezimmer umfunktioniert. Wobei ich in den letzten Monaten kaum Besuch gehabt hatte.

„Hier lebe ich", sagte ich bedeutungsschwer, als ich die Türe zu meiner Wohnung aufschloss.

"Was? Oh mein Gott! Dieser Blick. Man kann ja die ganze Stadt von hier aus sehen. Mike, es ist wirklich wunderschön!"

„Ich bin mir sicher, dass der Blick aus den anderen

Wohnung auf dieser Seite des Gebäudes genauso gut ist“, scherzte ich. „Aber stimmt schon, der Ausblick ist fantastisch. Vor allem nachts.“

Julia stand einige Minuten vor den bodentiefen Fenstern, während ich mich vergewisserte, dass mein Gästezimmer bezugsbereit war. Ich war schon länger nicht mehr darin gewesen und hoffte, dass mich kein allzu großes Chaos erwarten würde.

„Wie wäre es mit ein wenig chinesischem Essen, das hab ich noch übrig?“, fragte ich Julia, als ich wieder ins Wohnzimmer zurückkam.

„Klingt großartig“, antwortete sie, ohne den Blick von der Aussicht abzuwenden.

„Dann machs dir gemütlich, nicht dass du noch ohnmächtig wirst. Sonst bringe ich dich ohne Umschweife ins Krankenhaus.“

„Das ist doch Schwachsinn. Du bist doch selbst Arzt.“

„Dann tu, was dein Arzt dir sagt, und setzt dich hin. Sonst endest du noch im Krankenhaus.“

„Du bist aber ein gemeiner Arzt“, witzelte sie, während sie sich so an den Tisch setzte, dass sie den Ausblick weiter genießen konnte.

“Ich bin der Schlimmste. Gottseidank bist du bei Doktor Simon und nicht bei mir. Mich hättest du gehasst.“

„Stimmt vermutlich“, lachte Julia.

„Was ist dir lieber? Hähnchen süßsauer oder Hähnchen mit Broccoli?

„Süßsauer.“

„Ich habe zwar kein Gatorade im Angebot, aber ich kann dir Mineralwasser mit Geschmack anbieten. Tuts das auch?

„Passt schon."

„Perfekt." Ich brachte ihr Essen und Trinken und ging nochmals, um auch meinen Teller zu holen, bevor ich mich zu ihr setzte.

Dadurch, dass die Aussicht Julia so in Beschlag nahm, wurde mir bewusst, dass ich schon seit langem nicht mehr einfach nur dagesessen und den Ausblick genossen hatte. Es war ein schönes Gefühl, dazusitzen und den Blick auf sich wirken zu lassen, während wir unser Abendessen genossen.

„Ich kann kaum glauben, dass ich das wirklich durchgezogen habe", sagte Julia.

„Auf mich hast du sehr zielstrebig gewirkt."

„Ich weiß, aber wenn etwas viel Arbeit bedeutet, dann breche ich es oft ab. Ich bin wirklich stolz, dass ich das diesmal nicht getan habe."

„Ich bin mir sicher, dass du eine tolle Mutter wirst."

„Vielen Dank", sagte sie mit einer Träne der Rührung im Augenwinkel. „Ich werde mein Bestes geben."

Kapitel 13

Julia

Ich schlief bei Mike besser, als gut für mich war. Das Gästebett war bequemer als jede Matratze, die ich je besessen hatte, und als ich einmal eingeschlafen war, wand und wälzte ich mich kein bisschen. Als die Sonne am nächsten Morgen herauszukommen begann, konnte ich kaum glauben, wie viel guten Schlaf ich in der vergangenen Nacht abbekommen hatte.

„Hungrig?“, fragte Mike, als ich aus dem Schlafzimmer kam, nachdem ich mich im Bad etwas frischgemacht hatte.

„Am Verhungern.“

„Dann geben wir dir mal was zu essen, kleine Dame.“

Mike begann mir einen Haufen Zeug aufzutürmen. Er hatte Würstchen gemacht, Eier und Pancakes. Er schenkte mir ein großes Glas Orangensaft ein und setzte sich dann, um mit mir zu essen. Es war schön, so mit ihm dazusitzen. Ich fühlte mich so behütet bei Mike, nicht nur körperlich, sondern auch emotional. Ich musste mich nicht um eine mögliche Katastrophe sorgen, was eine große Erleichterung war. Außerdem war es großartig, dass er alle meine Fragen zur Schwangerschaft beantworten konnte, das nahm mir auch jede Menge Sorgen ab.

„Du lässt mich noch fett werden“, sagte ich lachend und goss noch etwas Ahornsirup über mein Essen.

„Du solltest zehn bis fünfzehn Kilo zunehmen. Und mach dir wegen deines Gewichts keine Gedanken. Es ist wichtig, dass du isst und nach dir siehst. Nur darüber solltest du dir Gedanken machen. Die Kilos kannst du wieder loswerden, wenn das Baby da ist."

„Ja, Doktor", sagte ich und machte mich daran, meinen Teller zu leeren. Ich hatte vorgehabt, etwas wählerischer bezüglich meines Essens zu sein. Idealerweise wollte ich nur gesunde Sachen essen und mich von Zucker und zu vielen Kohlenhydraten fernhalten, aber bei diesem Festmahl ließ ich mich jetzt einfach mal gehen.

„Und, was hast du heute so vor? Deine Farbe sieht besser aus. Fühlst du dich im Stehen noch etwas schwindlig?"

„Nö, kein Schwindel. Ich fühl mich ziemlich gut. Ich dachte mir, ich sollte mal ein paar bequeme Klamotten einkaufen gehen. Ich weiß schon, dass ich noch nicht so bald kugelrund werde, aber ich hätte trotzdem gern jetzt schon wenigstens ein Outfit für die Zeit, wenn meine Hosen mir zu eng werden. Und wenn ich weiterhin zulasse, dass du mich so mästest, dann wird das schneller gehen als gedacht."

„Auf keinen Fall hör ich auf dich zu mästen, ich schätze also, du solltest dir besser weite Hosen besorgen."

„Ja, das mach ich sicherheitshalber."

„Gibts hier solche Läden in der Gegend? Ich kann dich begleiten, wenn du möchtest. Vor ein bisschen Shopping hab ich keine Angst."

„Das ist New York, Mike. Hier gibt es überall Geschäfte für einfach alles. Aber ja, ich hätte gern Gesellschaft beim Einkaufen. Kendra ist, glaub ich, am Nachmittag beschäftigt und sonst hab ich noch niemandem wirklich von der frohen Botschaft berichtet."

„Deal. Ich steh dir zur Verfügung", sagte Mike und verbeugte sich effektvoll.

Mit ihm shoppen zu gehen, stellte sich als sehr erfreulich

heraus. Er hatte einen annehmbaren Sinn für Stil und stellte sich schnell auf die neuesten Trends bei Schwangerschaftskleidung ein. Wir gingen in ein paar Modeboutiquen, die ich aber schnell ausschloss, weil ich nicht bereit war, deren Preise zu bezahlen. Die meisten davon verlangten hunderte von Dollar für ein paar Jeans. Es war total verrückt. Ich würde gewiss nicht so viel Geld für Hosen ausgeben, die ich nur ein paar Monate lange tragen konnte.

In einem der Einkaufszentren fanden wir dann doch noch einen passenden Laden. Es war eine landesweite Kette, aber sie hatten annehmbare Preise und boten eine Auswahl, die mir nicht schlecht gefiel.

„Du solltest sie alle nehmen“, meinte Mike, nachdem ich ein paar Sachen ausprobiert hatte.

„Was? Sicher nicht, ich hab ja noch nicht einmal einen Bauch. Wie soll ich denn beurteilen, wie das aussieht, wenn ich dann dick und fett bin? Ich nehm einfach nur dieses Outfit hier.”

„Du wirst umwerfend aussehen mit deinem Babybauch.”

„Wirklich? Umwerfend?”, fragte ich ein wenig skeptisch.

„Sicher. Du bist jetzt schon so verdammt schön und du wirst im Laufe der Schwangerschaft nur noch schöner werden.“

„Du bist so ein Schleimer“, lachte ich.

„Ich meins ernst, Julia. Weißt du echt nicht, wie hübsch du bist?“

„Nö, überhaupt nicht.“

„Das kapier ich einfach nicht. Ich meine, du bist eine kluge und intelligente Frau. Du musst doch wissen, dass du umwerfend bist. Ich meine, zehn von zehn auf der Schönheitsskala.“

Mike trug richtig dick auf mit dem Kompliment. Nie und nimmer hielt ich mich für eine Zehn. Vielleicht eine Acht auf dem relativen Maßstab für weibliche Schönheit, aber manchmal hielt ich selbst das noch für hoch gegriffen.

„Ich gebe zu, dass ich nicht abscheulich bin“, sagte ich.

„Oh, das ist alles, was du zugibst?“

„Jap, ich bin nicht abscheulich. Vielleicht knapp über Durchschnitt“, räumte ich lachend ein.

„Oh, wow, wie ich sehe, haben wir noch eine Menge Arbeit an dir zu verrichten, bevor du Mutter wirst. Du willst doch nicht, dass sich deine Tochter über ihr Aussehen Sorgen macht, oder? Du musst selbst sehen, wie schön du bist. Du musst damit ja nicht angeben, aber du solltest es verstehen. Ich wette, dass sich die Typen nur so zu deinen Füßen werfen jedes Mal, wenn du eine Bar betrittst.

„Nein, sowas kommt nicht vor“, lachte ich.

„Ich hab mich dir praktisch zu Füßen geworfen.“

„Quatsch, ich hab auf jeden Fall mehr mit dir geflirtet. Du warst total cool und zurückhaltend.“

„Ich kann gut schauspielern“, antwortete Mike.

Ich kaufte letztlich ein Outfit und dann machten wir für heute Feierabend, was das Einkaufen anging. Es machte Spaß, mit Mike abzuhängen. Ich genoss es jedenfalls so, dass ich beim Abschied beschloss, mal zu sehen, ob er später am Abend noch einmal zu Besuch kommen wollte.

„Ich werd noch ein paar Folgen unserer Serie anschauen, falls du heute Abend vorbeikommen willst. Kendra wird auch zu Hause sein und sie schaut vielleicht mit. Sie hat die Serie schon gesehen, aber sie hat gesagt, sie würde sich das Ganze gern nochmal reinziehen.“

„Ja, ich komm gern“, antwortete Mike auf der Stelle.

„Na schön, dann schau vorbei, wann immer es dir passt."

„Ist fünf okay?", fragte er.

„Ist gut. Ich werde wahrscheinlich bis dahin schlafen", lachte ich. "Ich bin sowas von müde. Ich werde das Gefühl einfach nicht los, dass ich immer mehr und mehr Schlaf brauche."

„Julia, du machst buchstäblich gerade einen neuen Menschen in dir drin. Schlaf ist gut. Essen ist gut. Wassertrinken ist gut. Du musst all diese Dinge tun, damit dein Körper arbeiten kann."

„Danke für den Rückhalt, Mike, ich weiß das zu schätzen."

„Okay, geh schlafen, wir sehen uns später", sagte er und hielt mir die Taxitür auf, bevor er mich auf meinen Weg schickte.

Als ich nach Hause kam, wartete Kendra dort bereits auf mich. Ich hätte schwören können, dass sie gesagt hatte, sie würde den ganzen Tag weg sein, aber sie sah sehr besorgt aus. Da erst holte ich mein Handy heraus, um nachzusehen, ob ich irgendwelche Nachrichten von ihr verpasst hatte. Und natürlich hatte sie mir den ganzen Morgen über immer wieder geschrieben und ich hatte absolut nicht reagiert.

„Du bist also nicht tot. Das ist gut", sagte sie mit entnervtem Gesichtsausdruck.

„Nö, lebe noch. Tut mir echt leid, dass ich deine Nachrichten nicht gesehen hab. Ich war total ins Shoppen mit Mike vertieft und habe kein einziges Mal aufs Handy geschaut."

„Mädchen, ich dachte, du lägst tot auf irgendeinem Gehsteig. Meine Güte. Du schreibst mir und sagst, du wärst auf dem Heimweg und dann höre ich einfach nichts mehr von dir. Wieso tust du mir das an, gute Frau?"

„Tut mir leid. Aber Mike kommt später vorbei, um etwas fernzusehen, falls du ihn auch noch zusammenscheißen willst.“

„Er kommt hierher?“, fragte sie und fing an, an ihren Haaren herumzufummeln. “Wann? Wie lange hab ich noch, um mich vorzubereiten?”

Sie sah aus wie ein kleines Mädchen, dessen erster Schwarm gleich vorbeischaut. Es war ein wenig verwirrend, zumal Kendra eigentlich nie mit weißen Kerlen ausging. Sie gab sich sonst ausschließlich mit farbigen Männern ab und war dieser Vorliebe stets treu geblieben, solange ich sie kannte.

„Wieso? Willst du mir meinen Papi wegschnappen?”, lachte ich.

„Nein! Ihn will ich nicht, aber ich wette, dass er ein paar verdammt feine Herren Doktoren in dieser Stadt kennt, und ich würde mich sehr gerne in seinen Freundeskreis einbringen.“

„Oh, jetzt versteh ich deinen Plan. Einen guten Eindruck machen, damit er dich verkuppelt. Schon kapiert. Ich werd dir helfen“, sagte ich lachend.

Sie wieselte vom Wohnzimmer in ihr Schlafzimmer, wo sie für den Rest des Abends blieb. Als Mike dann auftauchte, war sie aufgedonnert, als wollte sie die Stadt unsicher machen, außer dass sie ihre Jogginghose fürs Fernsehen anhatte.

Kendra war auch ohne das ganze Make-up und hergerichtete Haare ein hübsches Mädchen, aber wenn sie sich auftakelte, war sie einfach zum Niederknien hinreißend. Ein kleiner Teil von mir dachte, dass ich mich selbst auch herausputzen hätte sollen, aber dann fiel mir wieder ein, dass Mike und ich nur Freunde waren und es egal war, ob meine Haare schön waren, weil wir sowieso nur rumhängen würden.

„Na, ihr Damen seht aber hübsch aus!", sagte Mike, nachdem wir ihn in die Wohnung gelassen hatten.

Man merkte, dass er gut mit Leuten konnte. Neue Bekannte, Freunde, so ziemlich jeder fühlte sich bei ihm wohl. Sein Charisma war nicht wegzureden. Es war eines der Dinge, die mich bei unserem ersten Treffen so verblüfft hatten, aber allmählich gewöhnte ich mich daran, jetzt wo wir uns so oft sahen.

Unsere Nacht mit Netflix lief fantastisch. Wir schafften fünf Episoden und es war auch echt schön, Kendra dabeizuhaben. Sie nahm der ganzen Romantik, die zwischen Mike und mir brodelte, ein wenig den Wind aus den Segeln, sodass wir einfach ein bisschen abhängen und Spaß haben konnten.

Mike erzählte ihr sogar wirklich von zwei seiner Freunde, die ihr vielleicht gefallen würden, beides Ärzte, und als er ihr noch Fotos zeigte, war schnell klar, dass sie beide von ihnen mit Handkuss genommen hätte. Fast alle von Mikes Freunden sahen so aus, als könnten sie auch für GQ posieren. Es war fast ein wenig einschüchternd zu wissen, dass er so viele gutaussehende Kumpels hatte.

„Also, wir sollten mal zusammen mit Kendra ausgehen, dann bring ich meine Freunde mit", meinte Mike zum Schluss noch, als er gerade dabei war, sich auf den Heimweg zu machen.

„Ja, lass uns das machen", platzte Kendra dazwischen und drückte ihn. „Ich schwöre, wenn du mir einen dieser Männer verschaffst, steh ich für den Rest meines Lebens in deiner Schuld."

Mike lachte nur und schüttelte den Kopf. Ich konnte mir gut vorstellen, dass Frauen ihn öfter darum baten, sie mit seinen Freunden zu verkuppeln. Andererseits waren sie vielleicht auch viel mehr daran interessiert, mit ihm selbst anzubandeln.

„Er ist ja so perfekt. Ich kann nicht glauben, dass du sein Baby austrägst“, quiekte Kendra, noch bevor die Wohnungstür überhaupt ganz zu war.

„Kendra, er kann dich hören.“

„Ist mir egal“, rief sie. „Mike ist so hübsch“, sagte sie neckisch.

„Okay, okay, er sieht gut aus. Aber er ist auch ein schlauer Typ und außerdem sehr liebenswürdig”, fügte ich hinzu.

„Und du willst nicht mit ihm zusammen sein? Sag bitte, dass du deine Meinung geändert hast. Er ist perfekt, Julia. Er ist der richtige für dich. Es ist deine Bestimmung, ich spürs.”

„Na schön, zugegeben, der Gedanke ist mir auch schon gekommen. Aber ich hab vor, einfach mal zu schauen, wie es mit uns weitergeht. Ich kann nicht wirklich sagen, wie sich das entwickelt, wenn meine Schwangerschaft voranschreitet. Ich weiß nicht, wie er und ich uns dann fühlen. Aber ja, ich behalte mir die Option offen, mehr als nur Freundschaft daraus zu machen“, sagte ich und Kendra begann zu grinsen und auf und ab zu hüpfen. „Aber nur, wenn du damit aufhörst, wie eine Teenagerin rumzuhopsen“, fügte ich lachend hinzu.

***

Ein paar Wochen später hatten Sarah und Kendra uns eine Liste an Wohnungen zusammengestellt, die wir besichtigen gehen sollten. Ich hatte die Vorgenehmigung für den Bankkredit bekommen und war bereit, ein Angebot abzugeben, falls ich etwas Unwiderstehliches finden sollte.

Der Immobilienmarkt in New York war schnelllebig. Wohnungen wurden oft schon verkauft, bevor man überhaupt ein richtiges Angebot veröffentlich hatte. Sarah hatte sich schnell an die Vorstellung gewöhnt, dass ich ein Kind bekommen würde. Bei der Arbeit redete sie ständig von den besten Vorschulen und dass ich doch mein ungeborenes Kind auf die Wartelisten setzen sollte.

An Vorschulen dachte ich noch gar nicht. Ich hatte auch noch nicht nach Tagesstätten gesucht. All das war noch ein bisschen überwältigend für mich, zumal ich ja noch nicht einmal den Termin für meinen ersten Ultraschall hatte, geschweige denn meine neue Wohnung gekauft.

Ich konnte nicht viel mehr tun, als eins nach dem andern zu erledigen. An diesem Wochenende im Speziellen hatte ich meinen Fokus auf die Wohnungssuche gerichtet und sonst nichts. Ich hatte Sarah meine Idealvorstellungen gegeben und sie hatte sich gefreut, die Liste mit den zu besichtigenden Immobilien zusammenzustellen. Wir luden Mike ein, auch zu kommen, aber er hatte das ganze Wochenende über Rufbereitschaft und anscheinend hatten diesmal tonnenweise Damen ihre Niederkunft. Meine Maklerin hatte uns ein Auto besorgt, mit dem wir alle gemeinsam unsere Tour machen konnten, und wir starteten früh am Sonntagmorgen.

„Das erste Haus ist innen ein bisschen abgewohnt, aber die Allgemeinflächen des Gebäudes sind erneuert worden. Der Preis ist deutlich unter dem, was Sie als Grenze angesetzt haben, Sie hätten also viel Spielraum für Renovierungen“, sagte meine Maklerin Beth.

„Ich hätte lieber keine Arbeit mit der Wohnung, aber ich wills mir trotzdem ansehen, weil es ganz schön viele Quadratmeter hat.“

„Das ist der große Pluspunkt bei dieser Option. Sie ist größer als alle anderen Wohnungen, die wir uns heute ansehen werden.“

„Großartig, gehen wirs an“, sagte Sarah enthusiastisch.

Ich betrat die erste Wohnung mit optimistischer Haltung und war total offen gestimmt. Aber es war eine Bruchbude. Das Gebäude war richtig alt und, auch wenn es renoviert worden war, sah es absolut nicht toll aus. Es war klar, dass das nicht das Richtige für mich war.

Wir arbeiteten den Rest der Liste ab, und ein ums andere Mal wurde ich enttäuscht. Manchmal gab es ein ins Auge stechendes Problem, wie etwa winzig kleine Fenster oder enge Schlafzimmer, manchmal gab mir das Gebäude oder die Nachbarschaft einfach kein gutes Gefühl. Ich war erschöpft, als wir vor dem letzten Haus des Tages hielten.

„Vielleicht muss ich selbst nochmal ein bisschen nachforschen“, sagte ich. „Ich könnte online ein paar Sachen zusammensuchen.“

„Sicher, aber lassen Sie uns zuerst noch die letzte Wohnung anschauen. Sie liegt über dem vorgesehenen Kreditrahmen, aber sie haben gerade den Preis gesenkt. Die Besitzer sind nach Übersee gezogen und würden sie wirklich gern loswerden.“

Als ich den Blick hob, kapierte ich erst, dass wir vor Mikes Gebäude standen. Ich liebte sein Haus. Es schien mir ein toller Ort zum Leben zu sein, aber ich konnte mir wirklich nicht vorstellen, dass ich mir eine Wohnung hier leisten konnte. Jedenfalls keine Zweizimmerwohnung, wie ich es mir wünschte.

„Hat sie denn zwei Zimmer?”, fragte ich.

„Nein, es ist eine Einzimmerwohnung mit einem Erker dabei. Aber ich glaube, die Vorbesitzer haben den Erker mit einer Flügeltür ausgestattet, sodass es fast wie eine Zweizimmerwohnung wirkt. Sie ist klein, aber sehr nett“, meinte Beth.

Dann listete sie noch die ganzen Annehmlichkeiten des Wohnhauses auf, und ich war wirklich angetan. Ich wusste schon, dass mir das Gebäude gefiel, seitdem ich Mike besucht hatte, aber die Vorstellung, hier zu wohnen, war einfach toll. Es hörte sich wirklich schön an, mein Kind hier großzuziehen. Ich konnte mir vorstellen, hier für eine sehr lange Zeit zu wohnen. Das Haus fühlte sich richtig an.

Als wir dann in die Wohnung kamen, wusste ich gleich, dass sie für mich gemacht war. Ich fühlte mich zu Hause, sobald ich meinen Fuß hineingesetzt hatte. Die Zimmer waren leer und die Sonne begann unterzugehen, als ich an die Fenster trat, um die Aussicht zu betrachten. Es war nicht ganz Mikes Panorama, aber immer noch grandios.

„Es sind 75 Quadratmeter, für diese Wohngegend ist das recht viel. Außerdem ist das Gebäude neu und Sie dürften für etliche Jahre kaum Sorgen damit haben.“

Ich ging ins Schlafzimmer und erkundete die Bäder, aber als ich in den Erker trat, war mir klar, dass ich ein Angebot abgeben musste. Er hatte die perfekte Größe für ein Kinderzimmer und verfügte auch noch über ein paar sehr schöne eingebaute Bücherregale.

„Lassen Sie uns ein Angebot machen“, sagte ich zu Beth.”

„Was hatten Sie sich vorgestellt? Vielleicht setzen wir etwa zehn Prozent unter ihrem Verhandlungspreis an?“

„Sicher, aber ich zahle auch ihren Nennpreis, wenn es sein muss.“

„Sie haben den Preis gerade heute gesenkt, auf diesem Betrag sollten Sie also vielleicht bestehen. Aber Ihre Kreditvorgenehmigung wird sie sicher zufriedenstellen.

Wenn wir den Verkauf gleich fixieren, kriegen wir ihn vielleicht auch mit einem etwas niedrigeren Preis durch. Unterzeichnen Sie hier, dann lasse ich ihnen das Angebot zukommen. Es ist spät und sie sind in Übersee, vor morgen werden wir also vermutlich nichts von ihnen hören."

Wir erledigten gleich in der Wohnung alles, was unterschrieben werden musste, und Kendra, Sarah und ich gingen danach noch auf ein paar Drinks zum Feiern. Mein Drink war natürlich nur ein Fruchtsaft, aber es war trotzdem schön, mit meinen Freundinnen auszugehen.

„Denkst du, ich hätte Mike fragen sollen, bevor ich eine Wohnung in seinem Gebäude gekauft habe?", fragte ich die Mädchen schließlich.

„Oh, Mike wohnt auch in dem Haus?", fragte Sarah und schaute plötzlich sehr besorgt.

„Ja, ist das schlimm? Ich hab neulich dort übernachtet. Ich hab mich in das Haus verliebt, hätte aber nie gedacht, dass ich mir das leisten könnte."

„Dann weiß er also nicht, dass du dir eine Wohnung dort angesehen hast?", mischte Kendra sich ein.

„Nein, aber ihr macht mir jetzt echt Sorgen. Ist das nicht in Ordnung? Ich meine, er mag das Gebäude. Ich denke doch, dass es ihm recht wäre, wenn ich an einem schönen Ort wohne."

„Ich glaube, da gehts nicht darum, ob du an einem schönen Ort wohnst", fügte Sarah hinzu. „Ich mach mir nur Sorgen, dass er denken könnte, du willst ihn zu Erziehungsarbeit zwingen oder ihn irgendwie zusätzlich einbinden."

„Er ist auch so schon ziemlich eingebunden", lachte ich.

„Ich weiß, aber bisher gibt es noch kein Baby. Ich fürchte nur, er könnte das nicht so positiv aufnehmen", meinte

Sarah.

„Ich bin sicher, dass ihm das nichts ausmacht“, kommentierte Kendra aufmunternd. „Ihm ist das egal. Aber du solltest ihm vielleicht schreiben oder es ihm erzählen, bevor ihr euch im Aufzug begegnet.“

„Natürlich. Ich meine, wir sehen uns ja andauernd. Ich sags ihm jetzt gleich”, antwortete ich und holte mein Handy heraus.

„Oh, nein, das ist nichts, das man per SMS besprechen sollte. Er muss dein Gesicht sehen und du seins. Sags ihm persönlich. Wo ist er gerade?”

„Ich glaube, er ist im Krankenhaus”, erwiderte ich.

„Dann geh da hin. Biete ihm an, dass du was zum Abendessen mitbringst oder so, dann kannst du mit ihm reden“, antwortete Sarah. „Du willst bestimmt nicht, dass er ausflippt und dich für eine Stalkerin oder sowas hält.“

„Stalker?”, lachte ich. „So etwas würde er nie denken!”

„Hast du vergessen, wie er reagiert hat, als du zum ersten Mal in seiner Praxis warst?“, hakte Kendra ein. „Du solltest solche Vermutungen im Kein ersticken, damit du dich später nicht damit rumschlagen musst. Es ist sicher kein großes Problem, aber du solltest es ihm gleich sagen.“

„Na schön“, gab ich zurück, schickte Mike eine Nachricht und bot an, ihm etwas zu Essen zu bringen und über meine Wohnungsjagd zu berichten. „Ich schreib ihm ja schon.“

Er antwortete innerhalb von fünf Minuten und ich vereinbarte mit ihm, dass wir uns in einer Stunde treffen würden. Die Mädchen wollten noch in der Bar bleiben und ihre echten Drinks weitertrinken, also schnappte ich mir ein Taxi und machte mich auf zum Krankenhaus.

Ich machte noch einen Zwischenstopp und holte uns ein paar köstliche Burger, sodass ich zum Schluss ein paar

Minuten zu spät da war. Leider war Mike gerade gerufen worden, um ein Baby zu holen, sodass ich zwei Stunden lang im Aufenthaltsraum sitzen musste, bis er endlich mal einen Moment frei hatte.

„Also, der ist kalt, aber meiner war deliziös“, sagte ich, als er endlich herauskam.

„Vielen Dank. Du hättest doch nicht warten müssen. Es ist schon so spät.”

„Ich weiß, aber ich muss dir von der Wohnung erzählen, für die ich heute ein Angebot abgegeben habe. Sie ist in deinem Haus“, sagte ich und brachte ohne Umschweife meine Neuigkeiten zur Sprache.

Ich hatte beschlossen, dass es nur komisch klingen würde, wenn ich irgendwie zögerlich wirkte, weil ich nicht gleich mit ihm geredet hatte. Stattdessen überrumpelte ich ihn mit meiner Freude, die ich wirklich deutlich zur Schau stellte. Ich grinste breit und tat mein Bestes, super glücklich auszusehen, was ich ja auch war, aber ich war auch wirklich nervös, wie Mike auf die Nachricht reagieren würde.

„Das ist gut. Es ist ein schönes Gebäude. Aber ich dachte, du könntest dir das nicht leisten?“, fragte er und begann seinen Burger zu essen.

„Ich dachte auch nicht, dass ich das kann. Aber es ist eine Einzimmerwohnung mit Erker und sie wurde gerade reduziert. Das funktioniert wunderbar als Babyzimmer. Sie ist auf dem fünfzehnten Stock. Man sieht eher Richtung Fluss als zur Stadt, aber die Aussicht ist schön.“

„Julia, das ist toll. In dem Haus wird es dir wirklich gefallen und es ist ein guter Ort, um dein Kind großzuziehen“, sagte er und widmete sich dann gleich wieder dem Burger.

Mike aß weiter sein Essen und sagte sonst nichts mehr.

Wir saßen schweigend da und ich begriff bald, dass es definitive irgendein Problem damit gab, dass ich auf diese Wohnung geboten hatte und ihm vorher keine Warnung gegeben hatte. Er war deswegen nicht ungehalten, er war freundlich und sagte Nettigkeiten, aber er distanzierte sich, das war deutlich.

„Also wir werden sehen, ob ich sie wirklich kriege oder nicht. Das Angebot ist eingereicht, ich sollte es morgen erfahren."

„Das sind gute Neuigkeiten, ich sollte jetzt aber gehen. Heute Nacht ist viel los", sagte er und damit war er auch schon verschwunden.

Er gab mir nicht einmal unsere übliche Abschiedsumarmung. Und auch keine lieb gemeinten Erinnerungen an mich, dass ich mehr essen und genug Wasser trinken sollte. Er ging einfach. Ich war niedergeschlagen, weil ich ihn womöglich verärgert hatte, indem ich eine Wohnung in seinem Haus gekauft hatte, aber ich wollte ihm jedenfalls etwas Zeit zum Nachdenken geben. Er hatte ja nicht gesagt, dass es ihn störte. Er hatte sich auch nicht verärgert gezeigt. Vielleicht war er ja einfach nur gestresst gewesen.

Als der Kauf der Wohnung am nächsten Morgen bestätigt wurde, schickte ich Mike eine Nachricht, um ihm zu berichten, dass ich sie bekommen hatte. Ich bekam allerdings den ganzen Vormittag lang überhaupt keine Antwort. Es dauerte tatsächlich bis Montagnachmittag, bis er endlich antwortete und mir ein Daumen-hoch-Emoji schickte. Das wars, nach zwei Tagen bekam ich nichts weiter als ein Emoji. Das war nicht gut. Das war überhaupt nicht gut.

Mike dachte wohl, ich wollte versuchen, ihn in eine Elternrolle zu drängen oder unsere Freundschaft Plus zu etwas Größerem zu machen. Und obwohl ich mich beiden diesen Dingen gewiss nicht verschließen würde, hatte ich die Wohnung ganz ehrlich nicht mit irgendwelchen Hintergedanken gekauft.

Nichts hatte sich geändert. Es war immer noch mehr als in Ordnung für mich, alleinerziehende Mutter zu sein. Ich würde das jetzt nur in einer megacoolen Wohnung tun, die zufälligerweise ein paar Stockwerke unter seinem Zuhause lag. Es musste nicht unbedingt eine Rolle spielen, wo ich wohnte. Das Haus war riesig und ich würde ihn wahrscheinlich ohnehin nie sehen, obwohl wir beide dort lebten. Tausende Menschen lebten dort. Aber ich konnte das miese Gefühl im Bauch nicht loswerden, dass ich mit meinem impulsiven Wohnungskauf gerade Mikes und meine Freundschaft beendet hatte.

Kapitel 14

Mike

Ein Monat verging, in dem Julia und ich wenig miteinander redeten, und auch das nur per SMS. Ich wollte bestimmt nicht der Arsch sein, der sie sitzenließ, aber es hatte mir nun mal auch nicht gefallen, wie schnell sie einfach in mein Haus eingezogen war, ohne mir auch nur eine kleine Warnung zu geben. Es machte mir nicht unbedingt viel aus, dass sie im selben Gebäude eine Wohnung gekauft hatte, aber ich wusste nicht so recht, ob ich mich in dieser Sache, die wir da angefangen hatten, einsperren lassen wollte. Eine nette kleine Freundschaft Plus schien mir ideal zu sein, aber wenn sie quasi nebenan wohnen wollte, wusste ich ehrlich gesagt nicht, wie ich damit umgehen sollte.

Ich stürzte mich während dieses Monats in die Arbeit.

Ich nahm mehr Patientinnen an und arbeitete an unserem Businessplan für die Expansion. Ich steckte all meine Energie hinein, hauptsächlich weil ich die Schuldgefühle vergessen wollte, die an mir nagten, weil ich Julia ständig hinhielt.

Als Taylor anrief, um auf ein paar Drinks in der Sportbar an der Ecke zu gehen, sagte ich gerne zu. Eine Nacht auf der Piste war vermutlich genau das, was ich jetzt brauchte.

„Ich kann ein paar Mädchen zusammentrommeln, damit wir nicht so einsam sind?“, bot Taylor an.“

„Heute nicht, Mann. Ich will nur trinken und mir das Spiel ansehen.”

„Einverstanden. Frauen sind eh nur Stress.”

„Sehr richtig. Stress und Kopfschmerzen”, fügte ich hinzu.

Als wir in die Bar kamen, mussten wir feststellen, dass im ganzen Lokal kein Tisch mehr frei war. Alles war voller Leute, die ihr Wochenende genießen wollten. Nach ein paar Minuten der Sucherei fanden Taylor und ich einen Platz an der Bar und konnten es uns endlich mit ein paar Getränken gemütlich machen.

„Und, was gibts bei dir neues?”, fragte er.

„Nicht viel. Naja, wir werden bald die Praxis erweitern, das ist ganz spannend.”

„Echt? Das überrascht mich.”

“Wieso? Bei uns läuft es hervorragend. Ich bin eher überrascht, dass du immer noch in der großen Maschinerie im Krankenhaus arbeitest. Dir muss doch klar sein, dass du eine Menge mehr Geld machen könntest, wenn du dich selbstständig machst.“

„Ich weiß nicht, scheint mir mehr Mühe, als es wert ist.

So wie die Dinge jetzt stehen, kann ich auftauchen, meine Stunden stempeln und dann nach Hause gehen. Ich arbeite nie am Wochenende. Ich habe nie Rufbereitschaft. Ich kassiere ein fixes Gehalt und muss mich nicht um die Buchhaltung kümmern, ist doch ein ziemlich guter Deal. Ich hatte eigentlich erwartet, dass du früher oder später auf meine Seite wechseln würdest."

„Aber was zahlen sie dir denn da, zweihunderttausend oder so?"

„Eher so vier", antwortete Taylor mit breitem Grinsen.

„Du bist Allgemeinarzt und sie zahlen dir vier? Das ist ja unerhört!" Ich war schockiert. Ich hatte immer gedacht, dass die Bezahlung im Krankenhaus viel schlechter sei.

„Ich meine, es schadet natürlich nicht, dass ich es auf die Liste der begehrtesten Junggesellen in New York geschafft hab. Mein Terminkalender ist immer voll und niemand sagt je ab."

„Ahh, dann kommen also all die heißen Muttis zu dir. Schon kapiert."

„Jaja, aber eigentlich gehts nur um Produktivität. Aber ich weiß natürlich, dass du mit deinem Laden locker in den siebenstelligen Bereich kommst. Trotzdem arbeitest du ständig nachts und am Wochenende. Du wirst dich früher oder später zu Tode ackern."

„Deshalb wollen wir ja..." Ich verlor den Faden, als ich zum Eingang blickte und Julia zusammen mit Kendra und zwei meiner Freunde in die Bar kommen sah. Einer davon war der Kerl, dessen Nummer ich Kendra gegeben hatte, der andere war ein gemeinsamer Freund von uns.

„Was?", fragte Taylor, der bemerkt hatte, dass meine Aufmerksamkeit offensichtlich von irgendetwas abgelenkt worden war. „Oh, verdammt, sind die Mädels scharf. Devon und Patrick haben schon einen guten Geschmack, was die Ladies angeht.“

„Die Brünette ist die, die mit meinem Baby schwanger ist“, sagte ich und begriff erst dann, dass ich Taylor die ganze Hintergrundstory zu dem Kommentar noch gar nicht erzählt hatte.

„Du kriegst ein Baby? Wieso geht sie dann mit ihm aus? Die ist ein richtiger Feger. Ist sie verrückt? Hast du sie abgeschossen, weil sie durchgeknallt ist?“ Taylor hatte über die Jahre selbst schon mit einigen verrückten Frauen zu tun gehabt, deshalb war das natürlich das erste, was ihm in den Sinn kam.

„Es ist eine lange Geschichte. Sie ist eine alte Bekannte und hat mich gebeten, ihr Samenspender zu sein.“

„So lange war das jetzt auch wieder nicht.“

„Ich kann nicht glauben, dass sie mit Männern ausgeht“, sagte ich eher zu mir selbst, während ich beobachtete, wie der Eigentümer der Bar extra einen Tisch für die Gruppe öffnete.

Patrick war ein einflussreicher Immobilienhändler hier in der Stadt. Er kannte alle und alle kannten ihn. Wenn man große Geschäftsflächen oder Apartments für mehrere Millionen Dollar kaufen wollte, führte kein Weg an ihm vorbei.

Ich konnte mich kaum zusammenreißen, als ich Julia sah, die mit Patrick flirtete und im Gegenzug auch seine Avancen entgegennahm. Sie sahen zu vertraut aus für ein erstes Date. Ich hielt es nicht länger aus und sah zurück zu Taylor.

„Wieso kannst du nicht glauben, dass sie mit Männern ausgeht? Sie ist ein hübsches Mädchen.“

„Sie ist schwanger. Sie wollte so dringend ein Baby, dass

sie mich um eine Samenspende angefleht hat. Ich hätte gedacht, dass sie sich ein wenig mehr aufs Muttersein konzentriert.“

„In dem Kleid da sieht sie nicht besonders schwanger aus. Eher so, als ob sie schwanger werden möchte.“ Taylor lachte über seinen eigenen Witz.

„Sie ist schwanger. Im zweiten Monat, deshalb sieht man da noch nichts. Ich hoffe nur, dass sie Patrick von dem Baby erzählt hat. Es wäre ziemlich mies von ihr, mit ihm auszugehen und zuzulassen, dass er sich in sie verguckt, wenn sie nicht vorhat, sich auf irgendwas einzulassen.

„Wow, okay, also hast du mit diesem Mädchen geschlafen, damit sie schwanger wird? Ist es das, worum es hier geht?“ Taylor sah ein bisschen verwirrt aus ob meiner emotionalen Reaktion wegen Julia und ihrem Date. Scheiße, ich war ja selbst ganz schön verwirrt.

„Wir haben miteinander geschlafen, aber sie hat für die Befruchtung eine Samenprobe verwendet. Das gehört zu der langen Geschichte, die ich vorher gemeint habe.“

Just in jenem Augenblick bemerkten uns Patrick und Devon und winkten Taylor und mich zu sich an den Tisch. Wir spielten gemeinsam Softball und trafen uns auch sonst oft. Es war absolut nicht ungewöhnlich, dass sie uns einluden, aber ich hatte nicht die geringste Lust, neben Patrick zu sitzen, während er Julia anbaggerte.

„Lass uns rübergehen“, sagte Taylor und hüpfte auf.

„Ich bleib hier.”

„Also, das würde komisch wirken. Du musst mitgehen. Und wenn du nicht willst, dass sie mit anderen Leuten ausgeht, dann solltest du vielleicht drüber nachdenken, selbst mit ihr auszugehen. Nur so ein Vorschlag.“ Er ging hinüber zu ihrem Tisch und ließ mich da an der Bar sitzen.

Mir blieb nichts anderes übrig, als mich auch zu ihnen zu setzen.

Die paar Schritte durch die Bar waren die reinste Folter. Ich tat mein Bestes, Julia nicht in die Augen zu sehen, aber irgendwann trafen sich unsere Blicke doch. Sie lächelte mich an und dadurch fühlte ich mich nur noch schlechter, weil ich in den letzten paar Wochen den Kontakt mit ihr gemieden hatte.

„Hey Jungs, wieso seid ihr ohne ein paar hübsche Damen am Arm unterwegs?", fragte Patrick.

„Wir kippen uns nur einen hinter die Binde und quatschen", antwortete Taylor.

„Wie gehts dir?", formte ich mit den Lippen zu Julia, während sich die Jungs unterhielten.

„Gut", lächelte sie zurück.

Sie sah toll aus. Ihr Haar war fest zu einem Pferdeschwanz zusammengebunden und sie hatte ein hautenges schwarzes Kleid an. Es betonte alle ihre Kurven, von denen ich mit Sicherheit überzeugt war, dass sie inzwischen sogar noch ausgeprägter waren. Stolz trug sie ein Paar schwarze High Heels und ihr Make-up war makellos. Sie hatte sich für Patrick aufgedonnert, weshalb sich mir der Magen zusammenzog.

Wieso war sie auf Männersuche? Im Ernst. War nicht der ganze Sinn und Zweck eines Dates, herauszufinden, ob man jemanden für eine Beziehung finden würde? Es kam überhaupt nicht in Frage, dass Patrick mit ihr ausgehen würde, wenn er von der Schwangerschaft wüsste, und Julia konnte sich doch unmöglich in ein Beziehungschaos stürzen wollen, während sie sich auf ihr Baby vorbereitete. Ich verstand kein bisschen, was hier vor sich ging.

Als der Kellner an den Tisch kam und die Drinks

abstellte, die Kendra, Julia und die Jungs bestellt hatten, brachte er für Julia nur Wasser mit Eiswürfeln. Das war ja wohl das offensichtlichste Zeichen dafür, dass sie schwanger war. Kein Mädchen wäre je auf ein Date mit einem Typen wie Patrick gegangen und hätte nur Wasser bestellt. Normalerweise ließen sie sich die Gelegenheit nicht entgehen, den ganzen Abend lang umsonst mit ihm zu trinken.

„Julia ist schwanger“, verkündete Patrick der ganzen Runde, als wäre das Kind etwa von ihm. „Keine Sorge, es ist nicht von mir. Auf so vielen Dates waren wir jetzt auch noch nicht“, lachte er. „Aber ist das nicht cool? Ich finde es richtig mutig von dir, das alleine anzupacken.“

Ich bin mir ziemlich sicher, dass mein Mund tatsächlich offenstand, als ich zusah, wie Patrick sich vorbeugte und Julia einen Kuss auf die Lippen gab. In welchem schrägen Paralleluniversum war ich hier gelandet? Ich hatte keinen Plan, was hier los war. Und dann wurde mir schlecht. Mein Magen hatte schon gegrollt, seitdem ich Julia hereinkommen gesehen hatte, jetzt hielt ich es nicht länger aus. Ich entschuldigte mich und lief schnurstracks auf die Toilette.

Ich schaffte es kaum bis in die Kabine, bevor sich mein gesamter Mageninhalt in die Schüssel entleerte. Meine Hände zitterten, ich schwitzte, ich hatte das Gefühl, kaum Luft zu bekommen, dabei war es mir ein paar Minuten zuvor noch einwandfrei gegangen.

„Alles okay da drin?”, hörte ich Taylor vom Eingang aus fragen.

Als ich herauskam, war offensichtlich, dass nichts okay war. Meine Atmung raste, ich hatte eine ausgewachsene Panikattacke. Ich hatte sowas schon erlebt, nicht oft, aber ich kannte das. Bisher hatte ich Panik nur wegen Dingen wie dem Zehnjahresvertrag für mein Geschäft oder Prüfungen an der Uni gehabt. Diese Art von Panik war jedoch neu für mich, vor allem wegen einer Frau.

„Eine Panikattacke, was?”, sagte Taylor und befeuchtete ein Papiertuch, das er mir reichte. „Auf den Nacken. Du weißt ja, wie das geht.”

„Alter, ich weiß nicht, wieso ich so durchdrehe. Sie ist ja nicht meine Freundin oder so. Sie kann ausgehen, mit wem sie will.“

„Das solltest du vielleicht möglichst bald klären.“

„Also, Patrick datet sie und es macht ihm überhaupt nichts aus, dass sie schwanger ist?“

„Naja, ich kann mir nicht vorstellen, dass er weiß, von wem das Kind ist. Dann hätte er sich nicht so verhalten. Aber heutzutage musst du eine psychisch stabile Frau gut festhalten, wenn du schon mal eine findest. Ich war auch schon mit Frauen mit Kindern zusammen, das ist keine große Sache.“

„Aber sie braut ihr Kind ja gerade erst zusammen. Ich meine, sie ist ja gerade erst schwanger geworden. Du findest das nicht seltsam, dass er mit ihr ausgeht?“

„Ich finde schwangere Frauen saugeil. Ich kanns kaum erwarten, verheiratet zu sein und meine Frau während der Schwangerschaft ununterbrochen zu tackern.“ Taylor war plötzlich überhaupt nicht mehr er selbst. Ich verstand immer weniger. Meine kompromisslosen Aufreißerkumpels waren plötzlich fürs Nachwuchs kriegen? Und schwadronierten über ihre sexuellen Fetische mit schwangeren Frauen?

„Geh und rede mit ihr. Oder rede morgen mit ihr, wenn ihr Date vorüber ist. Aber klär das, was da auch immer zwischen euch abgeht. So verzweifelt hab ich dich wegen einem Mädchen noch nie erlebt.“

„Ich weiß.“ Bis dahin fühlte es sich allerdings eher so an, als würde ich gar nichts wissen.

„Du solltest sie ausführen. Den Rest denkst du dir dann nach und nach aus. Aber treib sie nicht Patrick in die Arme.“

„Vielleicht hat sie da ja gar keine Lust drauf. Patrick hat sie nicht so sitzen lassen wie ich“, meinte ich mit hängenden Schultern.

„Vertrau mir. Ich hab gesehen, wie sie dich beobachtet hat, als du rübergekommen bist. Sie will viel lieber dich.“

Ich hoffte, dass Taylor damit recht hatte. Das tat ich wirklich. Ich konnte mich unmöglich in die zweite Reihe stellen und zusehen, wie Patrick sich zum Vater meines Babys machte. War es mein Baby? Nein, nicht im rechtlichen Sinn, aber ich fühlte mich verantwortlich und ich wollte Teil von Julias Leben sein.

Ich hatte keine Ahnung, was ich als nächstes tun sollte. Nichts war mehr gewiss. Nichts von alledem war geplant gewesen. Ich wusste nur, dass ich Julia klarmachen musste, dass ich mit ihr zusammen sein wollte. Nicht auf irgendeine lockeren Art und Weise, wo wir uns nur vergnügten und sonst Freunde blieben. Ich wollte uns eine Chance geben. Einen echten Versuch.

Taylor ließ mich auf der Toilette allein, damit ich mich noch ein bisschen erholen konnte. Fast eine Viertelstunde war vergangen, bis ich mich endlich soweit aufgeräumt fühlte, dass ich wieder hinaus in die Bar gehen konnte. Als ich dann endlich rauskam und den Gang entlang hinausging, wartete Julia dort, um mit mir zu reden.

Sie hatte die Arme verschränkt und sah so aus, als hätte sie schon länger dort gestanden. Es war mir ziemlich peinlich, wie lange ich auf dem Klo gewesen war, sie konnte ja nicht wissen, dass ich mich da drin übergeben hatte.

„Hey", brachte ich nur heraus und lehnte mich neben ihr an die Wand an. „Also, Patrick. Er ist ein netter Kerl."

„Das ist er wirklich."

„Wie lange geht ihr schon miteinander aus?"

„Heute ist unser zweites Date mit Kendra und Devon. Wir haben da so ein Doppeldate-Ding am Laufen. Das ist nett. Nimmt ein wenig den Druck aus der Unterhaltung raus und so. Es gibt immer jemanden, der zum Reden Lust hat, wenn ich mal nicht will."

Sie lachte nervös und dadurch fühlte ich mich gleich etwas besser. Aber zwischen uns war es seltsam, verschoben, anders, als es noch ein paar Wochen zuvor gewesen war. Das war alles meine Schuld und das wusste ich auch.

„Tut mir leid, dass ich in letzter Zeit so schweigsam gewesen bin", sagte ich, um nicht direkt zuzugeben, dass ich mit voller Absicht ihre Nachrichten ignoriert hatte.

„Oh, so nennst du das? Ich nenn dich einfach nur einen Arsch, wenn ich mit Kendra über dich spreche", witzelte sie und knuffte mich ein bisschen mit dem Ellbogen. „Ich weiß schon, dass du ein paar Sachen zu überlegen hast. Das hab ich auch."

„Und du gehst mit Patrick aus", warf ich ein.

„Naja, so würde ich das nicht wirklich nennen. Wir waren auf zwei Dates. Aber nichts Ernstes", sagte sie und lehnte sich zutraulich zu mir heran.

Sofort durchlief mich eine Welle der Erleichterung, als ich den Ausdruck in Julias Gesicht sah, wenn sie mich anblickte. Sie hatte eindeutig Gefühle für mich, oder hatte wenigstens viel für mich übrig. Ich war so ein Idiot gewesen, sie abzuweisen.

„Wärst du interessiert daran, mit mir auf ein Date zu gehen?", fragte ich, unsicher, was sie wohl antworten würde und deutlich weniger von mir selbst überzeugt als sonst.

„Ein echtes Date?"

„Ja, so eins, bei dem ich dich abhole. Du ziehst dir ein sexy Kleid wie das da an. Ich lad dich zum Abendessen ein, du weißt schon“, sagte ich und deutete mit dem Kopf in Richtung des Tisches, an dem Patrick immer noch saß.

„Hmmm, Ich glaube, von sowas hab ich auch schon mal irgendwo gehört."

„Aber ja, es wäre dann ein richtiges Date. Ich finde, wir sollten es versuchen. Ich meine, wir können uns danach immer noch wieder ignorieren, wenn es nicht funktioniert“, fügte ich lachend hinzu.

„Du meinst, du könntest mich dann wieder ignorieren?", fragte sie und hob die Augenbrauen. „Ich hab dich nämlich überhaupt nie ignoriert.“

„Ja, wenn du möchtest, könntest du diesmal aber auch mitmachen.“

„Ja, Mike, Ich würde gern mit dir auf ein echtes Date gehen. Ich würde mir gerne was Schönes anziehen und meine Haare richten und mich von dir abholen und ausführen lassen. Das klingt nach einer tollen Idee.“

Einen Moment lang dachte ich, sie würde sich bei mir anlehnen und mich küssen. Sie machte einen Kussmund, leckte sich die Lippen und kam näher. Patrick war nur ein paar Meter entfernt. Ich konnte kaum glauben, dass sie mich gleich hier küssen wollte. Aber das tat sie auch nicht, stattdessen gab sie mir eine Umarmung und deutete, wir sollten beide zurück zum Tisch gehen.

Nachdem wir uns wieder in die Bänke gleiten ließen, fiel mir bald auf, dass Julia lange nicht mehr so heftig mit Patrick flirtete wie zuvor. Ich fragte mich, ob sie das vorher absichtlich getan hatte, um mich eifersüchtig zu machen.

Andererseits war sie mit ihm ja zuvor schon ausgegangen, ohne solche Absichten gehabt zu haben. Sie wollte sich wahrscheinlich einfach nur amüsieren.

Mein Herz setzte kurz aus bei dem Gedanken, dass sich Julia mit Patrick ‚amüsierte'. Normalerweise hätte ich es für ausgeschlossen gehalten, dass ein Mädchen wie Julia mit einem Kerl nach dem ersten Date schlief. Sie wirkte wie die Art von Frau, die lieber zuerst ein wenig die Lage auslotete, bevor sie sich überlegte, mit jemandem ins Bett zu steigen. Ein paar Dates brauchte es bei ihr sicher, vielleicht auch ein halbes Dutzend. Aber ich wusste auch, dass sie bei dieser Regel Ausnahmen machte, so wie bei mir zum Beispiel.

Den gesamten Rest des Abends starrte ich nur auf die Fernsehbildschirme in der Bar und vermied es, mich in der Gruppe in irgendwelche Gespräche verwickeln zu lassen. Ich hörte, was sie sagten, und versuchte, den Unterhaltungen zu folgen, aber ich hielt es nicht aus, Julia neben Patrick zu sehen. Ich fragte mich ständig, ob sie schon miteinander geschlafen hatten. In meinem Geist ging es drunter und drüber, wenn ich über Julia nachdachte, und dennoch war ich gerne in Gedanken bei ihr.

Der Abend ging zu Ende und Patrick lud Julia und Kendra in einen Wagen ein, um sie nach Hause zu fahren. Devon musste wohl in eine ganz andere Richtung und Patrick würde das Taxi zuerst die Mädchen abladen lassen, bevor er selbst heimfuhr. Er war ein guter Kerl.

Genau deshalb machte es mir wahrscheinlich auch solche Sorgen, dass Julia mit ihm unterwegs war. Nicht etwa, weil er ein Arschloch gewesen wäre, sondern weil er eben genau das Gegenteil war. Ich konnte nicht umhin zu fürchten, dass Julia wirklich anfangen würde, ihn gernzuhaben, und das machte mich total fertig.

Kapitel 15

Julia

„Ich hab das Kistenpacken sowas von satt“, stöhnte ich, als Kendra und ich in der Küche noch einen Karton füllten. „Bist du sicher, dass du den ganzen Krempel nicht einfach behalten willst?“

„Nein, du kannst es dir nicht leisten, eine komplette Küchenausstattung zu kaufen, außerdem freu ich mich drauf, diese Bude umzugestalten, wenn du hier raus bist.“

„Was? Gefällt dir etwa mein Stil nicht?“

„Der ist schon in Ordnung, ich will nur mal was Neues ausprobieren. Es wird sicher auch cool, in dein Schlafzimmer umzuziehen. Ich wollte immer schon mehr Platz.“

Kendra und ich waren tolle Mitbewohnerinnen. Selbst unsere Meinungsverschiedenheiten wurden nie wirklich unangenehm. Mit niemand anderem hätte ich jemals so lange eine Wohnung teilen können.

Ich war jetzt Eigenheimbesitzerin. Wenn etwas schiefging, war es meine Verantwortung, dafür geradezustehen. Das war eine große Sache für mich. Aber die ganzen Veränderungen in meinem Leben waren etwas Gutes. Es gefiel mir irgendwie, dass alles auf einmal passierte. Das bedeutete ein ganz neues Leben, wenn einmal alles geschafft war, und das war schon eine coole Vorstellung.

„Bist du eigentlich schon auf das Date mit Mike gegangen?”, fragte Kendra dann, während sie einen Karton voller Tassen aufhob und zu dem Stapel vor der Tür brachte.

„Noch nicht. Wir waren beide so beschäftigt, es ist total verrückt. Aber wir treffen uns heute Abend. Zumindest wenn niemand vor fünf Uhr die Wehen kriegt. Danach übernimmt Bruce für den Rest der Nacht die Rufbereitschaft."

„Ach, du nennst deinen Arzt jetzt also Bruce?"

„Nur, weil Mike ihn immer so nennt. Wenn ich zu ihm in die Praxis gehe, nenne ich ihn immer noch Doktor Simon. Ich hab eh bald eine Ultraschalluntersuchung. Dann dürfte ich wahrscheinlich das Geschlecht des Babys erfahren, falls ich das will. Aber ich weiß es noch nicht. Denkst du, ich sollte es rausfinden?"

Während ich sprach, begann Kendra zu lachen, aber nicht wegen mir; sie las eine Nachricht auf ihrem Handy. Sie traf sich jetzt schon seit ein paar Wochen regelmäßig mit Devon und die zwei vertrugen sich wirklich blendend. Er war Hals-, Nasen- und Ohrenarzt. Nicht gerade die Art von Doktor, die ich für besonders sexy hielt, aber er verdiente gutes Geld, hatte eine geradlinige Karriere und stand wirklich auf Kendra.

„Sorry, was hast du gesagt?", fragte sie, als sie aufblickte und bemerkte, dass ich dastand und auf sie wartete.

„Wie läufts mit Devon?", fragte ich schmunzelnd.

„Total gut. Ich mein, richtig, richtig gut. Ich mag ihn gefährlich gern."

„Was heißt gefährlich gern?"

„Ich denk nicht mal drüber nach, noch mit jemand anderem auszugehen. Ich habe keinem von denen zurückgeschrieben, die meine Nummer wollten. Ich hab jetzt schon zugesagt, dass ich Freitag und Samstagabend mit ihm ausgehe. Irgendwas stimmt da nicht, das ist gefährlich.

Ich fühl mich nicht bereit für diese Art von Beziehung.“

„Kendra, du musst es einfach passieren lassen. Einfach schauen, wie es weitergeht. Es ist schon okay, nur mit einem Kerl auf einmal auszugehen. Du solltest einfach Spaß haben und dir keine Gedanken drüber machen, wie das aussieht. Lass es dir gutgehen.“

Ich redete mit ihr, als wäre ich ein erfahrener Dating-Profi, was absolut nicht der Fall war. Ich war vermutlich die schlechteste Daterin in der Stadt, oder zumindest fast. Und jetzt wo ich schwanger war, versuchte ich es wieder. Das war ziemlich bekloppt und das wusste ich auch.

Ich hatte mich nur dazu bringen können, auf das Doppeldate mit Patrick und Devon zu gehen, indem ich Patrick gleich von Anfang an alles von der Schwangerschaft erzählt hatte. Ich tat mein Bestes, ihn auf Distanz zu halten und die Sache so kumpelhaft wie möglich zu machen, alles nur um Kendra mit Devon zu helfen, aber Patrick war es total egal, dass ich schwanger war.

Tatsächlich hatten in letzter Zeit eine ganze Menge Kerle mit mir geflirtet, viel mehr als normalerweise. Nicht nur die üblichen Typen in Bars, man hatte mich im Fitnessstudio angebaggert, im Coffee-Shop und sogar im Hotel bei der Arbeit. Ich schob das auf meine Ausstrahlung wegen der Schwangerschaftshormone und ließ die meisten abblitzen, aber das Date mit Patrick war dann doch ganz nett gewesen. Zumindest das Erste, beim Zweiten traf ich dann Mike und sah, wie bemitleidenswert er wirkte, als er mich mit einem anderen Kerl sah.

Als er mich endlich angerufen hatte, um ein Date zu vereinbaren, war ich längst weit über die Freundschaftsphase hinaus. Ich hatte ganz offensichtlich Gefühle für ihn entwickelt und ihm ging es gleich mit mir, es machte also Sinn, miteinander auszugehen. Wie es weiterging, lag ganz bei uns. Wenn es mit der Romantik nicht klappte, würden wir es schon irgendwie schaffen, einfach wieder Freunde zu sein. Ich hatte wirklich keine Energie mehr, mich noch länger zu fragen, was das mit Mike und mir wohl war. Ich hatte zu viele andere Dinge um die Ohren und wollte deshalb am liebsten Klarheit zwischen uns schaffen.

„Die neue Julia gefällt mir. Das super gechillte, entspannte Mädchen, das mir erzählt, ich solle mir keine Gedanken machen“, sagte Kendra lächelnd.

„Ja, mir gefällt mein neues Selbst auch. Ich kann mir gar nicht mehr vorstellen, wieso ich mir immer über alles solche Sorgen gemacht hab. Wie es scheint, musste ich mich nur mal eben befruchten lassen, und jetzt kann ich mich entspannen.“

„Ha, ich würde voll durchdrehen, wenn ich schwanger wäre. So viel Verantwortung wäre mir zu viel.“

„Mhm, manchmal macht es mir schon Sorgen, Mutter zu werden. Aber meistens denke ich nur daran, wie schön es wird. Ich hab Glück, dass ich einen guten Job und gute Freunde wie dich hab. Das hilft mir dabei, daran zu glauben, dass ich das alles hier gut überstehen werde.“

„Mädchen, du wirst das alles schon schaukeln. Du bist eine der gefasstesten Personen, die ich kenne.“

„Danke, Kendra“, sagte ich, umarmte sie und begann prompt zu heulen.

„Oh nein, das schon wieder?“

„Ich weiß, ich kann gar nichts tun. Alles ist wunderbar und dann überkommen mich plötzlich die Emotionen und ich schluchze nur noch. Muss wohl an den Schwangerschaftshormonen liegen, richtig?“

„Wahrscheinlich. Sag mal, weißt du schon, was du für dein Date nachher anziehen willst? Sieht noch nicht so aus, als würde man von deinem Bauch schon viel bemerken, oder doch?“

„Nicht wirklich. Ich meine, die engen Jeans muss ich schon aufknöpfen, aber ansonsten kann ich so ziemlich alles anziehen. Aber ich mag die anliegenden Kleider nicht mehr so, meine Möpse fühlen sich da immer doppelt so groß an und als würden sie gleich rausplatzen.“

„Deine Hupen sind auf jeden Fall größer geworden. Vermutlich nicht die schlechteste Nebenwirkung der Schwangerschaft.“

Meine Brüste quollen aus allem hervor, was ich besaß. Ich musste zur Arbeit einen Sport-BH tragen, um sie unter Kontrolle zu halten und in meine Blusen zu passen. Das gehörte zu den Effekten des Schwangerseins, an die ich nicht wirklich gedacht hatte. Obwohl ich erst wenig Bauch bekommen hatte, blieben mir kaum mehr passende Outfits für die Arbeit, einfach nur, weil meine Glocken so sehr gewachsen waren.

Kendra und ich hatten öfter darüber gesprochen, noch ein paar Sachen kaufen zu gehen, aber bis dahin passte ich meine Sachen für die Arbeit eben an, soweit es ging. Meine ganzen Alltagssachen gingen noch gut, das waren ja hauptsächlich T-Shirts und Stretch-Klamotten.

„Ich weiß nicht, ob ich das so gut finde, aber Mike wird wohl nichts dagegen haben.“

„Wie wäre es mit dem Sommerkleid, das ich in Cancun gekauft hab? Ich wette, das passt dir mit deinen neuen Melonen ganz wunderbar.“

„Klar, ich kanns ja mal versuchen. Aber es ist November, weiß nicht, ob ein Sommerkleid da so gut passt“, sagte ich und sah hinaus auf den stürmischen Tag.

„Wir kombinieren es mit Strumpfhosen und einem

Cardigan. Das wird toll.“

Kendra machte sich gleich ans Werk und stellte mir das perfekte Outfit zusammen. Ich hätte ihr gar nicht dankbarer sein können. Über meine Klamotten nachzudenken stand auf meiner Prioritätenliste gerade so weit unten, ich wäre wahrscheinlich einfach in der Jogginghose und dem T-Shirt gegangen, das ich schon den ganzen Tag über anhatte.

Nachdem sie eine Stunde lang durch beide unsere Kleiderschränke gewühlt hatte auf der Suche nach der perfekten Strumpfhose und dem perfekt dazu passenden Cardigan, hatte sie schließlich das Outfit beisammen. Das Kleid passte mir gut, aber am Wachstum meiner Brüste gab es keinen Zweifel mehr. Das Kleid vermochte sie kaum in Zaum zu halten. Irgendwie gefiel mir der neue Look aber auch.

Als ich noch jünger war, hatte ich immer von einer Brustvergrößerung geträumt, beziehungsweise davon, dass meine Brüste noch etwas wachsen würden, und jetzt taten sie es wirklich. Das geblümte Kleid schmiegte sich schön an und war mir trotzdem nicht zu eng um die Hüften. Obwohl man noch nicht viel sah, hatte ich doch schon einen volleren Bauch als sonst und fühlte mich deswegen ein wenig unwohl. In dieser Phase würden die Leute noch nichts von der Schwangerschaft bemerken und mich einfach nur für dick halten.

„Er wird bald da sein“, sagte ich, als ich die Nachricht von Mike bekommen hatte.

„Was? Nein!” Kendra huschte in mein Bad und winkte mich ungeduldig zu sich. “Deine Haare, dein Make-up. Komm schon, wir müssen dich schnell fertigmachen.”

„Er hat mich schon oft genug ohne schöne Frisur und Make-up gesehen“, lachte ich, doch da hatte sie schon den Lockenwickler eingesteckt und machte sich an meinem

Gesicht zu schaffen.

„Das ist euer erstes offizielles Date, Julia. Sei nicht faul." Kendra gab mir mein Schminkzeug, sodass ich mir das Gesicht richten konnte, während sie sich um die Haare kümmerte.

Ich hatte bei der Sache wirklich nichts zu melden und tat, was sie mir befahl. Ich legte nur dezentes Make-up auf, aber gönnte mir doch eine Extraschicht Lidschatten, um meine Augen hervorzuheben. Als unsere Arbeit beendet war, sah ich wirklich nicht so übel aus für eine Frau, die im dritten Monat schwanger war.

„Er ist da", sagte ich, als er klingelte, und eilte hinaus an die Sprechanlage, um ihn hereinzulassen.

„Okay, bleib cool heute. Es ist nur ein Date. Keine große Sache. Denk nicht über den ganzen Kram mit dem Happy End nach. Hab einfach Spaß und sei du selbst", sagte Kendra und klang dabei nervöser als ich selbst.

„Bei mir ist alles gut, Kendra, aber du kommst mir ein bisschen aufgekratzt vor."

„Oooh, ich wünsche mir ja so, dass das mit euch zwei was wird. Ihr seid das süßeste Paar überhaupt. Aber ich weiß schon, dass ihr vielleicht einfach nur Freunde bleibt, und das versteh ich auch total. Okay, ich hör jetzt auf zu reden." Sie zog mit den Fingen den imaginären Reißverschluss ihrer Lippen zu, als der Summer ertönte, damit Mike zur Haustür hereinkonnte.

„Ich geh einfach nur auf ein ganz normales Date. Ich bin entspannt. Keine Ahnung, worüber du dir solche Sorgen machst."

Kendra schüttelte nur ihren Kopf und machte wieder die Reißverschlussgeste. Sie war schon witzig, und auch eine wunderbare Freundin. Ich wusste natürlich, was sie meinte.

Ich hatte ja auch schon darüber nachgedacht, mit Mike zusammenzukommen, aber ich konzentrierte mich nicht allzu sehr darauf. Ich erwartete viel eher, dass wir auf ein oder zwei Dates miteinander gehen und uns dann doch zum Freundesein entscheiden würden.

Ein Kind zu bekommen war eine gewaltige Aufgabe, und mit jemandem zusammen zu sein, der ein Kind bekommt, war ebenfalls eine gewaltige Aufgabe. Außerdem hatte Mike irgendwie Gefühle darüber entwickelt, dass er der Spender für mein Baby war und so sehr ich meine Gedanken auch trennen wollte zwischen dem Mike vor meinen Augen und dem Teil von ihm, der da in mir heranwuchs, es wollte mir nicht recht gelingen. Ich vermutete, dass es ihm da genauso ging.

Ich öffnete die Tür beim ersten Klopfen. Ich hatte erwartet, ihn in einem legeren Outfit anzutreffen, stattdessen überraschte er mich mit einem Anzughemd, einer schicken Hose und polierten Lederschuhen.

„Für dich", sagte er mit säuselnder Stimme und reichte mir einen Blumenstrauß. „Ich hab sie selbst gepflückt... vorm Blumenladen", scherzte er. Sein Lächeln erhellte meine ganze Wohnung. Es war ansteckend. Die Blumen waren umwerfend schön, eine perfekte Kombination aus den Farben Gelb, Pink und Rot. Nicht nur Rosen, sondern auch eine Mischung verschiedener anderer Blumen, die sehr schön miteinander harmonierten.

„Danke. Ich stell die gleich mal ins Wasser", sagte ich und ging in die Küche, wo ich bemerkte, dass wir ja das meiste dort schon weggepackt hatten.

„Gib sie mir. Ich kümmere mich schon drum. Geht euch amüsieren, ihr zwei", sagte Kendra und grinste uns wie ein Honigkuchenpferd an.

„Du ziehst bald in die neue Wohnung um?", fragte Mike

und blickte auf all die Kartons.

„Jap."

„Ich könnte ein paar der Jungs anhauen und dir helfen, wenn du willst."

„Das ist echt nett von dir", sagte Kendra und stellte sich zwischen uns. „Ist das nicht ein total nettes Angebot? Ich meine, in New York umziehen, wow, das ist keine leichte Angelegenheit. Du bist ein lieber Kerl, Mike. Findest du nicht, dass er ein lieber Kerl ist, Julia?"

„Danke fürs Angebot, aber ich habe schon eine Firma angestellt, die das für mich übernimmt. Du bist aber herzlich eingeladen, mir beim Auspacken zu helfen, sobald alles rüber geschafft ist. Darauf freu ich mich gar nicht. Und jetzt sollten wir glaub ich gehen", sagte ich und schaute Kendra mit großen Augen an, um ihr zu signalisieren, mal den Fuß vom Gas zu nehmen.

„Ich wünsch euch einen ganz tollen Abend. Ihr seht zum Anbeißen aus miteinander...", sagte sie, aber da hatte ich ihr schon die Tür vor der Nase zugezogen und drängte Mike zum Fahrstuhl.

„Sie mag dich", sagte ich.

Er hielt mir die Fahrstuhltür offen und kam dann nach, um sich direkt neben mich zu stellen. Seine Hand suchte nach meiner und die sanfte Berührung seiner Haut wurde von meinem Körper so freudig aufgenommen, dass ich gleich von Kopf bis Fuß kribbelig wurde.

„Ich mag Kendra. Sie ist eine gute Freundin und scheint sehr nett zu sein. Du siehst umwerfend aus heute Abend. Hab ich dir das schon gesagt? Ich habs gleich gedacht, aber vielleicht noch nicht laut ausgesprochen."

„Danke. Es wird schon ein bisschen schwieriger, passende Sachen zu finden." Ich zupfte den oberen Teil des

Kleids zurecht und zog es hoch, um meine Brüste etwas mehr zu bedecken.

„Das Kleid passt dir perfekt“, sagte er mit verschmitztem Lächeln, nachdem er meine Bewegungen ausgiebig beobachtet hatte.

„Ich weiß. Sie sind riesig, oder?”, sagte ich und schaute hinunter auf meine eigenen Titten. „Es ist, als hätten sie ihren eigenen Willen.”

„Hallo, meine Damen“, sagte Mike, verbeugte sich und sprach zu meinen Brüsten. „Es freut mich, euch heute ausführen zu dürfen.“

„Aufhören“, lachte ich und schubste ihn spielerisch weg, als der Lift im Erdgeschoss wieder aufging. „Sie sind sowas von groß geworden und sie tun auch weh.“

„Sie tun nur ihren Job. Teil dessen, was der weibliche Körper zu leisten imstande ist“, sagte Mike, als wäre es nichts Besonderes.

Manchmal vergaß ich, wie gewöhnlich Schwangerschaften für ihn waren. Er wusste eindeutig mehr darüber als ich und ich hätte das für meine vielen Fragen wirklich mehr nutzen können.

Es war schon wieder fast einen Monat her, seit wir uns in der Sportbar getroffen hatten, und zwei Monate seit der Sache mit der neuen Wohnung. Während Mike mir die Tür aufhielt und wir in den Wagen stiegen, den er bestellt hatte, begriff ich erst, wie sehr es mir gefehlt hatte, ihn als Freund um mich zu haben.

Als wir dann in dem noblen SUV saßen, rutschte er herüber, sodass er auf der geräumigen Bank dicht neben mir saß. Er nahm behutsam meine Hand und hob sie an seine Lippen, wobei er sich besonders lange Zeit nahm, um sie sanft zu küssen, bevor er unsere beiden Hände in seinen

Schoß legte.

„Ich hab dich vermisst“, sagte er leise. „Ich bin froh, dass wir dieses Date endlich hingekriegt haben.“

„Ja, mir haben die Gespräche mit dir auf jeden Fall gefehlt.“

Eine Weile lang saßen wir schweigend, aber es war nicht die unangenehme Art von Stille. Stattdessen fühlte ich mich eingehüllt in dem sicheren Gefühl, dass mich mit Mike umgab. Selbst nach zwei Monaten, in denen wir uns praktisch nicht gesehen hatten, fühlte ich mich ruhig und behütet bei ihm. Mein Bein zuckte trotzdem ein bisschen nervös auf und ab und ich gab mir größte Mühe, mir nichts anmerken zu lassen.

Mit Mike auszugehen war eine große Sache. Es war eine größere Sache, als ich vor mir selbst hatte zugeben wollen, bis wir gemeinsam auf der Rückbank dieses Wagens gelandet waren. Jetzt gings ans Eingemachte. Dies war unser erster echter Versuch, herauszufinden, was da zwischen uns war und ob wir mehr als nur Freunde sein konnten.

„Was hältst du von Steak?“, fragte Mike.

„Oh, mein Gott, gehen wir etwa Steak essen? Ich hatte in letzter Zeit so heftige Lust auf Fleisch, dass ich mir neulich sogar zu Hause selbst ein Steak gemacht hab.“

„Ich weiß“, sagte er grinsend. „In dieser Phase braucht dein Körper viel Eisen und andere Nährstoffe. Nimmst du deine Vitamine?“

“Ja, natürlich.”

„Vergiss nicht, auch viel grünes Gemüse zu essen“, fügte er hinzu, bevor er schnell wieder in den Flirtmodus wechselte. „Das Restaurant soll wirklich gut sein. Ich hab ein paar großartige Bewertungen gelesen, alle scheinen begeistert zu sein."

„Musstest du jemanden ermorden, um einen Tisch zu bekommen?"

„Gar nicht, Patrick hat uns den Tisch besorgt", sagte Mike und zeigte dabei nur den Hauch eines Lächelns.

„Du hast Patrick erzählt, dass wir miteinander ausgehen und er hat dir eine Reservierung besorgt?", fragte ich ein bisschen überrascht, dass Patrick sich solche Mühe gab, nachdem ich ihm gesagt hatte, dass ich mich nicht mehr mit ihm treffen könne, weil mein Leben sonst zu kompliziert würde.

„Ja, er mag mich eben", scherzte Mike.

„Ich bin nur mit ihm auf die Dates gegangen, weil Kendra noch Begleitung brauchte, weiß du", fügte ich hinzu.

„Und weil er ein dufter Typ ist."

„Ja, das auch", lachte ich. „Aber ich hab dich gesehen und wollte eigentlich gleich viel lieber mit dir rumhängen. Ich bin froh, dass wir das hingekriegt haben und heute ausgehen."

„Ich auch." Mike drückte meine Hand noch fester an sich. „Ich hab dich vermisst", wiederholte er.

Die unverfälschte Aufrichtigkeit seiner Worte traf mich mit der vollen Breitseite. Ich spürte, wie meine Augen feucht wurden und die Tränen quollen schneller vor, als ich sie hätte stoppen können. Ich sah nach oben und zählte bis zehn, um mich abzulenken, doch da spürte ich schon ein weiches Stück Stoff, das in meine Hand gelegt wurde.

„Was ist das?"

„Für die Tränen", sagte er sanft, und ich hob das Taschentuch an die Augen.

„Trägst du immer ein Taschentuch mit dir rum?" Ich

musste lachen. „Das ist ein bisschen wunderlich.“

„Ich trag es mit mir rum, wenn ich mit einer hormongeladenen Frau ausgehe, die am Ende des ersten Trimesters ihrer Schwangerschaft steht.“

„Wow, ich sehe schon, deine detaillierte Kenntnis über meinen medizinischen Zustand könnte noch richtig nervig werden“, lachte ich.

„Ich will dir damit nicht auf den Wecker gehen. Mir ist nur bewusst, was du durchmachst.“

„Ja, ja, ja“, äffte ich scherzhaft und wischte mir die letzten Tränen von den Wangen.

„Es freut mich wirklich, dass ich dich ausführen darf. Ich freu mich drauf, dich heute Abend zu verwöhnen“, sagte Mike träumerisch.

Er hielt mir die Tür auf und legte seine Hand auf meinen unteren Rücken, während er mich ins Restaurant geleitete. Dann hielt er mir den Stuhl hin und achtete darauf, sich zum Essen neben mich zu setzen und nicht gegenüber von mir. Als das Steak kam, konnte ich mich kaum zurückhalten und verschlang es so schnell, dass ich beinahe daran erstickt wäre. Ein paar Brocken Unterhaltung war alles, was ich während des Kauens noch hinkriegte, denn ich hatte alle Mühe, das wachsende Ungetüm in mir zu füttern.

„Warst du schon zum Ultraschall bei Bruce? Ich hab dich schon lange nicht mehr in der Praxis gesehen.“

„Nur ein kurzer Check des Herzschlags bisher. Der Ultraschalltermin ist in ein paar Wochen. Würdest du gerne mitkommen?“

„Das würde ich.“

„Schön, ich geb dir Bescheid, sobald ich auf meinen Kalender geschaut habe. Ich glaub, es war an einem Mittwoch, aber bin mir nicht sicher. Ich freu mich, dich dabeizuhaben.“

„Willst du das Geschlecht wissen?“, fragte Mike und versuchte, die Frage neutral zu stellen.

„Ich weiß noch nicht. Ich meine, ich möchte es wirklich wissen, aber mir gefällt auch die Vorstellung, dass es eine Überraschung bleibt. Das Problem ist nur, dass ich die Sachen fürs Kinderzimmer kaufen möchte und nicht alles nur in Gelb halten will. Eigentlich mag ich Gelb überhaupt nicht.“

„Ich bin sicher, du triffst die richtige Entscheidung für dich”, meinte Mike und stopfte sich dann ein Stück Fleisch in den Mund, als wollte er tunlichst vermeiden, noch mehr dazu zu sagen.

„Denkst du, ich sollte es herausfinden?“, fragte ich, ebenfalls weiterkauend.

„Es ist deine Schwangerschaft. Ich will dir da nicht mit meinen Vorstellungen dazwischenfunken. Das ist deine Sache. Du musst tun, was sich für dich richtig anfühlt.“

„Das ist eine sehr diplomatische Antwort.” Ich legte meine Gabel weg und beugte mich vor. „Aber was würdest du tun, wenn wir zwei zusammen wären? Wenn dieses Baby natürlich gezeugt worden wäre und wir eine partnerschaftliche Entscheidung treffen müssten. Was würdest du dann sagen?“

„Ich würde sagen, dass es hier um eine der letzten wirklich großen Überraschungen im Leben geht und du das Kinderzimmer immer noch dekorieren kannst, wenn das Baby da ist. Zuerst wird das Kind sowieso nicht dort sein. Es wird bei dir im Zimmer in einem Stubenwagen liegen. Aber das ist nur meine Meinung und die tut hier nichts zur Sache.“

„Scheiße! Ich muss auch noch einen Stubenwagen

kaufen?“, sagte ich, legte meine Gabel wieder weg und verdrehte genervt die Augen. „Ich schwöre, ich bin die am schlechtesten vorbereitete Mutter aller Zeiten.“

„Nein“, lachte er. „Da wärst du in der ersten Nacht mit dem Baby im andern Zimmer draufgekommen, weil du nicht so weit von ihm entfernt hättest sein wollen. Glaub mir, Mutter Natur hat ihre Wege, jungen Müttern zu zeigen, was sie brauchen.“

„Die Vorstellung, das Geschlecht nicht zu wissen, gefällt mir schon. Aber ich plane eigentlich schon gerne, ich kann mir darum nur schwer vorstellen, bis nach der Geburt zu warten, um alles fürs Kinderzimmer zu besorgen.“

Danach saßen wir eine Weile da und aßen schweigend. Dann blickte Mike auf seine Uhr und schien kurz zu erschrecken. Er deutete dem Kellner, die Rechnung zu bringen, trank dann den Rest seines Weinglases in einem Zug aus und schien angespannt darauf zu warten, dass ich zu Ende aß.

Ich erwartete, dass er mir sagen würde, wo wir hinwollten, oder mir erklärte, wieso wir es plötzlich so eilig hatten, doch er sagte nichts. Als ich schließlich endlich das letzte Stück Steak weggeputzt hatte, warf Mike seine Serviette auf den Teller und kam herüber zu mir, um mir wieder den Stuhl zu halten.

„Wo gehts denn so plötzlich hin?”, lachte ich.

„Das Stück geht in zwanzig Minuten los. Ich schätze, ich habe den Zeitablauf nicht so toll geplant.“

„Wir gehen ins Theater?“, fragte ich und schon kamen mir wieder die Tränen. „Ich war schon seit Ewigkeiten nicht mehr im Theater.“

Er gab mir noch einmal das Taschentuch und wir eilten zum Wagen, der draußen auf uns wartete. Nachdem er mir beim Einsteigen behilflich war, glitt er diesmal einfach hinter mir auf die Sitzbank und schob mich in die Mitte.

„Wir müssen so schnell wie möglich ins Booth Theater“, sagte er zum Fahrer.

„Ja, Sir“, antwortete jener.

„Mann, ich hoffe wir verspäten uns nicht. Die lassen uns sonst nicht mehr rein. Das Booth Theater ist furchtbar kleinlich, wenns um Pünktlichkeit geht. Wir müssten sonst bis zur Pause warten und würden die erste Hälfte des Stücks verpassen.“

„Ist schon okay“, antwortete ich und schnappte mir Mikes Hand. „Das schaffen wir schon.“

Und natürlich schafften wir es noch gerade so. Wir waren wohl eines der letzten Paare, das durch die Tür kam, bevor sie geschlossen wurde, aber wir zwängten uns schnell in unsere Sitze und waren rechtzeitig da, als gerade die Lichter ausgingen und die Vorstellung begann.

Man würde meinen, wir New Yorker würden uns andauernd Broadway-Stücke ansehen. Als ich noch nicht hier gewohnt hatte, stellte ich mir immer vor, dass ich jedes Wochenende im Theater verbringen würde. Aber so lief es im Leben nun mal nicht. Ich hatte oft den ganzen Samstag und Sonntag verplant und nahm mir selten die Zeit, um ins Theater zu gehen. Deshalb war es umso schöner, jetzt mit Mike die Gelegenheit dazu zu haben.

Den ganzen ersten Akt über saßen wir händchenhaltend da und waren beide wie hypnotisiert von den Darstellern. Einer war ein sehr bekannter Filmschauspieler, der sich ein Zwischenspiel am Broadway gab. Ich hatte immer geglaubt, diese Leute nutzten den Broadway nur, um ihren Namen in die Schlagzeilen zu bringen, aber dieser Kerl war wirklich gut. Er war umwerfend auf der Bühne. So gut, dass ich ganz vergaß, dass ich ihn zuletzt in einem mittelmäßigen

Actionstreifen gesehen hatte und mich ganz auf den Charakter konzentrierte, den er jetzt gerade verkörperte.

„Das war eine großartige Idee“, sagte ich zu Mike in der Pause. „Ich bin so froh, dass wir hier sind.“

„Ich dachte mir schon, dass dir das gefallen würde. Es dürfte dich auch nicht stören, dass der Schauspieler während des ganzen Stücks oben ohne ist“, sagte er augenzwinkernd.

„Das ist mir kaum aufgefallen, weil er so fantastisch spielt.“

Mike lachte nur und führte mich zur Lobby hinauf, wo wir uns etwas zu trinken holten und uns noch ein paar Minuten unterhielten. Es war herrlich, im Theater zu sein, mit all diesen Menschen, die ähnlich begeistert waren wie ich selbst.

„Ich wünschte, ich würde öfter herkommen. Ich fühle mich wie ein schlechter New Yorker“, meinte Mike.

„Ich auch! Genau dasselbe habe ich vorher auch gedacht. Ich gehe immer nur mit Leuten, wenn mich jemand von anderswo besuchen kommt, sonst nie. Es ist einfach schade, das nicht öfter zu nutzen.“

„Ich nehm dich jederzeit wieder mit“, sagte er und zog mich dicht an sich.

Es gefiel mir, so in seinen Armen zu liegen. Wir waren an die Wand gelehnt und er hielt mich mit einem Arm umschlungen, während wir unsere Drinks nippten und den gemeinsamen Moment genossen. Ich fühlte mich so gelassen in seiner Nähe. Es war so gar nicht wie ein normales erstes Date. Ich fühlte keine Verpflichtung, ständig mit ihm zu flirten oder so zu tun, als fände ich ihn lustig. Ich war einfach ich selbst und das war wirklich erfrischend.

Mike roch wie eine Kombination aus Rasierwasser und Speck. Ich hatte schon zuvor gemeint, es gerochen zu haben, hatte es aber auf meine wegen der Schwangerschaft etwas verwirrten Sinne geschoben, aber als wir so nebeneinander standen, roch ich eindeutig Speck.

„Hast du heute Speck geröstet?“, fragte ich und sog einmal tief an seinem Hemd.

„Beschnüffelst du mich etwa?”, fragte er lachend.

„Du riechst nach Speck. Ich bin mir ziemlich sicher, dass das Speck ist. Hast du Speck gemacht?“

Mike lachte nur und nahm noch einen Schluck, ohne mir zu antworten. Ich hatte plötzlich einen viel sensibleren Geruchssinn und ich hätte schwören können, dass er nach Speck roch. Es war total schräg. Nicht, dass es mich gestört hätte. Ich hatte in letzter Zeit nämlich viel zu viel Speck gegessen und war inzwischen fast schon süchtig danach. Ich aß inzwischen fast täglich zwei Stücke, bevor ich ins Bett ging. Das war nicht besonders gesund, aber ich konnte einfach nicht anders.

„Ich hab tatsächlich kürzlich ein bisschen Speck gemacht“, sagte Mike vielsagend und zog kurz darauf ein Säckchen hervor mit zwei Streifen Speck darin.

„Wieso hast du Speck?”, fragte ich und schnappte ihn mir.

Etwas überkam mich. Es war mir völlig egal, wie alt der Speck war und wo er herkam. Ich hatte schon den ganzen Abend über den Duft in der Nase gehabt und konnte es kaum erwarten, ihn zu schmecken. Trotzdem war es ziemlich schräg, dass Mike in seiner Tasche Speck spazieren führte.

„Ich dachte, du würdest vielleicht während der Show deinen Lieblingssnack vermissen.“

„Woher wusstest du davon?“ fragte ich und war schon dabei, die zwei Streifen zu vernaschen, die er für mich mitgebracht hatte.

„Ich hab Kendra gefragt, was du in letzter Zeit so gefuttert hast“, sagte er und grinste stolz.

„Du hast Speck geröstet und ihn den ganzen Abend mit dir rumgetragen, nur um ihn mir in der Pause zu geben?“, fragte ich und blickte ihn ehrfurchtsvoll an. „Du bist der beste Freund, den sich eine Frau wünschen kann“, sagte ich in dramatischem Ton.

„Können wir das mit dem besten Freund vielleicht meiden?“, fragte Mike und zwinkerte mich an.

„Na schön.“ Ich musste lachen bei dem Gesicht, das er machte. Ich wusste, dass er aus der verflixten Friendzone herauswollte.

Nach der Show ging Mike noch mit zu meiner Wohnungstür und nahm meine Schlüssel, um mir die Tür aufzusperren. Es war das beste Date, auf dem ich seit langer Zeit gewesen war. Und obwohl es genau genommen nicht unser erstes Date war, fühlte es sich doch sehr so an.

„Wolltest du noch reinkommen?“, bot ich an und legte meine Arme um seinen Nacken. „Du hast mir gefehlt.“

Meine Hormone spielten verrückt und ich warf mich ihm quasi an den Hals. Aber zu meiner Überraschung ging er nicht auf mein Angebot ein.

„Ich hatte einen wunderbaren Abend, Julia.“ Er beugte sich herunter und küsste sanft meine Lippen. Der süße Geschmack seiner Zunge, die nur ganz kurz in meinen Mund vordrang und sich dann wieder zurückzog. „Ich kanns kaum erwarten, dich bald wieder auszuführen.“

Er hob meinen Arm und küsste meinen Handrücken, so wie er es bereits zuvor getan hatte. Ich konnte nicht anders, als mich wieder in seine Arme zu werfen und ihn noch ein letztes Mal zu küssen, bevor ich mich zurückzog. Ich machte schnell und ging dann zur Tür hinein, wo ich im Gang noch einmal stehenblieb.

„Danke für den schönen Abend, Mike. Ich freue mich drauf, dich wiederzusehen“, sagte ich und schloss die Tür.

„Gute Nacht, Julia“, antwortete er von der anderen Seite.

Ich hüpfte vor Freude auf und ab, bevor ich mich umwandte und ihm durch den Türspion beim Gehen hinterherblickte. Zwischen uns hatte es eine Veränderung gegeben. Eine großartige Veränderung, über die ich furchtbar aufgeregt war.

Kapitel 16

Mike

Die Dinge zwischen Julia und mir standen hervorragend nach unserem Date, trotzdem schafften wir es irgendwie nicht, Zeit miteinander zu finden. Je mehr ich nach einem Termin für ein Treffen mit ihr suchte, desto mehr schien sich mein Kalender zu füllen.

Bei uns lief jetzt alles auf Hochtouren, um die Details für unsere Expansion auszuarbeiten. Die Nerds auf unserem Stockwerk schienen nicht pleitegehen zu wollen, wie wir es gehofft hatten. Ihr Büro wurde also nicht einfach so frei, aber Bruce hatte Gespräche mit ihnen über einen möglichen Umzug begonnen. Patrick war dabei, einen besseren Geschäftsstandort für sie zu finden, sodass wir mit etwas Glück in ein paar Monaten ihren Mitvertrag würden übernehmen können.

Währenddessen wühlten Bruce und ich uns durch Dutzende von potenziellen Mitarbeitern und überlegten uns, wie wir die Firma nach dem Zuwachs organisieren konnten. Bruce wollte, dass ich die Leitung übernahm, damit er einen Schritt zurückmachen und sich mehr auf sich selbst konzentrieren konnte. Er hatte in letzter Zeit viel an sich selbst gearbeitet und stellte sich letztlich doch als guter Partner heraus. Das war natürlich schon so gewesen, als wir uns damals zusammengetan hatten, aber er war unterwegs schon öfter ein wenig auf Abwege geraten.

Julia und ich hatten in den vergangenen paar Wochen damit Vorlieb nehmen müssen, nur per Nachricht miteinander flirten zu können, aber so schlimm war das gar nicht. Ich freute mich immer, wenn ihr Name auf meinem Handy auftauchte, das brachte mich jedes Mal zum Lächeln.

JULIA: Heute ist der große Tag! Ultraschall Nummer 3!

MIKE: Soll ich mitkommen?

JULIA: Wenn du möchtest. Aber ich kann dir auch hinterher davon erzählen!

MIKE: Okay.

JULIA: Kendra und Sarah kommen mit. ☺

Ich war mir nicht sicher, ob sie mich überhaupt wirklich hätte dabeihaben wollen. Wenn sie ihre ganze Mädchenclique hatte, brauchte sie mich wohl kaum. Es fiel mir schwer, mich selbst von dem Baby zu separieren, das sie austrug, und ich hatte das Gefühl, dass Julia das besser konnte.

Es war wohl am besten, den Moment ihren Mädels zu überlassen. Vielleicht würde ich ganz am Ende der Untersuchung noch kurz hereinschneien. Ich wollte mich bestimmt nicht aufdrängen, denn sie und ich vertrugen uns gerade so gut, dass ich die Sache auf keinen Fall vermasseln wollte. Wir gingen es langsam an, aber unsere Verbindung war trotzdem sehr stark.

„Du grinst, als würdest du deiner Jugendliebe schreiben“, meinte Sheryl, als sie zu meiner Bürotür hereinschaute.

„Ich bin ja auch verknallt in sie.”

„Julia? Wie gehts ihr? Geht ihr jetzt noch miteinander aus oder bist zu zum ewigen Freund verdonnert?“

„Wir sind noch in der Anfangsphase. In ihrem Leben gehts gerade ganz schön ab und ich hatte es zuvor schon einmal versaut. Deshalb bin ich jetzt einfach cool und dränge nicht zu sehr.“

„Wie gehts dir dabei, mit einer Frau auszugehen, die bald Mutter wird?“

„Ich weiß nicht, ehrlich gesagt. Ich mag Julia und ich kenne diesen Teil von ihr, aber ich denke nur an sie als Person. Ich habe noch nicht so viel darüber nachgedacht, wie es weitergeht, wenn das Baby da ist.“

„Das solltest du aber. Mit einer frischgebackenen, alleinstehenden Mutter schlusszumachen, wäre ein beschissener Schachzug“, sagte Sheryl, bevor sie mein Büro verließ.

Ich wusste nicht, wieso sie annahm, dass ich mit Julia schlussmachen würde, nachdem das Baby da war. Vielleicht würde ich ja weiter mit ihr ausgehen. Wenn wir einander mochten, sprach schließlich nichts dagegen. Sicher, wir würden uns Zeit lassen müssen und das Kind würde sie auf Trab halten, aber ich war lieber bei ihr als bei irgendeiner anderen Frau, zum Schlussmachen sah ich also keinen Anlass.

Ich hatte mir die letzte Akte sicher schon dreimal durchgelesen und wusste immer noch nicht, was ich als Notiz schreiben sollte. Ich schien mich überhaupt nicht mehr konzentrieren zu können. Je mehr ich versuchte, nicht an Julia zu denken, desto mehr dachte ich natürlich an sie.

Julia war wirklich eine beeindruckende Person. Viele der Frauen in meiner Klinik waren das. In New York alleine zu leben war nicht einfach. Es war nicht wie in anderen Städten, wo man es sich viel leichter leisten konnten, allein in einer Wohnung zu sein. Aber dann alleine zu leben und auch noch ein Kind zu haben, wow, ich hatte definitiv größten Respekt vor den Frauen, mit denen ich arbeitete.

Julia war auf jeden Fall eine unabhängige Frau. Selbst in den Wochen nach unserem Date schrieb sie mir nicht ständig oder rief dauernd an. Sie antwortete auf meine

Nachrichten in ihrem eigenen Tempo und wirkte immer ganz schön beschäftigt. Sie schuftete sich im Büro den Arsch ab, weil sie sich gut fühlte und noch möglichst viele Verkäufe unterbringen wollte, bevor es Zeit für ihren Mutterschaftsurlaub war.

Obwohl ich es doch nicht geschafft hatte, eine Konferenz in ihrem Hotel zu organisieren, so hatte ich doch ein paar gut betuchte Freunde auf sie aufmerksam gemacht, die jetzt schon einige Events bei ihr gebucht hatten. Das war das Geringste, was ich tun konnte, um sie beim Erreichen ihrer Verkaufsziele zu unterstützen, bevor das Baby kam.

Draußen wurde es jetzt schon richtig eisig und der Boden war schneebedeckt. Julia sagte, es sei im Winter immer schwieriger, Verkäufe abzuschließen, weil die Kunden bei dem Wetter nicht so gerne vorbeischauten, um sich die Seminarräume anzusehen, sondern nur Fotos wollten. Alle warteten bis zum Frühling und machten dann schnellstmöglich ihre Reservierungen, aber Julia machte sich Sorgen, dass sie bis dahin zu weit in ihrer Schwangerschaft fortgeschritten sein könnte, um mit dem Ansturm an Interessenten fertigzuwerden.

Bei unserem letzten Gespräch über die Arbeit hatte sie mir erzählt, dass sie pro Tag über vierzig Anrufe bei Kunden und Interessenten machte. Ich hatte das Gefühl, dass sie sich selbst zu sehr unter Druck setzte, aber es war wohl nicht an mir, das zu beurteilen. Sie hatte klare Ziele für ihre Karriere und ich wollte nicht der sein, der ihr dabei im Wege stand.

Stattdessen bemühte ich mich, zu helfen, wo ich konnte. Ich ließ ihr jeden Tag ein köstliches gesundes Mittagessen ins Büro liefern. Ich bezahlte zwar anonym dafür, aber Julia wusste natürlich, dass ich dahintersteckte. Ich hatte in den letzten Wochen verzweifelt versucht, mal Zeit für ein langes Mittagessen oder ein frühes Dinner zu finden, aber es gelang mir einfach nicht. Das Geschäft brummte und nachdem wir nur zwei Ärzte waren, mussten wir uns beide mächtig reinknien, um die vielen Patientinnen betreuen zu können, bis wir uns im Herbst etwas Unterstützung verschaffen konnten.

„Heute ist der große Tag, Papi", scherzte Bruce und ließ sich auf die Couch in meinem Büro plumpsen.

„Ich weiß. Aber sie kommt mit ein paar Freundinnen. Ich werde einfach warten und danach mit ihr reden."

„Ihr gehts blendend. Sie war vor ein paar Wochen da. Der Herzschlag des Babys ist perfekt und sie isst gut und nimmt ausreichend zu. Es nervt mich, wenn Frauen während der Schwangerschaft versuchen, nicht zuzunehmen."

„Mich auch. Die machen sich viel zu viele Gedanken. Ein bisschen Polsterung ist eh nicht schlecht", zwinkerte ich Bruce zu.

„Aha, du und Julia trefft euch also gelegentlich im Schlafzimmer?"

„Von wegen. Nein, wir gehen es fürs erste langsam an", sagte ich und verdrehte die Augen. „Aber Mensch, was würde ich geben, um mir an ihr mal die Finger schmutzig zu machen. Sie sah fantastisch aus, als wir uns das letzte Mal gesehen haben. Zum Anbeißen", sagte ich und mein Körper reagierte allein schon bei dem Gedanken an Julia.

„Das wirst du bestimmt noch."

Ich wusste nicht genau, was Bruce da unterstellte. Vielleicht war es nur ein Witz, aber mir gefiel es nicht. Nahm er an, dass ich nur so weitermachte, um mich schließlich an Julia gütlich tun zu können? Denn ich hatte nicht vor, sie wieder in ein sexuelles Verhältnis zu drängen. Wenn sie nur so weitermachen und sonst nichts mit mir tun wollte, war mir das recht. Sie hatte mich beim letzten Date zwar noch zu sich eingeladen, aber es war mir nicht richtig erschienen. Wenn es ein echtes erstes Date gewesen wäre, hätte sie mich bestimmt nicht mit ins Bett genommen, das war mir klar.

Ich war wegen des bevorstehenden Ultraschalls lange nicht so nervös, wie Julia es wohl sein musste. In unseren Nachrichten hatte sie mir viel über das Strampeln des Babys und ihre Schwangerschaft im Allgemeinen erzählt, und ich hatte das Gefühl, dass es ihr sehr gut ging. Bald schon würde sie die ersten echten Tritte spüren und ich freute mich schon auf ihre Freude, wenn es soweit war.

Als Arzt hatte ich schon oft mit Frauen über das Treten gesprochen, aber ich hatte noch nie einer Frau so nahegestanden, die eine Schwangerschaft durchlief. Es war interessant für mich, das alles einmal ein wenig aus ihrer Perspektive zu sehen.

Als es drei Uhr nachmittags wurde, war ich immer noch schwer beschäftigt mit meinen Patientinnen und entschloss, weiterzuarbeiten, außer Julia fragte ausdrücklich nach mir. Ich hörte sie und ihre Freunde auf dem Gang vorbeipoltern, und selbst aus dem Ultraschallzimmer war der Aufruhr immer noch zu vernehmen, den die kleine Gruppe veranstaltete.

Es fiel mir schwer, nicht einfach hineinzuplatzen und mir das Ganze anzusehen. Aber Julia hatte mir nicht zurückgeschrieben und mich darum gebeten, also nahm ich an, sie wollte mich nicht unbedingt dabeihaben. Ich warf ein Auge auf das Zimmer, das Bruce gerade mit der Ultraschallassistentin betreten hatte.

„Ihr gehts gut“, versicherte mir Sheryl.

„Oh, ja, das weiß ich doch. Ich frage mich nur, ob sie das Geschlecht herausfinden wird.“

„Du solltest hineingehen."

„Nein, den Moment lasse ich ihr", sagte ich und schnappte mir die Akte meiner nächsten Patientin, bevor ich zu ihr und ihrem Mann ins Untersuchungszimmer ging.

Ich hatte mir antrainiert, die Außenwelt stummzuschalten, wenn ich bei einer Patientin war. Es gab immer etwas, worüber man sich hätte Sorgen machen können. Es war ständig irgendetwas mit dem Geschäft oder irgendein Aufruhr im Wartezimmer. Aber wenn ich bei einer Untersuchung mit einer Patientin war, tat ich immer mein absolut Bestes, mich nur dieser einen Person zu widmen.

Nach ein paar Minuten meiner Sitzung mit dem neuen Pärchen hörte ich einen Schrei. So etwas passierte hier nicht alle Tage. Außer in schlimmen Ausnahmesituationen, wie etwa wenn ein Baby keinen Herzschlag hatte oder bei einem Test schlimme Neuigkeiten herauskamen.

„Ich sollte besser nachsehen, ob es allen gut geht", sagte ich und entschuldigte mich aus dem Untersuchungszimmer, um zum Ultraschall zu eilen.

Ich hätte einfach mit ihr gehen sollen. Wieso war ich nur so ein Idiot?

„Ist schon gut. Alles ist gut", sagte Bruce, der direkt an der Tür stand, als ich hereingeplatzt kam.

„Was ist los?", fragte ich.

Julia starrte auf den Bildschirm und hatte nicht einmal bemerkt, dass ich ins Zimmer gekommen war. Sarah und Kendra hüpften herum und kreischten wie die Wilden. Die Assistentin machte ganz gelassen ihren Job und schrieb ein paar Messungen auf. Dann erst sah ich, worum es bei der ganzen Aufregung ging. Es waren zwei Babys!

Ich ging hinüber zu Julia und setzte mich neben sie. Ihre Hände lagen auf ihrer Brust und ich nahm eine davon, während ich mit ihr den Ausschnitt auf dem Bildschirm anstarrte. Man konnte das deutliche Klopfen von zwei Herzschlägen hören und ich wurde von Emotionen überwältigt, als ich sah, wie Julia zu mir aufblickte.

„Ich kriege Zwillinge“, sagte sie und eine Träne rollte ihre Wange hinab.

„Du machst jedenfalls keine halben Sachen, stimmts?“, sagte ich und gab ihr einen kleinen Kuss auf die Stirn.

„Gratuliere, ihr zwei“, sagte Bruce, der am Fußende von Julias Liege stand.

Wir starrten weiterhin wie gebannt das Bild an, während die Assistentin den Winkel verschob und die Informationen für ihren Bericht zusammensammelte. Julia sah dabei allerdings ziemlich blass aus und sagte kein Wort.

„Gehts dir gut?”, fragte ich.

„Alter, ich glaubs ja nicht. Das ist fantastisch. Zwillinge, das ist doch der Jackpot. Weißt du denn jetzt, welches Geschlecht sie haben? Sollen wir eine Party zur Lüftung des Geheimnisses schmeißen? Da könnte ich dir helfen, mit Partys kenn ich mich total aus“, sagte Kendra.

„Nein, ich glaube, das möchte sie nicht wissen“, sagte ich, als ich begriff, dass Julia überhaupt nichts von alledem gehört hatte. „Aber schreiben sie es auf und geben sie ihr einen Umschlag mit, für später“, sagte ich zur Assistentin.

Kendra und Sarah waren immer noch aufgeregt wie Schulmädchen, aber mit Julia stimmte etwas nicht, das wurde mir allmählich klar. Sie war weder glücklich noch traurig. Stattdessen starrte sie mit leerem Blick auf den Ultraschallbildschirm, obwohl die Untersuchung schon vorbei war.

„Mädels, ich glaube, sie braucht einen Augenblick Ruhe. Vielleicht bring ich sie am besten später nach Hause?“

„Klar, sie wohnt jetzt eh in der neuen Wohnung. Vorgestern haben sie ihr Zeug rübergebracht“, antwortete Kendra.

„Perfekt. Ich kümmere mich um sie. Danke, Ladies.“

„Das wird großartig“, sagte Kendra und bückte sich, um Julia zu umarmen.

„Wir helfen dir, wann immer du uns brauchst“, fügte Sarah hinzu. „Ist doch super. Denk nur mal an die vielen süßen Bilder, die du haben wirst, und die Spaziergänge im Park. Das wird toll“, sagte sie noch und wartete auf irgendeine Reaktion von Julia, doch da kam nichts.

Julia schaffte es kaum, ihre Freundinnen zu umarmen, und nachdem ich ihr hatte aufhelfen müssen, machte ich mir echt Sorgen um sie. Ihr Blick war immer noch verloren, sie war komplett blass und ich dachte, sie würde jeden Augenblick ohnmächtig werden.

„Julia, ich muss es wissen, wenn du dich nicht gut fühlst“, sagte ich und stellte mich direkt vor ihr auf.

Sie nickte, aber ich glaubte ihr keine Sekunde lang. Diese Reaktion kannte ich zur Genüge. Das passierte in der Regel, wenn eine Singlefrau Mutter zu werden beschloss und dabei nicht in Betracht zog, dass der Körper auch mehr als nur ein Baby auf einmal produzieren konnte. Wenn Paare wegen Fruchtbarkeitsproblemen zu mir kamen, freuten sie sich meisten riesig über Mehrlinge. Außer natürlich mein Lieblingspärchen, Nathan und Mary. Sie hatten schon zehn Jahre lang versucht, ein Kind zu bekommen, und ihr ganzes Geld dafür ausgegeben. Als sie dann erfuhren, dass sie Drillinge bekommen würden, obwohl sie immer noch in ihrer winzigen Wohnung in Queens lebten, waren das nicht gerade erfreuliche Nachrichten.

„Sheryl, würdest du bitte kurz bei Julia bleiben?“, rief ich auf den Gang hinaus.

Sie war sofort da und stellte sich an meiner Stelle zu Julia, während ich losflitzte, um das Nötigste für sie zu holen. Ich richtete ihr einen angenehmen Liegeplatz auf der Couch in meinem Büro ein, holte ein paar Snacks aus dem Kühlschrank und etwas Gatorade zu trinken. Ich holte auch ein Infobüchlein über Mehrlinge und Alleinerzieher, das wir aufgenommen hatten, nachdem das hier immer wieder mal vorgekommen war. Dann eilte ich zurück zu Julia und Sheryl half mir, sie in mein Büro zu bringen.

„Ruh dich hier aus. Iss etwas. Ich muss mich noch um ein paar Patientinnen kümmern. Sheryl und ich sind aber gleich da draußen, falls du irgendetwas brauchst", sagte ich und setzte sie auf die Couch.

Julia lehnte sich zurück, aber sie reagierte immer noch nicht wirklich auf mich. Als ich zur Tür hinausging, starrte sie weiterhin die Wand an. Ich ließ einen Spalt offen, damit ich besser nach ihr sehen konnte.

„Sie sieht nicht gut aus", flüsterte Sheryl.

„Ja, schätze, sie hat wohl nicht aufgepasst, als wir vor der Befruchtung über die Wahrscheinlichkeit von Mehrlingen gesprochen haben."

„Hat sie Hormone genommen?"

„Wenn, dann nur die schwächste Dosierung kurz vor der Befruchtung. Aber es sah aus wie eineiige Zwillinge, soweit ich das auf dem Ultraschall erkennen konnte. Gleiche Fruchtblase."

„Mädchen oder Jungs?", fragte Sheryl.

„Ich konnte nicht genau nachsehen. Aber ich denke, sich überraschen zu lassen könnte auch ganz gut für sie sein", sagte ich, bevor ich schnell wieder zu meinem Paar ging, das ich zuvor hatte sitzenlassen.

Ich entschuldigte mich ausgiebig, bevor wir unsere

Besprechung schließlich fortsetzten. Gottseidank waren sie sehr verständnisvoll wegen der Unterbrechung und wir konnten den Termin recht zügig zu Ende bringen. Ich hatte noch vier weitere Patientinnen an diesem Nachmittag und achtete darauf, zwischendurch immer wieder mal durch den Spalt in mein Büro zu schauen, um nach Julia zu sehen.

Sie hatte sich irgendwann flach auf die Couch gelegt, ein paar der Snacks gegessen und einen Schluck getrunken. Als ich endlich mit meinem Arbeitstag fertig war und die Tür zum Büro aufmachte, schien sie zu schlafen. Aber als ich mich zu ihr aufs Sofa setzte, bemerkte ich, dass sie ganz und gar nicht schlief. Sie weinte leise in das Kissen, dass sie eng umschlungen an sich drückte. Julia sah so traurig aus, so vollkommen niedergeschlagen.

Kapitel 17

Julia

Ich konnte es nicht fassen. Ich wusste von niemandem in meiner Familie mit Zwillingen. Das hatte ich noch nicht einmal in Betracht gezogen während der ersten Untersuchungen. Ich hatte nur ein paarmal die Hormone genommen, die mein anderer Arzt mir verschrieben hatte, und er hatte gemeint, die wären überhaupt nicht stark. Er sagte nur, die Hormone würden dafür sorgen, dass auch sicher jeden Monat ein fruchtbares Ei freigesetzt würde.

Eine Singlemutter zu sein hatte noch so aufregend geklungen, als es nur um ein Baby gegangen war. Ich hatte mich mit all der Verantwortung arrangiert. Aber an die Möglichkeit eines zweiten Kindes hatte ich nicht gedacht.

Ich hatte mich selbst in diese Lage gebracht und jetzt hatte ich keinerlei Ausweg mehr. Irgendwie musste ich den Mut finden, mich dem zu stellen, aber ich fühlte mich einfach überwältigt. Ich konnte kaum atmen. Ich konnte nur daran denken, wie das alles zum Desaster werden würde und wie die Zeit, auf die ich mich als junge Mutter gefreut hatte, plötzlich nichts als Chaos und Stress für mich bringen würde. Ich würde nie wieder schlafen können, weil sie mich jede Nacht wachhalten würden. Wie sollte ich jemals meine Karriere fortsetzen können, wenn ich mich gleichzeitig um Zwillinge kümmern musste? Irgendwann würde ich bestimmt auch noch fett werden, weil ich nicht mehr auf mich selbst würde schauen können.

Ich schluchzte leise in Mikes Büro vor mich hin, bis er mit der Arbeit fertig war und mich besuchen kam. Ich konnte mit dem Weinen immer noch nicht aufhören, als er sich neben mich setzte und mein Bein zu streicheln begann. Im Gegenteil, ich musste davon nur noch mehr heulen.

„Wieso weinst du denn? Das ist doch toll. Du wirst zwei wunderschöne Babys haben”, sagte er behutsam.

„Ich weiß, ich sollte mich freuen. Ich weiß! Aber wie soll ich mich denn um zwei Babys kümmern? Ich hätte ja schon genug Probleme mit nur einem gehabt“, sagte ich unter Tränen.

„Das ist genau dasselbe wie bei einem Baby, du machst einfach nur alles doppelt.“ Mike versuchte fröhlich zu sein, aber das machte mich nur noch verzweifelter.

„So war das nicht geplant“, brachte ich schließlich hervor.

„War es denn geplant, dass du mich kennenlernst?”, fragte Mike und beugte sich zu mir vor, um sein Gesicht ganz dicht an mich heranzubringen. „Manchmal laufen die Dinge nicht wie von dir geplant, aber sie werden am Schluss trotzdem oft verdammt gut. Und diese Babys, die du da bekommst, werden unerträglich süß werden, weil sie nämlich meine Gene haben“, sagte er unbeeindruckt, bis ich schließlich doch ein wenig lächeln musste.

„Das ist nicht lustig, Mike. Wie soll ich mich denn um zwei Babys kümmern?“

„Das schaffst du schon. Du bist eine der smartesten Frauen, die ich kenne. Ich kann mir nicht vorstellen, dass du an zwei kleinen Babys scheiterst. Du wirst an der Herausforderung wachsen. Du wirst das absolut Beste daraus machen. Und ich hab so eine Ahnung, dass du gar kein Problem mehr mit Zwillingen haben wirst, wenn du die kleinen Knöpfe erstmal kennengelernt hast.“

„Danke“, sagte ich und setzte mich auf, um mir die Tränen wegzuwischen. „Momentan ist es einfach schwer, an etwas anderes als den Stress zu denken.“ Genau genommen war es praktisch unmöglich, an etwas anderes zu denken. Aber dass Mike da war, um mich aufzumuntern, half mir trotzdem sehr. Er blieb bei mir und wir aßen noch etwas von den Snacks, redeten stundenlang über meine Sorgen und Ängste, weil ich bald zwei Kinder in die Welt setzen würde.

Manche der Dinge, über die ich mir sorgen machte, waren ganz logisch. So wie etwa die Frage, wie ich ein Kindermädchen bezahlen sollte und wie ich zwei Kinderbetten in meiner kleinen Wohnung unterbringen sollte. Dann gab es natürlich auch noch Dinge, die weniger logisch waren, wie etwa die Frage, wie groß meine Möpse werden würden, wenn ich stillen wollte. Oder wie viel unterschiedliches Essen ich immer im Haus haben würde müssen, wenn sie mal Teenager waren und nicht dieselben Sachen mochten. Meine Gedanken rotierten wie wild, wenn ich daran dachte, zwei Babys großziehen zu müssen, die dann zu zwei kleinen Kindern werden würden, zwei Teenagern, zwei Erwachsenen.

„Wie wäre es, wenn wir uns zuerst aufs Hier und Jetzt konzentrieren, bevor wir uns um die Essgewohnheiten von Teenagern Sorgen machen?“, fragte Mike mit einem angedeuteten Grinsen. „Eins nach dem Andern. Fürs Erste solltest du dich mal aufs Entspannen konzentrieren. Der ganze Stress ist nicht gut für die Babys oder für dich.“

„Entspannen! Ich weiß nicht einmal mehr, wie das geht. Ich bin gerade erst in meine neue Wohnung eingezogen und ich finde überhaupt nichts mehr zwischen all den Kartons. Ich hab noch nicht einmal mein Bett aufgebaut.

Ich hab gestern einfach mit der Matratze auf dem Boden geschlafen”, lachte ich.

„Also das ist etwas, bei dem ich dir helfen kann. Wie wäre es, wenn ich einen Zwischenstopp im fünfzehnten Stockwerk mache und dir ein bisschen beim Einziehen helfe, damit du dich besser ausruhen kannst?“

Das war das Netteste, was Mike mir hätte anbieten können. Ich wollte die ganzen schweren Holzteile meines Bettes nicht herumschleppen und ich war noch nicht dazu gekommen, Kendra und Sarah zu mir zu bitten, um mir dabei zu helfen.

„Perfekt. Und wir sollten uns auf dem Nachhauseweg etwas zu essen holen, ich bin am Verhungern”, sagte ich und schaute auf den Haufen Knabbereien, die wir zuvor gefuttert hatten.

„Na klar“, sagte Mike und machte nicht einmal eine Anmerkung zu dem ganzen Zeug, das ich schon verschlungen hatte. „Ich bin auch am Verhungern.“

Ich glaubte nicht, dass das der Wahrheit entsprach, aber es war wirklich lieb von ihm, das zu sagen, damit ich mich nicht schlecht fühlen musste. Mike besorgte uns einen Wagen und wir düsten schnell zu meinem Lieblingsinder, um uns etwas zum Mitnehmen zu holen, bevor wir weiter zu unserem Wohnhaus fuhren.

Das Gebäude fühlte sich noch nicht wirklich wie mein Zuhause an, aber es war so schön, durch die Eingangstür zu kommen und vom Portier angelächelt und gegrüßt zu werden. Ich würde mich hier wohlfühlen, das war mir von Anfang an klar gewesen.

Der Aufzug war rundum verspiegelt und als wir einstiegen, bemerkte ich zum ersten Mal, wie sehr man meinen Bauch bereits sah. Ich drehte mich um und bewunderte die wachsende Kugel im Spiegel, während Mike neben mir stand und dasselbe tat.

„Du wirst jetzt ziemlich schnell runder werden. Die zwei Kleinen werden in den nächsten paar Wochen ganz schön wachsen.“

„Ich kanns gar nicht glauben, dass ich nicht selbst bemerkt habe, dass es Zwillinge sind. Sollte ich nicht längst noch dicker sein? Esse ich nicht genug?"

„Es ist deine erste Schwangerschaft, da sieht man bei den meisten Frauen nicht so schnell etwas. Ich denke, du machst alles genau richtig."

Ich hob mein Oberteil ein wenig hoch und betrachtete die Rundung meines Bauches von der Seite. Es war unglaublich, dass da gerade zwei menschliche Wesen in mir heranwuchsen. Plötzlich fühlte ich mich wieder viel zufriedener mit der ganzen Situation. Natürlich war ich immer noch überwältigt und wusste nicht so recht, wie das alles gehen sollte. Aber die Natur war eine mächtige Kraft und ich würde schon klarkommen, wenn die zwei Kleinen endlich da waren.

„Haben sie denn gesagt, was das Geschlecht ist?", fragte ich, weil ich von der Ultraschalluntersuchung überhaupt nichts mitbekommen hatte.

„Ich hab ihr gesagt, sie soll es aufschreiben und in diesen verschlossenen Umschlag geben. Willst du ihn aufmachen und nachsehen?"

„Oh, wow." Ich nahm ihm den Umschlag aus der Hand und hielt mich einfach daran fest. Jetzt wollte ich wirklich wissen, was ich bekommen würde. „Ich werde zweimal so viel planen und dekorieren müssen. Vielleicht sollte ich nachsehen, damit ich schon mal anfangen kann."

„Vielleicht", sagte er, um mir nicht zu widersprechen.

„Aber wäre es nicht aufregend, es erst herauszufinden, wenn sie zur Welt kommen? Ich meine, du hast schon recht, das wäre eine tolle Überraschung. Die Vorstellung gefällt mir auch."

„Du hast noch genug Zeit, darüber nachzudenken. Wir

sollten ihn vorläufig einfach in eine Küchenschublade legen und dann kannst du dich später immer noch entscheiden. Heute Abend sollten wir essen, dein Bett aufbauen und dafür sorgen, dass du gut schläfst, damit du dich entspannen kannst.“

„Oder etwas anderes, damit ich mich entspannen kann“, sagte ich augenzwinkernd, als wir aus dem Fahrstuhl ausstiegen.

Mike lächelte nur zurück, als ich mit ihm kokettierte. Aber die Vorstellung, seine Hände auf mir zu spüren, wirkte tatsächlich sehr entspannend auf mich. Ich würde nicht nein sagen, sollte es zwischen uns heiß werden. Ich hoffte sogar darauf, dass uns ein bisschen heiß werden würde, sobald wir mit der Arbeit am Bett anfingen.

Diese ganzen Hormone, die in meinem Körper tobten, ließen mich einfach ständig an Sex denken. Es schien mir keine logische Sache zu sein, dass der weibliche Körper immer noch so viel Sex wollte, auch nachdem man ohnehin schon schwanger war, aber vielleicht hatte die Natur das so gewollt, weil sich Paare dann nicht um Verhütung sorgen mussten, wenn die Frau bereits schwanger war. Allerdings war Verhütung ja auch ein neuzeitliches Phänomen und die Natur wollte ja eigentlich nur möglichst viele Babys, also hatte ich genau genommen keinen Plan.

„Lass uns essen“, knurrte ich beinahe, als wir in die Wohnung kamen und zum Tresen gingen, wo ich ein paar gepolsterte Stühle hatte.

„Kein Tisch?”, fragte Mike und sah sich in meinem Chaos um.

„Ich habe, glaub ich, keinen Platz dafür. Wo sollte ich den denn hinstellen?“

„Ans Fenster natürlich.” Er stand an der Scheibe und schaute sich meine Aussicht an. „Ich glaube, es würde dir bestimmt gefallen, nach dem Aufwachen hier drüben dein Frühstück zu nehmen. Aber du hast ja auch keine Couch und keinen Fernseher. Was ist denn in den ganzen Kartons?“

„Ich hab nicht viele eigene Möbel. Unsere Wohnzimmergarnitur war von Kendra. Ich hab nur mein Schlafzimmerzeug. Die Kartons da sind voll mit dem ganzen Krempel, den ich in der Wohnung und der Küche verstreut gehabt hatte. Ich hätte ein paar von den Sachen wegwerfen sollen, aber ich wollte mir keine Gedanken darüber machen, wieviel ich würde neu kaufen müssen.“

In Wahrheit mochte ich das meiste von meinem Zeug nicht mehr wirklich, aber ich hatte gehofft, dass sich das nochmal ändern würde, sobald ich die Sachen in die neue Wohnung brachte. Ich war keine besonders sentimentale Person, aber ich wollte nichts wegwerfen, von dem ich mir später wünschen würde, ich hätte es behalten. Ich hatte mir vorgenommen, die Kartons einfach nach und nach durchzugehen und meine neue Wohnung besser zu planen.

Ich hatte gehofft, etwas modernere Möbel fürs Wohnzimmer kaufen zu können und mir ein trendiges Kinderbettchen für den Erker zu besorgen. Aber jetzt würde ich zwei Babybetten benötigen und das veränderte alles. Jetzt würde ich mein Geld wohl für Babysachen sparen müssen und konnte es nicht für Wohnzimmermöbel ausgeben.

„Das sieht hier ziemlich geräumig aus für eine Einzimmerwohnung. Ich finde, du hast eine gute Wahl getroffen“, sagte Mike, während wir am Küchentresen saßen und unser Essen aßen.

„Ich weiß. Es war ein Schnäppchen”, sagte ich, während ich Curry in meinem Mund schaufelte.

Dass ich jetzt wusste, dass ich mit Zwillingen schwanger

war, machte meinen ständigen Fressdrang viel einleuchtender. Ich hatte in den letzten paar Wochen immer gefürchtet, viel zu viel zu essen. Das Problem war nur, dass ich dauernd Hunger hatte. Ich wollte ununterbrochen essen und Sex haben. Und jetzt wo ich mein Essen hatte, wollte ich als nächstes Mike ins Bett schleifen.

Sosehr mir die Vorstellung auch gefiel, mit ihm in die Kiste zu steigen, ich würde den Plan nicht mit allzu viel Eifer verfolgen. Die Dinge zwischen uns standen wirklich gut und es konnte ziemlich viel schiefgehen, wenn ich ihn jetzt unter Druck setzte. Ich würde mich zurücklehnen und einfach mal schauen, wie sich die Sache entwickelte.

Mike bekam eine Nachricht auf sein Handy, die ihn ziemlich zu irritieren schien. Ich saß nur da und wartete, ob er mir erzählen würde, was los war, aber er war so versunken im Hin- und Herschreiben, dass ich ihn nicht unterbrechen wollte.

Etwas war nicht in Ordnung. Wer auch immer ihm da geschrieben hatte, es waren ganz und gar keine guten Nachrichten. Ich aß weiter mein Abendessen, bis er seine Unterhaltung beendet hatte.

„Sorry, nur was für die Arbeit. Es hat ein paar rechtliche Probleme wegen der Erweiterung gegeben. Diese Sache ist sowas von stressig. Und jemand, mit dem wir ein Bewerbungsgespräch geführt haben, hat der Ärztekammer etwas gesteckt, wie so eine kleine Petze. Unser Anwalt hat es im Griff, weil wir nichts Illegales getan haben, aber ich mach mir trotzdem ein wenig Sorgen."

„Was hat er denn verraten?"

„Oh, Bruce hat einen Witz gemacht, dass er nebenbei für Geld Sperma spendet. Und der Schnösel hielt das irgendwie für illegal oder unethisch oder was auch immer. Ich hatte mir dabei nichts gedacht, aber der Anwalt hat gerade geschrieben, dass die Ärztekammer jetzt eine offizielle Prüfung bei Bruce und mir verhängt."

„Was wir getan haben war nicht legal?"

„Es war legal. Da bin ich mir einhundertprozentig sicher. Ich glaube, der fragliche Teil ist, wenn ein Arzt einer Fruchtbarkeitsklinik an seine eigene Patientin spendet. Bruce steckt wahrscheinlich in mehr moralischen Schwierigkeiten als ich. Aber du hast ihn ja als Arzt behalten, ich glaube also nicht, dass ich deswegen Probleme bekomme."

„Aber das könnte Auswirkungen auf deine ganze Praxis haben, oder nicht?", sagte ich und machte mir ziemliche Sorgen um Mike und seine Expansionspläne.

„Ich kann das Ausmaß der Konsequenzen noch nicht wirklich abschätzen, aber ich glaube, jetzt darüber zu reden, wird dir nicht gerade beim Entspannen helfen. Ich lass es dich wissen, wenn es zu der ganzen Sache etwas Neues gibt."

Es stresste mich schon, dass Mike jetzt irgend so eine Untersuchung im Haus haben würde. Er sah allerdings so aus, als hätte er die Sache fast schon wieder vergessen und steckte das Handy wieder weg, um seinen Teller aufzuessen.

Oh, wie schön es doch wäre, die Art von Persönlichkeit zu sein, die solche Dinge einfach so abstreifen konnte. Im einen Moment hatte er noch total nervös gewirkt und im nächsten war alles vergessen und er ließ sich sein Essen schmecken.

Als er fertig war, gingen wir ins Schlafzimmer. Ich hatte im ganzen Raum Kartons verteilt, aber die Teile des Betts waren schon grundsätzlich an ihrem Platz ausgelegt. Ich war auch organisiert genug gewesen, alle Schrauben und Bolzen in einem Beutel zu sammeln und mit dem nötigen Werkzeug neben das Bett zu legen.

„Das wird nicht lange dauern. Du wirst vielleicht das

Kopfende für mich halten müssen, während ich die Teile zusammensetze.“

„Das schaff ich“, sagte ich und stellte mich ans Kopfende, um die Teile zusammenzuhalten.

Mike benutzte einen Karton, um die länglichen Latten für das Bett zu stabilisieren und setzte den Rahmen mit flinken Fingern zusammen. Kurz darauf hatte er auch schon den Lattenrost befestigt und nach weniger als dreißig Minuten warf er meine Matratze aufs Bett und war fertig.

Ich war mir sicher, dass die Mädchen und ich Stunden gebraucht hätten, um das Ding zusammenzusetzen. Auch wenn es nicht wirklich schwer aussah, hätten wir drei es bestimmt hingekriegt, gemeinsam ein riesen Chaos anzurichten.

„Hast du Bettbezüge? Ich kann dir noch helfen, die überzuziehen” bot er an.

„Jap.” Ich schnappte mir mein gutes Bettlaken, das ich mir übers Hotel besorgt hatte, und warf es übers Bett zu Mike hinüber. „Ich liebe das Teil. Es ist sowas von weich. Als würde man in einer Hotelsuite übernachten.”

“Sind das Hotelbezüge? Haben Sie die gestohlen, Miss Rivas?”, fragte er mit ernstem Gesichtsausdruck.

„Ich würde dazu nicht gerade stehlen sagen. Ich hab mal erwähnt, dass ich die Bettbezüge in unseren Zimmern sehr mag und eines Morgens tauchte dann ein Satz davon in meinem Büro auf. Ich habe das nicht hinterfragt“, lachte ich. „Manchmal muss man den Dingen einfach ihren Lauf lassen.“

„Die sind tatsächlich sehr weich“, sagte er und rieb seine Hände daran, nachdem wir das Bett gemacht hatten. „Ich wette, du schläfst heute ganz hervorragend.“

Ich ging ums Bett herum und stellte mich neben Mike.

Wir waren uns nahe. Näher als gut war, wenn wir unsere Beziehung auf der platonischen Ebene beibehalten wollten.

„Wie fühlst du dich?", fragte ich ihn.

Er lachte. „Ich glaube, das müsste ich dich fragen."

„Oh, mir gehts hervorragend."

„Ja?", fragte er und zog mich an sich. „Sicher, dass du dich gut fühlst?"

„Jap."

Seine Augen blickten tief in meine und wir standen nur so da, die Körper aneinandergepresst. Mike hatte eine beruhigende Wirkung auf mich. Es war, als würde ich nach Hause kommen. Ihn hier bei mir in der Wohnung zu haben, sorgte schon dafür, dass ich mich weniger gestresst fühlte ob der ganzen Unsicherheit, die auf mich zukam.

Seine Hände rieben meine Arme und dann kamen wir aufeinander zu, um uns sanft zu küssen. Er bewegte sich langsam und sinnlich, als wir uns küssten und dabei berührten, während wir beide aufs Bett kletterten und uns hinlegten, um dort noch ein bisschen weiter zu knutschen.

Mikes Hände waren weich und er strich mit einer von ihnen sanft über meinen Bauch, während wir uns küssten. Es fühlte sich schön an und steigerte mein Verlangen nach ihm nur noch mehr. Ich musste ihn haben.

Er hob mein Shirt hoch und zog es mir über den Kopf, woraufhin er meinen Bauch mit Küssen bedeckte. Seine Küsse waren behutsam und doch fest, und er hielt sogar kurz inne, um sein Ohr auf mich zu legen und zu prüfen, ob er etwas hören konnte.

„Irgendwelcher Aufruhr da drin?", lachte ich.

„Nö, alles ruhig."

Mike rollte mich herum und knipste meinen BH auf, um

mit dem Gesicht in meinen geschwollenen Brüsten abzutauchen. Sie mussten inzwischen wohl auf die doppelte Größe gewachsen sein. Sie waren so geschwollen und groß, dass es mich auch viel empfindlicher machte als zuvor. Als Mike an meinen Nippeln sog, stöhnte ich deshalb vor Lust gleich laut auf.

„Mmmm, ja“, machte ich und drückte meinen Rücken durch, um meinen Körper noch mehr an ihn zu drücken.

„Du bist so sexy“, knurrte er und machte sich dann über die andere Brust her.

Mike spielte und nuckelte noch eine Weile an meinen Möpsen, bevor er seine Aufmerksamkeit schließlich darauf lenkte, mich zu lecken. Und da unten war ich auch geschwollen. Mein ganzer Körper hatte wohl erhöhten Blutdruck und ich spürte die Genugtuung sofort, als seine Zunge auf meine nackte Mitte traf.

So schnell baute sich die Lust in mir auf, wie ich es nie zuvor gespürt hatte. Minuten nachdem mich seine Zunge zum ersten Mal berührt hatte, schnappte ich bereits nach Luft, weil sich ein Orgasmus ankündigte.

„Komm her“, sagte ich und zog ihn an den Haaren.

„Jetzt?”, fragte er und hielt nur einen Moment lang inne. „Jetzt gleich? Wo sind die Kondome?”

„Ja, ich will dich jetzt sofort in mir, scheiß auf die Kondome“, drängte ich und zog seinen Kopf einfach zu mir hoch.

Er beeilte sich und riss sich die Hosen hinunter, bevor er sich über mich beugte. Sein Körper presste sich langsam in mich und ich schloss die Augen, um das Gefühl hereinzulassen, dass mich vor Erregung füllte. Bald schon stieß ich fest gegen ihn und sein Teil, weil ich mehr und mehr von ihm wollte. Ich konnte gar nicht genug kriegen.

Ich konnte das Gefühl nicht finden, nach dem ich mich sehnte, bis Mike seine Hüften ein wenig verschob.

„Da, wie ist das?”, fragte er und machte langsam weiter, während er seinen Körper an mir rieb und in mich vorstieß.

„Ja“, ächzte ich.

Es war die Perfektion. Sein Körper traf mein Lustzentrum mit seinen Bewegungen und mein ganzes Inneres vibrierte vor Verlangen. Mit den Händen hielt ich Mike fest und benutzte die Beine, um mich besser gegen ihn ziehen zu können, während wir heftig Liebe machten. Wir küssten uns süß und sanft, als ich endlich den erlösenden Orgasmus hatte, dicht gefolgt von Mikes eigener Explosion.

Unsere Nacht war unglaublich und ich fühlte mich so entspannt wie seit Monaten nicht, als ich mich in seinen Armen einkuschelte. Er zog die Decke über uns und küsste meine Stirn, bevor wir gemeinsam einschliefen.

***

In den nächsten Wochen waren Mike und ich ziemlich unzertrennbar. Wir besuchten uns oft in unseren jeweiligen Apartments, manchmal schliefen wir aber auch allein. Wir gingen gemeinsam shoppen und schrieben uns am laufenden Band.

Er war wahnsinnig mit Arbeit eingedeckt und ich genauso, aber wir gaben uns trotzdem Mühe, uns während der Woche regelmäßig sehen zu können. Dabei half es auf jeden Fall, dass wir im selben Haus wohnten. Manchmal war Mike erst kurz vor Mitternacht mit der Arbeit fertig, aber selbst dann schrieb er mir noch, ob ich irgendetwas brauchte, bevor er zu Bett ging.

Wir hatten unsere Beziehung noch nicht offiziell

definiert, aber was auch immer es war, es lief gut. Zweieinhalb Monate lang führten wir quasi eine ganz normale Beziehung, außer dass sich unsere Gespräche oft um meinen wachsenden Bauch und die Babys drehten, die bald zu uns stoßen würden.

Uns. Das Wort verwendeten wir in letzter Zeit häufig. Nicht in dem Sinn, dass Mike irgendwie für die Babys verantwortlich sein würde. Ich gab immer darauf Acht, nichts Derartiges von ihm zu verlangen. Aber er sprach davon, dass wir alle gemeinsam spazieren gehen würden und uns zusammen die Stadt ansehen sollten. Er wollte sich mehr einbringen, als ich erwartet hatte, aber mir war klar, dass wir irgendwann noch ein ernstes Gespräch darüber würden führen müssen, wie unsere Situation aussehen sollte, sobald die Zwillinge einmal da waren.

Ich wollte auf jeden Fall vermeiden, dass es wieder zu Missverständnissen zwischen uns kam. Aber die Sache anzusprechen löste bei mir auch jede Menge Beklemmung aus, deshalb wollte ich nichts sagen, solange alles so schön und einfach war.

Was sonst noch so vor sich ging, war unser Sexleben. Wir entdeckten allerhand aufregende Positionen und hatten einen Haufen Spaß im Schlafzimmer. Mit meinem dicken Bauch fühlte ich mich sexuell befreiter, als ich es mit den flachen Bauchmuskeln je gewesen war. Mein wachsender Umfang schien sein Verlangen für mich nur noch mehr anzustacheln, was mich im Gegenzug total antörnte. Er wurde jedes Mal sofort hart, wenn wir auch nur andeutungsweise übers Liebemachen redeten. Er brauchte nur den kleinsten Hinweis und schon fiel er schonungslos über mich her. Ich hatte noch nie im Leben so viele Orgasmen gehabt. Wir harmonierten gut. Die Chemie zwischen uns war völlig irre und je mehr Zeit ich mit Mike verbrachte, desto mehr wollte ich bei ihm sein.

Er machte die ganze Schwangerschaft weniger stressig für mich. Durch ihn freute ich mich jetzt darauf, Zwillinge zu haben und der Zukunft ins Auge zu blicken. Er achtete jedoch darauf, nicht zu unterstellen, dass er der Vater der Kinder sein würde. Natürlich war er der genetische Vater, aber er vermied es, irgendwie zu erwähnen, dass er für sie sorgen würde oder jeden Tag bei ihnen sein wollte.

Als der März ins Land zog, war ich dick wie ein Linienbus, oder zumindest fühlte ich mich so. Wir planten, uns mit Mikes Freunden Nathan und Mary zu treffen, das Paar mit den Drillingen. Ich freute mich schon so darauf, bald die Babys kennenzulernen. Noch vierzehn Wochen und ich würde die idealen vierzig Schwangerschaftswochen voll haben, aber Doktor Simon hatte gesagt, dass es auch schon hervorragend wäre, wenn ich sechsunddreißig schaffte. Oft konnten Frauen mit Zwillingen sie einfach nicht für die vollen vierzig Wochen drinnen behalten.

Ich war festentschlossen, so gut wie irgend möglich für meine ungeborenen Kinder zu sorgen. Wenn ich mich dafür mehr ausruhen musste, tat ich das. Wenn ich mehr Grünfutter zu mir nehmen musste, tat ich das. Ich tat alles, was nötig war, um die Schwangerschaft so lange wie möglich fortzusetzen und meinen zwei kleinen Süßen einen guten Start ins Leben zu ermöglichen.

Kapitel 18

Mike

„Zeit fürs Double Date", polterte ich und ließ mich mit meinem eigenen Schlüssel in Julias Apartment. Ich klopfte leicht und trat ein, aber sie wusste ja, dass ich kommen würde. Wir hatten endlich einen Termin mit Nathan und Mary zustande gebracht, um uns mit ihnen über die Freuden einer Mehrlingsbrut zu unterhalten. Sie waren so ein tolles Paar und ich freute mich darauf, was sie zu sagen hatten, um Julia zu helfen und ihr Tipps für ihre neue Aufgabe zu geben.

„Ich gehe nicht", hörte ich Julia im Schlafzimmer mit erstickter Stimme sagen.

„Wovon redest du? Du hast dich doch gefreut...", ich hielt inne, als ich sie unter der Decke versteckt fand und musste mich zusammenreißen, um nicht loszulachen. „Julia, was tust du da?"

„Ich gehe nicht mit. Ich sehe scheußlich aus", sagte sie und streckte den Kopf nur einen Augenblick lang unter der Decke hervor.

„Ich weiß zufällig, dass das nicht wahr ist. Du siehst toll aus. Du hast noch sechs Wochen, Schatz. Du kannst dich nicht eineinhalb Monate lange hier drin verstecken."

„Ich kann und ich werde."

„Julia, wir versuchen schon seit Monaten, etwas zu vereinbaren, das für uns alle passt. Komm schon, wir sollten uns anziehen und ins Restaurant gehen. Es ist sicher schwierig für sie gewesen, einen Babysitter für Drillinge zu finden.“

„Spiel nicht die Schuldkarte aus“, sagte sie und kroch schließlich doch unter der Decke hervor. „Ich habe nichts mehr, das mir noch passt. Und wenn es mir passt, sehe ich damit aus wie ein Bus.“

„Wie wäre es mit diesem Kleid hier? Das ist schön luftig, das passt sicher gut.“

„Bus.“

„Okay, diese Leggings mit diesem Oberteil“, versuchte ich es weiter.

„Bus.“

„Vielleicht musst du dann eben einfach als Bus gehen“, sagte ich, frustriert über ihre Sturheit. „Aber wir müssen wirklich los. Ich will sie nicht zu lange warten lassen.“

„Schön“, brummte sie mich an und ich verließ das Zimmer, damit sie endlich aufstehen und sich anziehen würde.

Julia warf sich das erste Kleid über, das ich vorgeschlagen hatte, und wurschtelte sich die Haare in einem wilden Knoten zusammen. Als sie herauskam, sah sie absolut bezaubernd aus, abgesehen von ihrem mürrischen Gesichtsausdruck natürlich.

„Also bitte“, sagte sie. „Gehen wir.”

„Du bist wunderschön.” Ich blieb stehen, um sie für einen Kuss heranzuziehen, aber sie schob mich weg.

„Lass das, du bist schön und ich werde dich jetzt küssen.“

Zum Schluss lächelte sie doch noch ein bisschen und ließ es geschehen. Dann gefiel ihr das Küssen plötzlich so gut, dass sie die Arme um mich legte und kurz darauf knutschten wir wild herum. Ihre Hormone konnten sie völlig willenlos machen, und in jeder anderen Situation hätte ich sie nur zu gern zu Bett gebracht und das ausgenutzt, aber wir waren spät dran und mussten wirklich loskommen.

Ich schob sie so sanft wie möglich von mir weg und nahm ihre Hand in der Hoffnung, dass sie nicht allzu emotional darauf reagieren würde. Die Hormone und Emotionen einer schwangeren Frau waren für uns Männer gefährliche Klippen zum Umschiffen.

Manchmal fragte ich mich, wie sie und ich wohl den Rest dieser Prozedur überstehen würden. Manchmal war es richtig haarig, wenn wir uns in kleine Zankereien verstrickten, wo ich doch nur für Julia da sein wollte, ohne ihre Unabhängigkeit in Frage zu stellen.

„Ich weiß. Ich weiß. Wir müssen los", sagte sie widerwillig.

Ich war erleichtert, als wir beim Restaurant ankamen und Nathan und Mary noch auf uns wartend vorfanden. Ich hasste es, zu spät zu Verabredungen zu kommen, besonders wenn ich derjenige war, der den Termin geplant hatte. Gottseidank hellte sich wenigstens Julias Laune auf, als sie Mary kennenlernte, denn die beiden verstanden sich auf Anhieb hervorragend.

Sie waren bald in ihrer eigenen kleinen Welt und redeten über Schwangerschaften und Babys, während Nathan und ich bei einem Bier an der Bar plauderten. Es war schön, mit einem Kerl zu reden, der sich damit auskannte, was bei mir gerade abging.

„Also, Hormone. Wow, die sind ein richtiger Spießrutenlauf", sagte ich und nahm einen tiefen Schluck.

„Ja, aber stell dich drauf ein, dass es noch schlimmer wird, wenn die Babys da sind. Dann gibts Geheule, Gekreische und Freudentränen von allen Seiten."

„Danke, dass ihr euch mit uns trefft. Ich weiß, dass Julia echt nervös ist wegen der Zwillinge und da dachte ich mir, Mary kann ihr vielleicht ein bisschen helfen, sich an die Vorstellung zu gewöhnen."

„Klar doch."

Als unser Tisch dann fertig war, winkten Nathan und ich die Mädels herbei und wir machten uns durch das volle Restaurant auf zu unserem Platz. Nachdem wir es durch das Gewusel im Speisesaal geschafft hatten, stellte sich heraus, dass wir glücklicherweise eine ziemlich ruhige Ecke hinten im Restaurant erwischt hatten.

„Also, ich freue mich für euch zwei. Ich hätte dich nie für einen Familienmenschen gehalten", sagte Nathan, als wir uns gesetzt hatten.

„Oh, das sollte ich klarstellen. Julia und ich sind Freunde. Sie bekommt diese Babys alleine. Ich dachte nur, dass sie sich bestimmt gerne mit Mary unterhalten würde." Ich bereute meinen Kommentar auf der Stelle. Julia, die gerade noch total happy ausgesehen hatte, schob ihren Stuhl zurück und stampfte in Richtung Toilette davon. Mary folgte ihr auf den Fersen, ich blieb mit Nathan zurück und fühlte mich wie ein absolutes Rindvieh.

„Ich dachte, es sind deine Kinder?", fragte Nathan.

„Technisch betrachtet sind sie das auch. Sie hat mich als Spender gewählt. Aber sie hat immer davon geredet, dass das ihre Gelegenheit ist, eine unabhängige Mutter zu sein."

„Wann hat sie das letzte Mal etwas in der Art gesagt? Ihrem Gesichtsausdruck nach hat sie von dir nämlich ziemlich sicher etwas anderes erwartet."

„Es ist ein paar Monate her, ich hätte das wohl nicht sagen sollen. Scheiße, jetzt fühl ich mich mies. Ich will mich ja eh einbringen. Ich weiß nur nicht, wie ich da reinpasse.

Sie hat ihre eigene Wohnung. Sie hat ihre eigenen Pläne für die Kinder. Sie bezieht mich in diese Dinge nicht ein. Woher soll ich denn da wissen, was ich machen soll?”

„Ich bin mir sicher, dass sie sich wieder einkriegt. Mary beruhigt sie schon und dann kommen sie wieder und wir verbringen einen schönen Abend miteinander. Noch gibts keinen Grund zur Sorge.“

„Noch?”

„Solange noch nicht geschrien wurde“, sagte Nathan, ohne eine Miene zu verziehen. „Dann kannst du anfangen, dir Sorgen zu machen.“

Ich nahm den Tipp dankbar an. Als Mary mit Julia zurückkam, sprang ich auf und entschuldigte mich, während ich ihr den Stuhl hinhielt. Sie nickte wohlwollend und wir setzten unseren Abend fort, als wäre nichts passiert. Naja, fast.

Die Unterhaltung blieb beim Thema stecken, wie es wohl für Julia sein würde, sich um zwei Babys gleichzeitig zu kümmern. Mary war zurückhaltend, als sie übers Stillen redete und darüber, dass es praktisch war, möglichst einen Helfer dabei zu haben. Sie schielte zwar zu mir herüber, sagte aber nicht ausdrücklich, dass ich das übernehmen könnte.

„Am schwersten ist es in der Nacht. Da wirst du müde sein und es könnte echt hilfreich sein, wenn jemand das andere Baby beschäftigt und seine Windeln wechselt, während du das zweite fütterst. Und dann wechselst du durch. Aber alleine wird es auch gehen.”

„Ich weiß nicht, ob ich Zwillinge an der Brust stillen kann. Ich weiß, es ist gesünder, ich werde es auch versuchen, aber es kommt mir gerade wirklich überwältigend vor.“

„Du kannst es ja ein paar Wochen lang machen und dann mit Fläschchen ergänzen. Das musste ich auch tun. Nathan musste nach zwei Wochen wieder zurück zur Arbeit, danach hat meine Schwester noch eine Weile bei uns gewohnt. Sie war auch eine große Hilfe."

„Ich hab nur Brüder", sagte Julia und verdrehte die Augen. „Aber ich hab auch ein paar Freundinnen, die sich schon total darauf freuen, mir zu helfen. Die würden bestimmt für die erste Zeit auch gelegentlich nachts kommen."

Ich schwieg einfach. Ich wollte nichts sagen, womit ich ihr wieder ein schlechtes Gefühl geben würde. Ich wollte nichts mehr sagen, bei dem sie sich nur schlecht fühlen würde. Wir würden in den kommenden Wochen noch viel darüber reden können. Ich mochte die Vorstellung ja eigentlich, dass wir zusammenbleiben und die Kinder gemeinsam großziehen würden. Ich hatte den Kommentar ja nur gemacht, weil das Ganze damit angefangen hatte. Sie hatte keinen Papi gewollt. Sie hatte niemanden gewollt, der ihr dabei dazwischenfunkte, wie sie ihre Kinder erzog. Ich wollte mich nur daran halten und sie unterstützen.

Natürlich sah ich auch ein, dass sich das für sie in den letzten paar Wochen geändert haben mochte, wo wir doch in der letzten Zeit so viel miteinander unternommen hatten. Es war jetzt mehr denn je wie in einer Beziehung zwischen uns. Wir hätten wohl vor dem Dinner noch darüber reden sollen. Ich hätte sie fragen sollen, wie wir unsere gemeinsame Situation erklären würden. Es war alles meine Schuld. Ich übernahm die volle Verantwortung, das heißt, das wollte ich, sobald der Abend gelaufen war und wir die Gelegenheit zu einem echten Gespräch hatten.

„Hast du dich wegen der Art der Geburt schon entschieden?", fragte Mary an Julia gewandt.

„Ich werde einfach ins Krankenhaus gehen und lasse

Doktor Simon sein Ding machen. Meine größte Angst ist, dass mir nichts anderes als ein Kaiserschnitt übrigbleibt. Ich möchte mich nicht von einer solchen Operation erholen müssen mit den Babys zu Hause. Das hört sich echt schwer an."

„Vielleicht könnte deine Mutter ein wenig bei dir bleiben?"

„Das wäre wenig hilfreich", lachte Julia.

„Ich verstehe, was du meinst, deshalb hatte ich meine Schwester darum gebeten. Aber fang gleich damit an, dir Hilfe für die ersten paar Monate zu organisieren. Du wirst irgendwann schlafen müssen, also brauchst du Leute, die dir unter die Arme greifen. Trotz Nathans Hilfe hatten wir immer zwei oder drei Freunde und Verwandte greifbar, die uns hin und wieder unterstützt haben. Diese Kleinen brauchen eine Menge Zeit und Aufmerksamkeit."

„Ich bin so scheiße", flüsterte ich Nathan zu, während sich die Frauen unterhielten.

„Du sitzt *in* der Scheiße, soviel steht fest", antwortete Nathan leise lachend.

„Vielleicht könnte ich ja aushelfen?", sagte ich und unterbrach das Gespräch der Damen.

„Nein, ich würde dich nicht zwingen wollen, bei der Pflege *MEINER* Kinder mitzuhelfen", sagte Julia und starrte mich dabei an, als wollte sie mich am liebsten erschlagen.

„Ja, sieht so aus, als wärst du in Schwierigkeiten", flüsterte Nathan zu mir gebeugt.

Für den Rest des Abends tat ich mein Bestes, nicht aufzufallen. Ich lachte über Marys Witze und versuchte verständnisvoll zu sein ob der Mühen schwangerer Frauen, dabei wollte ich die ganze Zeit nichts anderes, als mit Julia unter vier Augen reden zu können, um dieses ganze

Schlamassel auszubügeln. Natürlich wollte ich ihr mit den Babys helfen. Ich wollte sie weiterhin sehen. Mehr noch, ich wollte Teil ihres Lebens sein. Wir mussten nur klären, wie das alles zu bewerkstelligen war.

Als das Date vorüber war und wir uns verabschiedet hatten, half ich Julia in unser Taxi und wollte ihre Hand halten, als wir losfuhren. Aber sie wimmelte mich forsch ab. Sie war aufgebracht und ich war daran schuld.

„Es tut mir leid. Ich dachte, du wolltest das alleine machen. Sag mir, was du willst."

„Du hast recht. Ich will das auch alleine machen. Ist okay. Ich bin nur emotional", sagte sie und schien schon ein wenig milder zu sein. „Wir können uns das alles später noch überlegen. Das hat mich nur ein wenig auf dem falschen Fuß erwischt und ich hab mich bloßgestellt gefühlt."

„Entschuldigung."

„Wenn du dich in ihr Leben und mein Leben einbringen möchtest, dann kannst du das. Wenn du es nicht möchtest, musst du nicht. Ich habe das für mich selbst getan und ich war es, die von Anfang an alleinerziehend sein wollte. Ich verstehe es, wenn du dein Leben weiterführen und keine Elternpflichten übernehmen möchtest."

„Ich wollte nicht..." Sie unterbrach mich, indem sie mitten auf dem Rücksitz des Taxis meinen Schwanz packte und fest zu reiben begann.

„Hast du es so gemeint, als du gefragt hast, was ich will?", fragte sie.

Julia sah wie eine von Hormonen besessene Frau aus und stierte mich lüstern an, als wäre ich ein Stück Fleisch. Wir würden uns eindeutig noch mehr über unsere gemeinsamen Pläne unterhalten müssen, aber im Moment war es recht eindeutig, dass ich ihr ein paar Orgasmen würde verschaffen müssen, um die Wollust ein wenig abzukühlen, die von ihrem Körper Besitz ergriffen hatte.

Wäre ich kein Arzt gewesen, hätten mich ihre rasanten Stimmungsschwankungen wohl eher beunruhigt. Aber ich wusste, dass sie Sex als Verarbeitungsmechanismus brauchte, um mit all den Emotionen in ihr umzugehen. Ich wusste außerdem, dass es eine sehr schlechte Idee gewesen wäre, jetzt über irgendetwas mit ihr sprechen zu wollen. Ihre Urtriebe mussten gestillt werden, bevor wir darüber reden konnten, wie sehr ich mich in die Erziehung ihrer Kinder einbringen sollte.

Als wir in ihrer Wohnung waren und ins Schlafzimmer gingen, schleuderte sie mich förmlich aufs Bett. Sie hatte ihre eigenen Kleider längst ausgezogen, bevor ich überhaupt richtig anfangen konnte. Und sie saß schon auf mir, noch bevor ich meine Hosen ganz losbekommen hatte.

Sie hockte sich auf meine pulsierende Rute und ritt mich so hart, dass ich fürchtete, sie würde mich jeden Moment in zwei Stücke zerreißen. Sie war wie ein wildes Tier, das sich auf meine Brust stemmte und die Hüften gegen mich stieß, und ich genoss jeden Augenblick davon. Ihren wohlgerundeten Körper auf mir zu beobachten war ein sexueller Leckerbissen, den ich so bald nicht vergessen würde. Mit Julia während ihrer Schwangerschaft Liebe zu machen war noch viel erotischer, als ich zunächst gedacht hatte.

Meine Patientinnen berichteten oft davon, dass sie ständig geil waren und während der Schwangerschaft kaum genug von ihrem Mann kriegen konnten. Das mit Julia jetzt mal aus erster Hand erleben zu können war ein Glücksfall für mich. Ich war zufrieden mit dem Verlauf des Abends und hätte mir nur gewünscht, ich hätte sie zuvor beim Essen nicht so vor den Kopf gestoßen.

„Pack meine Nippel“, befahl sie mir plötzlich. „Fest.“

Ich tat, wie mir geheißen wurde, und drückte beide ihre Nippel, während sie immer wilder auf mir tobte. Sie schrie vor Lust auf und ich pochte vor Gier. Es brauchte all meine Willensstärke, nicht auf der Stelle zu kommen, aber ich wollte keinesfalls den Zorn dieses Urweibs auf mich ziehen.

Ihre Finger verkrallten sich und ich erwartete jeden Augenblick ihren Höhepunkt, als sie plötzlich von mir sprang. Sie kroch zur Bettkante und bückte sich. Sie deutete mir, von hinten zu kommen, und ich gehorchte ihr artig.

Ich legte meine Hand auf ihre weiche Kehrseite und glitt in sie. Langsam und sanft bewegte ich mich und genoss es, in Julia sein zu können. Ihr Kopf lag auf dem Bett und sie stöhnte bei jedem meiner Stöße vor Lust. Es machte mich unglaublich an, sie so in Verlangen und Entzückung versunken zu sehen. Ich packte ihre Hüften und meine Stöße wurden tiefer, während sie sich mir immer fester entgegendrückte. Ich konnte mich unmöglich noch länger zurückhalten. Ich brauchte das süße Gefühl der Befreiung und so stieß ich noch ein paarmal fest zu, bevor ich es letztlich nicht mehr aushielt.

Ich ergoss mich in Julia und sie drückte sich an mich, entzückt von der Explosion in ihr. Wir krochen beide wieder zurück in die Mitte des Bettes und mir war klar, dass Julia noch nicht fertig war mit ihren eigenen triebhaften Gelüsten.

Ihre Hände spielten mit meinem erschöpften Glied. Sie neckte mich und machte sich schon wieder daran, mich zu erregen. Oh nein, das würde so schnell nichts werden. Ich kannte meinen Körper gut genug, um das zu wissen.

Ich wusste allerdings auch, dass sie nicht aufhören würde, bevor ich ihre Bedürfnisse nicht zur Gänze befriedigt hatte. Also drückte ich sie in die Matratze und ließ meine Finger sanft über sie gleiten.

„Ja“, ächzte sie, als ich mit ihr zu spielen begann.

Sie zog mich an sich, um mich zu küssen. Es war heiß, gleichzeitig ihren Mund zu spüren und mit den Fingern ihre Feuchtigkeit zu ertasten. Ich kitzelte ihre Klitoris und rieb sie in alle Richtungen, um ihre Lust anzufachen.

Als ich dann in sie glitt, packte Julia meine Unterlippe und verbiss sich darin, während sie ihre Hüfte nach vorn und gegen meine Hand drückte. Ihre Leidenschaft war so heftig, dass ich Blut schmeckte, aber es war mir egal.

Ich strich in kleinen Kreisen weiter und fühlte, wie ihr Körper auf meine Finger reagierten. Fühlte, wie ihre Erregung weiter und weiter wuchs. Sie war nah dran und ich wusste genau, was ich zu tun hatte, um sie bis zum Höhepunkt zu tragen.

Ich musste mich ihren köstlichen Lippen entziehen. Ich küsste mich also an ihrem Körper entlang nach unten und nahm mir kurz Zeit, an beiden ihren Nippeln zu saugen. Dann machte ich mich über ihren liebreizenden Bauch her und küsste ihn links und rechts, wo in ihrem Inneren die Babys heranwuchsen.

Als ich zu ihrer Mitte kam, tropfte sie bereits vor Verlangen und ich nahm sie fest in den Mund. Mit den Fingern drang ich tief in sie ein und Julia krallte sich ins Bettlaken, während sie ihren Körper an mich drückte.

Und dann kam die große Erlösung über sie, auf die wir beide so sehr gehofft hatten. Ihr gesamter Körper spannte sich an und ihr Rücken bog sich durch. Ich hörte nicht auf und machte weiter, um ihre Lust so lange wie möglich andauern zu lassen.

„Ja“, stöhnte sie, „Scheiße, ja!“ Schließlich fiel sie in totaler Erschöpfung auf die Matratze zurück.

Ich kam nach oben zu ihr, legte ihren Kopf auf meine

Brust und nahm sie in den Arm. Schon seit Wochen hatten wir fast jeden Tag miteinander verbracht und ständig Liebe gemacht. Es war die beste Zeit, die ich seit langem gehabt hatte. Ich hatte sie so gern bei mir. Und ich freute mich darauf, was die Zukunft uns beiden wohl noch bringen mochte.

„Hast du Durst? Soll ich dir was zu trinken holen?", bot ich ihr an.

„Gern", sagte sie, rollte von mir und kuschelte sich auf ihrer Seite des Bettes zusammen.

Ich eilte in die Küche und schnappte mir eine Flasche Wasser aus dem Kühlschrank, um sie Julia zu bringen. Ich wollte mich gerade wieder zu ihr ins Bett legen, als sie sich aufsetzte und mich mit Tränen in den Augen ansah.

„Ich glaube, du solltest heute bei dir schlafen", sagte sie und sah dabei so herzzerreißend traurig aus, dass mir die Worte fehlten.

Gerade eben hatten wir eine Stunde lang Liebe gemacht. Sie war so leidenschaftlich gewesen. Was war geschehen? Was war schiefgelaufen? Waren das wieder nur die Hormone? Ich konnte sie ja nicht so zurücklassen. Nicht in diesem Zustand.

„Liebling, was ist denn los? Wir sollten reden. Du solltest nicht so ins Bett gehen."

„Ich bin müde. Wir können ein andermal reden."

„Julia, ist es wegen meiner Bemerkung beim Abendessen? Es tut mir leid. Ich habs nicht so gemeint. Wir sollten drüber reden. Ich werde für dich da sein, wenn du es möchtest."

„Aber du willst nicht hier sein, also lass es uns einfach vergessen. Ich werde mich an den Vertrag halten. Ich sorge dafür, dass du dein jährliches Update und einen Besuch bekommst, wenn du ihn verlangst.“

„Julia, ich weiß, du bist verletzt, aber wir haben Zeit, das zu besprechen. Ich werde jetzt gehen, aber nur, weil ich nicht will, dass hieraus eine noch größere Sache wird als nötig. Aber ich werde dich unterstützen, wenn du es willst.“

„Und wieder nur ‚was *ich* will‘. Wann bekennst du endlich Fahne und sagst mir, was *du* willst? Wie wäre es, wenn du mal sagst, ob du Teil meines Lebens sein willst, auch mit den Babys? Geh einfach“, sprach sie und Tränen rollten über ihre Wangen. „Geh einfach.“

Sosehr ich auch meinen Standpunkt erklären wollte, es war nicht der richtige Zeitpunkt. Julia war ganz offensichtlich höchst emotional und sie musste ja auch erschöpft sein nach allem, was wir gerade getrieben hatten. Ich beschloss, zu gehen und ihr etwas Zeit zu geben. Es blieben uns noch etliche Wochen zum Reden, bevor die Babys zur Welt kamen, sodass ich zuversichtlich war, dass wir eine Lösung finden würden, wenn wir beide ein wenig darüber nachdachten.

„Ich werde gehen, aber ich will später nochmal drüber reden.”

Ich bückte mich und wollte ihr einen Kuss geben, aber sie wandte sich ab und ich konnte nur ihre Wange küssen. Einen Moment lang hielt ich an der Tür ihrer Wohnung inne und dachte über alles nach. Ich überlegte, im Wohnzimmer zu sitzen und einfach auf den Morgen zu warten, um mit ihr zu reden, folgte dann aber schließlich ihrem Wunsch und ging.

Auf dem Weg nach oben in meine Wohnung fühlte ich mich elend. Julia bedeutete mir viel. Sie war mir wichtig. Ich wollte sie nicht verlieren. Ich wollte zu ihrem Leben gehören. Das war alles nur ein großes Missverständnis und es musste aus der Welt geschafft werden.

In jener Nacht schlief ich kaum, auch wenn ich am nächsten Tag zur Arbeit musste. Ich wollte zunächst auf dem Weg noch bei Julia vorbeischauen, entschied mich dann aber dagegen, um sie nicht aufzuwecken. Stattdessen schickte ich ihr eine Nachricht und hoffte, sie damit ein wenig zu besänftigen.

MIKE: Julia, mir liegt sehr viel an dir und ich würde mich gerne sobald wie möglich mit dir zusammensetzen und reden.

Für den Rest des Tages verrichtete ich wie üblich meine Arbeit, untersuchte Patientinnen und kümmerte mich um unsere geschäftlichen Angelegenheiten. Bruce und Sheryl bemerkten zwar beide, dass ich nicht wirklich ich selbst war, aber ich hatte keine Lust, mit ihnen über die Sache zu reden. Der Tag diente für mich mehr der Selbstreflexion und ich versuchte mir zu überlegen, was ich von dieser Beziehung wollte und wie es weitergehen sollte.

„Hey, das Krankenhaus hat gerade angerufen. Eine Patientin von uns ist dort mit einem Notfall“, sagte Bruce auf einmal.

„Wer?“

„Kein Name bisher. Ich warte noch auf den Rückruf. Bist du dran oder ich?“

„Warten wir mal ab, wer die Patientin ist“, sagte ich vorläufig.

Ein paar meiner Patientinnen standen kurz vor dem neunten Monat und ich wusste, dass Bruce einige hatte, die sogar schon über ihren Termin hinaus waren. Wir hätten also beide der glückliche Doktor sein können, der die ganze Nacht würde im Kreißsaal verbringen dürfen.

Das Telefon klingelte und an Bruces Gesicht erkannte ich sofort, dass etwas nicht stimmte. Sein Lächeln und die gelöste Stimmung waren verschwunden. Stattdessen machte er sich ernst ein paar Notizen, während die Person am anderen Ende der Leitung sprach.

„Ja, stabilisieren Sie sie, ich bin gleich da“, sagte er und legte auf. „Es ist Julia.“

Ich erbleichte. Sie war viel zu früh dran. Es waren noch zwei Monate bis zu ihrem Geburtstermin. Viel zu viel konnte schiefgehen bei einer so verfrühten Geburt. Viel zu viel konnte ihr und den Kindern geschehen.

„Ich hab hier alles im Griff“, sagte Sheryl und deutete uns beiden, uns auf den Weg zu machen.

Es war früher Nachmittag und wir würden alle restlichen Patientinnen nach Hause schicken müssen. Aber jetzt gerade war mir das völlig egal und Bruce wohl ebenso. Er wusste, wie wichtig Julia für mich war. Sie war nicht nur seine Patientin. Sie gehörte jetzt zu uns und deshalb eilten wir zusammen so schnell es irgendwie ging ins Krankenhaus.

Kapitel 19

Julia

Zunächst hatte ich nicht kapiert, was los war. Ich hatte ziemlich schlimme Krämpfe gespürt, vermutete aber, dass sie etwas mit der Nacht mit Mike zu tun hatten. Er hatte mich ganz schön heftig zum Kommen gebracht und ich dachte, mein Körper würde sich wohl noch davon erholen müssen.

Aber als die Krämpfe weitergingen und noch schlimmer wurden, war mir klar, dass etwas nicht stimmte. Ich hatte viel über Braxton-Hicks-Kontraktionen gelesen und wusste, dass viele Frauen in dieser Schwangerschaftsphase sie hatten. Ich rief in der Praxis an und vereinbarte für den Nachmittag einen Termin bei Doktor Simon. Kurz darauf stand allerdings fest, dass ich es nicht bis zu dem Termin schaffen würde.

Ich versuchte es mit Umhergehen, um die Schmerzen erträglicher zu machen, aber ich musste einsehen, dass ich mitten in den Wehen lag. Ich wanderte durch meine Wohnung und die Kontraktionen lagen nur noch fünf Minuten auseinander. Da überkam mich Panik. Was sollte ich jetzt tun? Einfach allein ins Krankenhaus gehen? Ich konnte allerdings kaum aufrecht stehen, ich würde es also niemals dorthin schaffen.

„Kendra“, keuchte ich und stellte den Lautsprecher an. „Ich habe die Wehen gekriegt. Du musst mir helfen, ins Krankenhaus zu kommen.“

„Das geht nicht. Ich bin gerade mit Sarah in Vegas

angekommen, schon vergessen?“

„Nein!“ Ich hatte völlig vergessen, dass die beiden auf einen Trip gehen wollten. „Was soll ich jetzt tun?“

„Ruf Mike an“, sagte Sarah, nachdem Kendra ebenfalls den Freisprecher eingeschaltet hatte.

„Nein, er will nichts mit der Sache zu tun haben. Ich muss das selbst regeln. Was soll ich tun? Ich hab solche Angst, Leute.”

„Ruf ihn einfach an, Julia. Er wird dafür sorgen, dass dir nichts passiert“, sagte Kendra.

„Okay“, sagte ich und machte mich auf die nächste Wehe gefasst. „Ich geb euch Bescheid, wie es gelaufen ist.“

„Warte mal, bist du nicht zu früh dran?“, fragte Sarah. „Du solltest sofort ins Krankenhaus. Es ist viel zu früh. Geh, jetzt gleich. Geh einfach in die Lobby, der Portier wird dir helfen.”

„Okay“, stöhnte ich unter Krämpfen und legte auf.

Jetzt war die Zeit gekommen. Ich musste beweisen, dass ich jene unabhängige Frau war, als die ich mich immer verkaufte. Ich hatte noch keinen Koffer fürs Krankenhaus gepackt oder mich sonst irgendwie vorbereitet, also schnappte ich einfach meine Handtasche und schlüpfte in die nächstbesten Sandalen.

Ich wartete auf das Ende der nächsten Wehe und eilte dann zum Aufzug, um ins Erdgeschoss zu fahren. Als ich unten war, traf mich schon der nächste Krampfanfall. Sie lagen jetzt deutlich unter fünf Minuten auseinander und ich fürchtete schon, die Babys zu verlieren.

„Ich glaube, ich brauche einen Krankenwagen“, brachte ich vom Fahrstuhl aus krächzend hervor, während ich mich an der Tür festhielt und die nächste Wehe zu überstehen versuchte.

„Scheiße, ja Ma‘am“, sagte der junge Mann am Empfangsschalter und wählte bereits den Notruf.

„Können Sie mir zu dem Stuhl da helfen?“, fragte ich.

Er hielt sich das Telefon ans Ohr und eilte zu mir herüber, um mir zu helfen, während er der Notrufzentrale die Anfahrtsbeschreibung für unser Gebäude gab und ihnen erklärte, welchen Eingang sie nehmen sollten. Zum Glück war das Haus leicht zu finden, sodass der Krankenwagen in weniger als fünf Minuten vor Ort war.

„Wie weit sind Sie mit der Schwangerschaft?”, fragte der Sanitäter.

„Einunddreißig Wochen“, sagte ich durch den Schmerz einer weiteren Wehe hindurch. „Und es sind Zwillinge.“

„Gut, wir bringen Sie gleich ins Krankenhaus. Haben Sie einen Arzt, den wir anrufen können?“

„Ja, Doktor Simon von den Reproductive Medicine Associates.”

Der Sanitäter half mir auf die Bahre und nahm meine Werte auf, während ich zur Lobby hinausgeschoben wurde. Ich begriff nicht, wieso man mich nicht erst so schnell wie möglich zum Auto und ins Krankenhaus schaffte.

Einer der Sanitäter überwachte meine Vitalfunktionen, während ein anderer mich festzurrte und dann meinen Bauch abhörte, um zu sehen, ob die Babys unversehrt waren. Er schien zufrieden mit dem Ergebnis zu sein, aber die Frau, die mit mir beschäftigt war, wirkte weniger positiv.

„Zu hoch“, sagte sie und sah ihren Partner an. „Wir müssen ihren Gynäkologen ans Telefon kriegen.“

Rasch brachten sie mich zum Krankenwagen und weiter in die Notaufnahme. Der Fahrer hatte Funkkontakt mit der Zentrale und gab alle Informationen über meinen Zustand weiter, die ihm die Sanitäter laufend mitteilten.

Soweit ich das mitbekommen hatte, war mein Blutdruck so hoch, dass es ihnen Sorgen machte. Aber ich war schließlich mitten in den Wehen, Spitzenwerte beim Blutdruck konnten bei so einem außergewöhnlichen Ereignis eigentlich nichts Besonderes sein.

„Genehmigung für die Spritze“, sagte der Fahrer nach hinten zu den Sanitätern.

Da hatte ich bereits einen intravenösen Zugang gelegt bekommen und es lagen Medikamente zum Einspritzen bereit. Normalerweise hätte ich allerhand Fragen gehabt, wenn mir jemand Medizin in die Venen schießen wollen würde, aber momentan hatte ich solche Schmerzen, dass es mir ganz egal war, was sie mit mir machten. Ich wollte es einfach nur ins Krankenhaus schaffen und hoffte, dass es den Babys gut ging.

Als wir in der Notaufnahme ankamen, lief gleich eine Handvoll Leute herbei, um bei meiner Versorgung zu helfen. Es war auch ein Arzt in OP-Kleidung da, aber es war nicht Doktor Simon. Obwohl es mir Angst machte, dass mein Arzt nicht da war, wusste ich gleichzeitig sehr wohl, dass mir nichts anderes übrigblieb, als diese Kinder zur Welt zu bringen, und zwar notfalls mit dem erstbesten Arzt, der verfügbar war.

Der Arzt und die Schwestern verlegten mich in ein Krankenhausbett und begannen so rasch an mir herumzuwerken, dass ich den Überblick verlor. Eine der Schwestern holte mich aus meinen Klamotten raus, während alle anderen sich irgendwo im Raum eifrig zu schaffen machten. Erst da begriff ich, dass die Situation wohl noch dringender war als gedacht, zumal nicht einmal dafür Zeit war, dass ich mich irgendwo ungestört hätte umziehen können.

„Sind Sie allergisch auf irgendwelche Medikamente?”, fragte eine Schwester.

„Nein.”

„Sie sind in der einunddreißigsten Woche?”

„Ja“

„Es sind Zwillinge?“

„Ja.“

„Gibt es jemanden, den wir für Sie anrufen sollen? Haben Sie einen Partner, den Sie bei der Geburt dabeihaben möchten?“

Ich stockte kurz und dachte darüber nach, ob ich sie bei Mike anrufen lassen sollte. Er wäre gerne dabei gewesen, da war ich mir sicher, aber ich war auch immer noch böse auf ihn und wollte mich nicht bei ihm melden. Ich vermutete ohnehin, dass er von den Wehen erfahren würde, sobald das Krankenhaus bei Doktor Simon anrief, deshalb beschloss ich, dass ich ihn nicht noch zusätzlich informieren lassen musste.

„Nein.”

„Okay, gut, Sie müssen das hier unterschreiben und wir bräuchten dann trotzdem noch eine Kontaktperson, falls es einen Notfall gibt.”

Ich unterschrieb ihren Wisch und führte meinen Bruder als Notfallkontakt an. Ich hätte ihn auch anrufen und herbringen lassen können, aber ich wollte mir nicht von ihm anhören müssen, wie ekelhaft das alles sei. Außerdem wollte ich nicht, dass er mir dabei zusah, wie ich nackt dalag und brüllend zwei Babys zur Welt brachte.

Die Schwestern setzten ihre Arbeit fort, schlossen mich an Monitore an und legten Kontakte auf meinen Bauch, um die Babys abhören zu können. Eine Blutdruckmanschette quetschte und bearbeitete meinen Arm und elektronische Geräte auf meiner Brust horchten meinen Herzschlag ab. Ich fühlte mich wie in einem Experiment, während die

Schwestern um mich herumwuselten um kaum je anhielten, um mich anzusehen.

Endlich kam eine junge Schwester und setzte sich zu mir hin. Sie nahm meine Hand und hielt sie fest, während ich mich durch eine erneute Wehe kämpfte. Sie kamen inzwischen fast ununterbrochen und ich konnte nicht mehr.

„Wenn die hier vorbei ist, wird der Doktor schauen, ob wir genug Zeit haben, um sie hinauf in den Kreißsaal zu bringen. Es wäre besser, die Geburt dort zu machen, weil unsere ganze Ausrüstung da oben ist.“

„Okay“, sagte ich unter Schmerzen.

„Schön langsam. Denken Sie ans Atmen. Machen Sie einen tiefen Atemzug und pressen Sie die Luft dann wieder raus”, sagte sie, als wüsste sie genau, was ich jetzt hören musste.

Als ich mich auf ihre Worte konzentrierte, beruhigte ich mich gleich ein wenig und war etwas gefasster. Ich hatte Vorbereitungskurse hierzu gemacht, aber alles vergessen, als mich die plötzlichen Wehen in Panik versetzt hatten.

„Okay, sie ist fast vorbei“, sagte ich, als ich spürte, wie die Spannung in meinem Bauch nachließ.

Der Arzt beobachtete die Wehe auf einem Bildschirm am Bett und wartete bis zu ihrem Ende, bevor er mich untersuchte. Als er fertig war, sah er zufrieden aus und nickte den Schwestern zu, dass sie mich hinaufbringen konnten.

„Sie ist bald soweit, aber die Fruchtblase ist intakt und es dürfte noch genug Zeit bleiben.“

„Perfekt“, sagte die junge Schwester und klemmte die Verbindungen zu den Monitoren ab, ließ aber die Kabel und Zugänge an mir hängen. „Oben haben wir alles, was wir brauchen. Nur eine kurze Fahrt mit dem Aufzug und schon sind wir im Kreißsaal."

„Okay", sagte ich und schloss die Augen, während wir den Gang entlangsausten. „Es gibt da jemanden, den ich anrufen sollte", meinte ich schließlich.

„Sobald wir Sie in den Saal gebracht haben, geben Sie uns den Kontakt und wir rufen an."

Ich hätte gleich der ersten Schwester einfach Mikes Nummer geben sollen. Jetzt war nicht der richtige Moment, um nachtragend zu sein.

„Okay, wir legen Sie jetzt in das andere Bett. Das ist viel bequemer", sagte die Schwester und klappte die Reling an einer Seite meines Bettes um.

Langsam rutschte ich auf das große Bett hinüber. Sie hatte recht, es war viel angenehmer. Außerdem schien das untere Ende des Bettes abnehmbar zu sein, sodass die Entbindung gleich dort stattfinden konnte, ohne sich noch weiter bewegen zu müssen. Das war fantastisch.

Die nächste Wehe trat ein und sie tat so weh, dass mir die Luft wegblieb. Die Schwestern eilten los und schlossen die Maschinen an, da hörte ich Tumult vor der Tür und sah dann Doktor Simon gemeinsam mit Mike hereinplatzen.

Es war keine Zeit für Sittsamkeit. Die Schwestern hatten mir den OP-Kittel zur Hälfte ausgezogen, um sicherzustellen, dass alle Kabel richtig angeschlossen waren, und Doktor Simon tauchte sofort zwischen meinen Beinen ab, um nachzusehen, wie weit der Muttermund bereits geöffnet war.

„Soll Mike hierbleiben?", fragte Doktor Simon.

„Wenn er es will."

„Ja oder nein", sagte Bruce und sah mich etwas genervt an.

„Ja", sagte ich schließlich.

Mike war drüben bei der Tür stehengeblieben und kam erst herüber zu mir, als Bruce ihm das Zeichen gab. Er sah nervös aus, aber nahm meine Hand, gerade als die nächste Wehe einsetzte.

„Leute, es geht gleich los. Bereitmachen", rief Bruce den Schwestern und Assistenten im Raum zu. „Ich brauche hier noch zwei Inkubatoren. Die Teams sollen sich bereithalten. Macht schon, Leute", blaffte er, woraufhin sich ein regelrechter Wirbelwind an Schwestern und sonstigem Personal mit allerhand Material um uns in Bewegung zu setzen begann.

„Wie gehts dir?", fragte Mike und küsste meine Stirn.

„Einfach blendend", knurrte ich, während mich die nächste Wehe traf. „Ich glaube, ich muss pressen."

„Noch nicht, Julia", sagte Mike und sah unruhig dabei zu, wie sich die Leute um uns herum zu schaffen machten.

Ich tat was ich konnte, um nicht zu pressen, als die Wehe meinen gesamten Körper zusammenzuziehen begann. Ich spürte so viel Druck und Schmerzen, dass ich wusste, es konnte nicht mehr lange dauern. „Ich werde jetzt deine Fruchtblase öffnen", sagte Bruce und entfernte das Fußende des Bettes, während eine Schwester etwas darunter stellte, um die Flüssigkeit aufzufangen. „Danach wird es schnell gehen."

Er sollte rechtbehalten! Mit der ersten Wehe, nachdem er die Fruchtblase geöffnet hatte, begann ich zu pressen. Es dauerte nicht lange, bis das erste Baby draußen war. Ich hörte es schreien, dann wurde es schnell weggebracht, um untersucht zu werden.

„Sie müssen sich erst um es kümmern, bevor du es halten kannst, weil es so früh zur Welt gekommen ist", sagte Mike und hielt weiterhin meine Hand fest.

„Danke“, schluchzte ich in Richtung all der Leute, die sich um Baby Nummer eins kümmerten. „Gehts ihm gut?”

„Es schreit. Das ist gut“, meinte Mike. „Und jetzt konzentrieren wir uns auf das zweite.“

“Steißlage”, sagte Bruce und sah Mike an.

„Warte kurz. Das Baby braucht nur etwas Zeit, um sich zu drehen“, mahnte Mike.

„Nein, Mann. Sein Hintern kommt raus. Ich werde ihn zu drehen versuchen. Kümmere dich um sie“, sagte Bruce, sah mich einen Augenblick lang an und begann dann, in meinen Bauch zu drücken.

„Er wird das zweite Baby bewegen und zu wenden versuchen, damit die Geburt leichter geht. Das tut jetzt vielleicht ein bisschen weh. Atme ein paar Mal tief ein.“

Tatsächlich verursachte das Drücken und Schieben gegen meinen Bauch allerdings auch nicht mehr Schmerzen, als ich durch die Wehen ohnehin schon spürte. Was auch immer Bruce getan hatte, es schien funktioniert zu haben, denn er setzte sich zurück auf seinen Hocker und nickte Mike zufrieden zu, als sie sich ansahen.

„Hat es geklappt?”, fragte ich.

„Ja, bei der nächsten Wehe musst du jetzt also wieder pressen“, antwortete Mike.

„Okay“, schrie ich, denn die Wehe setzte in dem Moment ein.

Nur ein paar Minuten später war auch Baby Nummer zwei geboren. Es fing fast augenblicklich an zu weinen, nachdem es das Licht der Welt erblickt hatte, und auch dieses wurde von einem Team in Empfang genommen, das überprüfte, ob es gesund war.

„Das hast du hervorragend gemacht“, sagte Mike, der sich zu mir herabbeugte und mich festhielt.

„Ich kanns nicht glauben, dass ich es geschafft hab.“

„Ich schon. Du bist unglaublich.”

„Sind beides Jungs? Er hat von Jungs gesprochen, richtig?“

„Jap, zwei Jungs. Du bist Mutter von zwei wundervollen kleinen Jungs.“

„Sieh bitte nach ihnen. Sag mir, obs ihnen gut geht. Wann kann ich sie halten?“

Mike ging hinüber zu den zwei Teams, die mit den Babys beschäftigt waren, und sah ihnen eine Weile lang zu. Er sprach mit dem anwesenden Kinderarzt und deutete während des Gesprächs einmal auf mich. Ich wusste nicht, worüber sie redeten, aber es sah so aus, als wollte Mike den Mann davon überzeugen, irgendetwas zu tun.

Als er dann wieder zu mir kam, lächelte er breit. Sein Gesichtsausdruck beruhigte mich umgehend.

„Es geht ihnen gut, aber sie müssen in die Intensivbetreuung, weil sie so früh zur Welt gekommen sind. Sie brauchen noch zusätzlichen Sauerstoff, alles andere sieht allerdings fürs Erste sehr gut aus. Ich habe den Arzt davon überzeugt, sie noch kurz zu dir zu bringen, bevor sie auf die Frühchenstation kommen.“

„Ich darf nicht mitkommen?“

„Nein, aber sobald du wieder bei Kräften bist, bringe ich dich mit einem Rollstuhl hinunter und dann kannst du solange bei ihnen bleiben, wie du möchtest.“

„Okay“, sagte ich und begann wieder zu weinen.

„Haben Sie sich schon die Namen überlegt?“, fragte eine der Schwestern.

„Nein“, sagte ich unter Tränen.

„Okay, dann nennen wir sie fürs erste Klein Rivas A und Klein Rivas B, wenn das in Ordnung geht?“, fragte sie und sah zuerst mich an, dann Mike.

„Ja“, sagte ich und fühlte mich absolut scheußlich, weil ich noch nicht einmal Namen für meine Babys hatte.

„Ist schon gut. Viele Leute haben bis zum Schluss noch keinen Namen. Ihnen fällt schon noch was ein, wenn Sie erstmal etwas Zeit mit ihnen verbracht haben. Aber ruhen Sie sich zuerst ein paar Stunden aus“, sagte die Schwester. „Die Ärzte werden sich inzwischen gut um die Jungs kümmern.“

Der erste Wagen wurde zu mir gebracht und ich erhaschte einen Blick auf Baby A. Er war eingehüllt in einer Art Inkubator-Wiege und aus seinem winzigen Gesicht trat ein Beatmungsschlauch hervor. Es brach mir das Herz, ihn so zu sehen, aber es schien, als würde er gut atmen und er hatte eine schöne rosa Farbe.

„Du kannst deine Hand hier hineinstecken und ihn berühren“, sagte Mike und schob den Inkubator so nah wie möglich zu mir heran.

Ich griff hinein und berührte mein süßes Baby kurz, bevor sie ihn wegbrachten. Ich hielt es kaum aus und schluchzte schon wieder, als man mir den zweiten Inkubator brachte. Wieder griff ich hinein und fühlte kurz die weiche Haut von Baby B, bevor auch er auf die Neugeborenenstation gebracht wurde.

Der Raum begann sich zu leeren und ich konnte die Tränen nicht zurückhalten. Sie waren da. Es war alles real und doch fühlte es sich so unwirklich an.

„Kann ich dir irgendwas bringen?“, fragte Mike, der auf meiner Bettkante saß.

„Ich weiß nicht“, sagte ich durch die Tränen hindurch.

„Die Schwestern werden gleich nochmal hereinkommen und sich ein bisschen um dich kümmern. Sie müssen noch ein paar Frauensachen mit dir regeln und werden dir danach etwas zu essen bringen, falls du Hunger hast. Pass auf, dass du genug Wasser trinkst, dann können wir später schauen, ob die Babys stark genug sind, um ein wenig zu nuckeln.“

„Oh, ja. Bekommen sie Probleme, wenn ich sie nicht bald stillen kann?“

„Nein, man wird dir eine Pumpe bringen und sie dir erklären. Dann kannst du ihnen mit einem Spezialgerät die Milch füttern, wenn nötig wird sie auch mit einem Schlauch direkt in den Bauch der Babys eingeführt. Und wenn die Babys dann größer sind, kannst du sie auch stillen. Alles wird gut.“

„Danke, Mike. Ich bin froh, dass du da bist.”

„Nirgends wäre ich lieber. Ich freu mich so für dich, Julia. Das ist so aufregend. Sie sind tatsächlich da.“

„Ich weiß, es ist total verrückt. Ich bin überhaupt nicht vorbereitet”, lachte ich.

„Entschuldigen Sie die Störung, aber wir müssen Sie jetzt sauber machen. Soll Ihr Gast noch bleiben?“, fragte die Schwester und sah dabei zu Mike.

Das Personal hier kannte ihn natürlich. Er war ständig hier und brachte Babys zur Welt. Aber an diesem Tag war er nicht der Arzt und so wurde er behandelt wie jeder andere Besucher.

„Ich werde besser gehen. Ich sollte ein paar dringende Anrufe machen. Ich weiß ja, dass Sie hier alles im Griff haben“, sagte Mike, bevor er mir noch einen Kuss auf die Stirn gab und hinausging.

Die Schwestern spülten mich mit einem Schwamm ab und wuschen mir die Haare. Sie wechselten die Laken und brachten mir auch einen neuen Kittel. Es dauerte gut eineinhalb Stunden, bis alles erledigt war und sie gingen, um mir etwas zu essen zu holen.

„Könnten Sie nachsehen, ob Mike noch da ist?“, fragte ich eine der Schwestern. „Doktor Cooper.“

„Ach ja, er sagte, dass er schnell wegmusste, aber morgen wiederkäme, um nach Ihnen zu sehen.“

„Er ist gegangen?“

„Ja, er wollte nochmal reinkommen und sich verabschieden, aber dann sah es auf einmal ziemlich eilig aus.“

„Oh“, sagte ich, während sich mein Herzschlag zu beschleunigen begann.

Ich versuchte tunlichst, keine voreiligen Schlüsse zu ziehen, wieso er auf einmal gegangen war. Leider war ich nach der Geburt von Zwillingen, die ich noch nicht einmal im Arm halten durfte, nicht im idealen emotionalen Zustand, um vernünftig und unvoreingenommen darüber nachzudenken.

Er hatte versprochen, mich mit zu den Babys zu nehmen, doch dann war er bei der ersten Gelegenheit abgehauen. Wenn er so mit mir und den Jungs umzugehen vorhatte, dann wollte ich ihn noch weniger dazu drängen, Teil unseres Lebens zu sein. Dann war es besser zu wissen, dass ich mich um alles alleine kümmern musste, anstatt mich auf jemanden verlassen zu wollen, der dann nicht zu seinem Wort stand. Obwohl ich am Boden zerstört war, weil Mike mich ohne auch nur einen Abschiedsgruß zurückgelassen hatte, war keine Zeit, um über ihn und seine Probleme nachzugrübeln. Stattdessen aß ich mein Abendessen und schlief ein wenig, bis später am Abend eine Schwester hereinkam und mir mitteilte, dass ich die Zwillinge auf der Frühchenstation besuchen könne.

Die Schwester half mir in den Rollstuhl und brachte mich ans andere Ende des Krankenhauses, wo man sich um die Jungs kümmerte. Dort war bereits ein gutes Dutzend Babys, die in verschiedenen Wiegen und Inkubatoren aufbewahrt wurden. Der Raum war erfüllt von dem piepsenden Geräusch der Monitore und dem Summen der Geräte. Ich fühlte mich zunehmend beklemmt, je länger ich in dem Raum war, aber sobald ich zu meinen Jungs gerollt wurde, war ich plötzlich die Ruhe selbst.

Sie hatten zwar beide Schläuche in der Nase, aber sie schienen unbeschwert zu atmen. Auch sie waren zwar an Monitore und Infusionsleitungen angeschlossen, aber alles in allem sahen sie wirklich gut aus.

„Gut gemacht, Mama-Bär“, sagte die Säuglingsschwester und schob mich dichter heran. „Sie sind beide gesund. Es dauert nur noch ein paar Wochen hier drin, damit sie gut versorgt sind, dann können Sie sie mit nach Hause nehmen.“

„Danke“, sagte ich mit zittriger Stimme. „Kann ich sie schon halten?“

„Noch nicht, aber sehr bald. Sie können sie aber berühren und mit ihnen reden. Das wird ihnen gefallen.”

Die nächsten zwei Stunden verbrachte ich dort und redete mit meinen Jungs, um ihnen zu versichern, dass ich mich gut um sie kümmern würde. Es war egal, dass sie zu früh gekommen waren. Es war auch egal, ob Mike bleiben würde oder nicht, denn es kam nur auf mich und die beiden an und ich würde tun, was ich könnte, um ihr Leben so perfekt wie möglich zu machen.

„Ich hab ihre Namen“, sagte ich zu der Schwester, als ich bereit war, meinen Besuch zu beenden. „Brody und Ben. Ich hab auch zweite Vornamen für beide."

„Hier, schreiben Sie mir auf, wie Sie die Namen geschrieben haben möchten, dann mach ich ihre Namensschilder", antwortete sie sanft.

„Brody Philip Rivas und Benjamin Parker Rivas", sagte ich und schrieb sie auf.

„Schöne Namen", meinte die Schwester und nahm das Stück Papier an sich.

Ich fühlte mich so viel besser, nachdem ich sie gesehen und ihnen Namen gegeben hatte. Als ich schließlich wieder ins Bett kroch, dachte ich schon nur noch daran, was für ein wundervolles Leben wir drei miteinander haben würden.

***

Die nächsten paar Wochen verbrachte ich im oder ums Krankenhaus. Nach meiner Entlassung suchte ich über meine Firma ein Hotelzimmer in der Nähe. Man gab mir einen Sonderpreis von fünf Dollar am Tag, aber nur, weil es technisch nicht möglich war, es mir gratis zu überlassen.

Mein Arbeitgeber war absolut fantastisch und unterstützte mich, obwohl ich zwei Monate zu früh in den Mutterschaftsurlaub musste. Sarah und Teddy übernahmen meine Kunden und ich bekam trotzdem sogar die Provision für jene Leute, mit denen ich schon zu arbeiten begonnen hatte.

Ich war fast rund um die Uhr im Krankenhaus und umsorgte die Jungs, pumpte Milch und war einfach für sie da, während sie wuchsen und immer stärker wurden. Ich ging nur ein paar Mal heim, um etwas Kleidung zu holen und zwischendurch auch noch die Dekoration für das Kinderzimmer zu bestellen.

Mike hatte versucht, mir zu schreiben und mich anzurufen, aber ich hatte im Moment keine Zeit für ihn. Er hatte erklärt, dass die rechtlichen Angelegenheiten mit seiner Firma außer Kontrolle geraten waren. Ich wollte nicht gemein zu ihm sein, aber es kümmerte mich zurzeit auch nicht wirklich. Meine Priorität lag bei meinen Kindern und Mike würde sich um seine eigenen Angelegenheiten kümmern müssen, wie er es für richtig hielt.

„Können wir dich zum Abendessen einladen?", fragte Kendra, als sie und Sarah mich in meinem Hotel beim Krankenhaus besuchten.

Es war fast zehn Uhr abends und ich hatte die Babys alleingelassen, damit ich auch mal etwas Schlaf abbekam. Ich wollte gerade ins Bett schlüpfen, als die Mädchen vor meiner Tür standen. Gleichzeitig konnte ich mich auch nicht mal mehr an meine letzte Mahlzeit erinnern.

„Klar, es gibt da was auf der anderen Straßenseite. Ich will nicht zu weit gehen", sagte ich.

„Natürlich."

Kendra und Sarah hatten mich beide ein paar Mal besucht, aber sie hatten die Babys noch nicht gesehen. Erst, wenn die Jungs keinen Sauerstoff mehr brauchten, würden sie auf eine andere Station verlegt werden, davor konnte ich bei meinen Besuchen noch keine Gäste mitbringen.

„Was läuft so? Wie gehts den Jungs?“, fragte Sarah, nachdem wir im Diner unten unser Essen bestellt hatten.

„Denen gehts gut. Es wird wohl nur noch zwei Wochen dauern, bis ich sie nach Hause bringen kann. Sie wiegen jetzt beide knapp unter zwei Kilo, das ist schon mal gut.“

„Sehr gut. Und was ist mit dir und Mike los?", fragte Sarah.

„Was meinst du?"

„Ich meine, dass er mich und Kendra ständig anruft und sich nach dir erkundigt, weil du ihn nicht zurückrufst oder auf seine Nachrichten antwortest. Er will mit dir reden. Bist du wirklich immer noch sauer auf ihn?“

„Ich bin nicht sauer. Ich hab nur im Moment einfach keine Energie übrig. Er will nichts mit mir und den Babys zu tun haben. Ich will mich nicht mit ihm rumschlagen. Mehr gibts da nicht zu sagen.”

„Hmm, er schien sich wirklich Sorgen um euch zu machen“, meinte Kendra.

„Er hat gesagt, die Babys wären meine und ich würde mich um sie kümmern“, platzte ich heraus und versuchte dabei nicht schon wieder zu flennen, aber es half nichts.

„Das hat er gesagt?” Sarah war empört. „Was für ein Oberarsch!”

„Ja, das hab ich auch gedacht. Ich meine, er wollte noch reden, aber wenn er sowas überhaupt schon sagt, will ich mir das gar nicht erst antun. Ich habe wichtigere Probleme. Ich hab jetzt die Jungs.”

„Wir sind für dich da. Was auch immer du brauchst”, sagte Kendra.

„Jap, was es auch ist. Soll ich ihm in den Arsch treten? Das würde ich tun. Ich würde ihn ordentlich vermöbeln. Ein schneller Tritt in die Knie und schon geht er zu Boden wie ein nasser Sack.“

Ich musste lachen über Sarah und ihre Bereitschaft, sich für mich zu prügeln. Solche Freunde musste man haben.

„Ich bin so froh, dass ihr da seid. Ich danke euch beiden, ich weiß das wirklich zu schätzen. Oh, und ich wollte noch fragen, ob ihr vielleicht ein wenig bei mir in der Wohnung bleiben wollt, sobald ich die Babys nach Hause bringen kann?“, sagte ich etwas schüchtern. „Ich könnte etwas Hilfe gebrauchen. Meine Mutter kommt nächste Woche, da sind die Jungs aber noch im Krankenhaus. Danach hat sie länger keine Zeit.“

„Bin dabei“, sagte Kendra mit so viel Enthusiasmus, dass die Leute am Nebentisch sich zu uns umwandten. „Ich freu mich voll aufs Windeln wechseln.“

„Ich kann auch vorbeikommen und helfen. Außerdem hat Teddy auch seine Hilfe angeboten, wenn du willst. Er freut sich total drauf, Onkel Teddy zu sein.“

„Super, und danke nochmal.“

Wir aßen zu Ende und dann beschlossen die Mädchen, bei mir im Hotel zu bleiben und mir die Nacht über Gesellschaft zu leisten. Mit den Schwestern hatte ich darüber gesprochen, die Jungs auf eine andere Pflegestation zu bringen, und es würde vielleicht schon direkt am nächsten Tag soweit sein. Wenn ja, dann freute ich mich schon darauf, sie Kendra und Sarah zu zeigen. Die Mädels würden schier durchdrehen über meine süßen kleinen Babys. Ich war allerdings erschöpft und keine großartige Gastgeberin mehr, denn keine fünf Minuten, nachdem wir zurück ins Zimmer gekommen waren, schlief ich schon wie ein Stein.

Kapitel 20

Mike

„Dann sind wir aus dem Schneider? Keine Sanktionen oder was auch immer von der Ärztekammer?“, fragte ich meinen Anwalt, der bei uns im Büro saß.

„Ja, aber von jetzt an würde ich an eurer Stelle einfach nein sagen. In diesem speziellen Fall war die Frau, für die Bruce gespendet hat, sehr bekannt und hat sich für ihn eingesetzt. Es läuft aber vielleicht nicht so glimpflich ab, wenn sie von einem zweiten Fall erfahren.“

„Einverstanden. Wir sperren unsere Samenbank zu“, sagte ich, um die Stimmung ein wenig aufzulockern.

„Mike, das war eine knappe Sache. Wenn sie deine Zulassung oder die von Bruce entzogen hätten, könntet ihr beide jetzt nicht mehr arbeiten. Wenn wir mit der Erweiterung fortfahren, solltet ihr euch überlegen, einen Geschäftsführer einzustellen. Jemanden, mit dem ich arbeiten kann, sodass wir sicherstellen können, dass ihr geschützt seid.“

„Der Meinung bin ich auch. Wir brauchen einiges an neuen Mitarbeitern, wenn wir wachsen. Ich finde auch, dass es für mich Zeit ist, mich ein wenig ins Management zurückzuziehen und weniger Patientinnen zu übernehmen.“

„Was auch immer du für das Beste hältst.“

„Danke, mein Leben durchläuft gerade ein paar größere Veränderungen und ich brauche wohl etwas Zeit, um mich an alles anzupassen.“

Ich wollte Julia so viel wie möglich helfen, jetzt wo sie ihre Babys bekommen hatte. Da konnte ich unmöglich die volle Ladung Patientinnen weiterbetreuen. Der rechtliche Schreckmoment der letzten Tage half mir nur noch mehr zu verstehen, dass ich so einiges in meinem Leben umkrempeln musste.

Erst am nächsten Tag bemerkte ich, dass Julia keine meiner Nachrichten erwidert hatte, und ich begann mir Sorgen zu machen. Ich hatte so eilig aus dem Krankenhaus weggemusst, dass ich ihr nicht einmal hatte erzählen können, was los war. Jetzt fürchtete ich, dass sie mir das übelnahm.

Im Verlauf der nächsten paar Wochen wurde es allzu offensichtlich, dass Julia noch immer sauer auf mich war. Oder sie hatte einfach entschieden, dass sie nichts mehr mit mir zu tun haben wollte. Ich versuchte es mit Nachrichten und Anrufen. Ich versuchte sogar, von ihren Freunden ein gutes Wort für mich einlegen zu lassen.

Wenn ich im Krankenhaus war, schaute ich ein paarmal auf der Neugeborenenstation vorbei, um Julia mit den Jungs zu sehen, aber ich wollte sie nicht stören. Wenn sie Zeit brauchte, wollte ich sie ihr geben. Aber als es soweit war, dass die Babys nach Hause entlassen werden sollten, war ich bereits außer mir vor Sorge, dass Julia und ich uns nie mehr zusammenraufen würden.

Es war nicht meine Art, mich einer Frau aufzudrängen. Wenn sie mich fernhielt, dann blieb ich auch fern. Wenn Julia mit mir reden wollte, wusste sie, wie sie mich erreichen konnte. Außerdem war klar, dass wir früher oder später in unserem Wohnhaus aufeinandertreffen mussten. Deswegen hätten wir aber eben erst recht vereinbaren sollen, wie wir dann miteinander umzugehen gedachten.

Ich ging durch die Gänge des Krankenhauses, wo ich gerade eine Patientin besucht hatte, und war in Gedanken darüber versunken, wie ich mich bei Julia melden konnte, ohne anmaßend zu sein. Das war schwerer, als man denken mochte. Natürlich hatte ich sie wieder und wieder anzurufen versucht. Ich hatte Nachrichten geschickt und einfach nur gefragt, ob sie irgendwann einmal Zeit für ein Gespräch hatte, aber nichts davon hatte funktioniert.

„Hey, Arschloch“, hörte ich eine Frauenstimme, als ich gerade in der Nähe der Cafeteria um eine Ecke bog.

„Oh, hey Sarah. Wie gehts dir?”

„Ernsthaft, Mike. Du bist das Letzte vom Letzten. Ich begreif dich überhaupt nicht.“

„Was?”

„Du weißt schon was. Du verdienst es, in der Hölle zu schmoren, dafür, wie du meine Freundin behandelt hast. Was für ein himmeltrauriges Arschloch muss man sein, um einfach so zu verschwinden? Und dann noch sagen, sie solle sich um ihre Kinder selbst kümmern, Ich meine, wow. Das war grob.“

„Sarah, ich habe das Gefühl, dass du nicht die ganze Story kennst.“

„Ich bin sicher, dass du eine Menge Ausreden hast. Aber spar dir das, ich will nichts davon hören. Du hast meinem Mädchen das Herz gestohlen und es dann zerschmettert. Sie will nicht zugeben, dass es so ist, aber ich weiß es. Du hast sie zerstört.“

„Ich versuche mit Julia zu reden, seit die Babys auf der Welt sind. Sie ruft einfach nicht zurück und ich wollte sie jetzt auch nicht noch mehr stressen, solange die Kinder noch im Krankenhaus sind. Ich will bei ihr sein. Ich liebe sie“, sagte ich und stockte, als ich begriff, was ich da gerade gesagt hatte.

„Du liebst sie?”, fragte Sarah skeptisch.

„Ja", versicherte ich mir selbst. „Ich liebe sie wirklich. Ich hatte eine Menge um die Ohren bei der Arbeit und ich gebe offen zu, dass ich ein totaler Arsch gewesen bin, als wir damals zum Essen aus waren. Aber ich wollte mich nicht in die Vaterrolle drängen, wenn sie das nicht auch wollte. Sie hat immer gesagt, dass sie das alleine machen will. Ich wollte ihr das nicht nehmen oder ihr das Gefühl geben, dass sie mich einbeziehen muss."

„Habt ihr zwei über das alles geredet? Ich meine, das kommt mir schon ziemlich wichtig vor und ihr hättet doch irgendwann in den letzten paar Monaten mal da drüber reden müssen."

„Nein, wir hatten keine Gelegenheit dazu und jetzt erreiche ich sie nicht mehr."

„Ihr seid doch monatelang miteinander rumgehangen. Wie kann es sein, dass ihr nie über die Zeit nach der Geburt gesprochen habt?" Sarah sah mich an, als hielte sie mich für geistesschwach.

Und tatsächlich fühlte ich mich nach ihrer berechtigten Frage ziemlich idiotisch. Julia und ich hatten massenhaft Zeit miteinander verbracht. Wir hatten einander genossen und Spaß gehabt. Dabei hatten wir beide das Thema gemieden. Es lag nicht nur an mir. Julia hatte es ebenso wenig angesprochen.

Manchmal sagte ich Dinge wie etwa, dass ich es kaum erwarten könne, bis wir alle gemeinsam im Park spazieren gehen würden. Es schien mir ein guter Mittelweg, anstatt die Sache direkt anzusprechen. Julia hatte dann immer nur zustimmend genickt.

Wenn wir uns darüber unterhielten, wie schwer es für Julia sein würde, die Babys ganz alleine zu versorgen, wollte ich mich schon zu ihr bekennen. Ich wollte sagen, dass ich ihr bei der Sache helfen könnte. Ich wollte ihr einmal sogar sagen, dass ich auch über Nacht bleiben und ihr mit den Kleinen helfen würde. Aber der Mut verließ mich und wir gingen beide wieder dazu über, zu schweigen oder das Thema zu ignorieren.

„Naja, dann müssen wir eben nachhelfen. Ihr zwei müsst euch zusammensetzen und diese Sache besprechen."

„Das versuche ich ja die ganze Zeit. Ich will ständig mit ihr reden, aber sie sträubt sich. Das liegt alles nur daran, dass sie so stur ist. Okay, nicht nur sie. Aber sie ist wirklich stur. Ich fasse es nicht, dass sie mich nicht ein einziges Mal zurückgerufen hat. Ich meine, irgendwann musste ich es einfach aufgeben und nicht mehr anrufen."

„Du warst aber auch unfähig, ihr zu sagen, was du willst", fügte Sarah hinzu. „Du hättest ihr schon vor Ewigkeiten erzählen müssen, dass du involviert sein willst."

Sie hatte recht. Hätte ich Julia früher gebeichtet, dass ich sie liebe, bräuchte ich mir jetzt nicht so viele Gedanken darüber zu machen, wie es weitergehen konnte. Ich hatte meine Gefühle für mich behalten und darauf gewartet, dass Julia etwas sagte. Das war ein Fehler. Ich hätte mir einfach ein Herz nehmen und mit ihr darüber reden sollen. Und jetzt war alles so festgefahren. Sie war wütend auf mich und steckte mitten in der Pflege ihrer neugeborenen Kinder. Sie konnte es jetzt bestimmt nicht gebrauchen, dass ich sie mit meinen Gefühlen belästigte.

Alles war aus den Fugen geraten. Julia war mit den Jungs beschäftigt und es war Wochen her, seitdem wir uns das letzte Mal unterhalten hatten. Ohne die Hilfe ihrer Freunde würde es mir kaum gelingen, mich ihr wieder zu nähern. Ich war nicht einmal sicher, ob ihre Freundinnen jetzt überhaupt noch etwas ausrichten konnten. Vielleicht hatte sich Julia längst entschieden. Entschieden, ohne mich weiterzumachen.

„Ich hab die Jungs öfter am Abend besucht, nachdem Julia gegangen ist. Ich hab sie so lieb. Ich will bei ihnen sein. Ich muss bei ihnen sein. Nicht aus Pflichtgefühl oder so. Ich muss Julia und die Jungs einfach in meinem Leben haben."

„Dann müssen wir uns überlegen, wie du ihr das sagen kannst. Ich hole Kendra und Teddy, damit wir das besprechen und uns was ausdenken können."

Und tatsächlich kam Sarah mit den beiden zurück und wir setzten uns zusammen in einen der Besprechungsräume im Krankenhaus, um die nächsten Schritte zu planen. Julia würde mich eindeutig nicht zurückrufen und nachdem sie nicht mit mir reden wollte, konnte ich auch nicht einfach auf ihrer Matte stehen.

Die drei waren wie Superhelden, die gekommen waren, um mich zu retten. Sie glaubten an meine Gefühle für Julia und schienen auch zu glauben, dass es eine gute Idee wäre, wenn ich mich in ihr Leben einbrachte. Ich wusste natürlich noch nicht, was Julia zu der ganzen Sache zu sagen hatte, aber ihre Freunde als Unterstützung auf meiner Mission zu haben, fühlte sich schon mal gut an.

„Vielleicht könntest du sie auf der Säuglingsstation mit den Babys im Arm überraschen?", meinte Kendra. „Du könntest das mit der Känguru-Methode machen und die Säuglinge auf deine nackte Brust legen. Oh ja, das wäre doch super."

„Nein, auf keinen Fall", antwortete ich. „Ich werde die Jungs bestimmt nicht ohne ihre Erlaubnis anfassen."

„Wieso wartest du nicht einfach vor der Säuglingsstation auf sie?", schlug Teddy vor.

„Ich finde nicht, dass das Ganze im Krankenhaus stattfinden sollte. Ich kann noch ein bisschen warten. Ich werde sie einfach besuchen kommen, sobald sie wieder in ihrer Wohnung ist." Sosehr ich die Sache mit Julia auch sofort ausbügeln wollte, ich wollte mich ihr nicht aufdrängen, wo sie doch einfach nur nach Hause kommen wollte. Sie hatte genug zu tun und konnte es bestimmt nicht gebrauchen, sich auch noch wegen mir Gedanken machen zu müssen.

Wir saßen über eine Stunde lang in dem Besprechungszimmer und spielten Ideen durch, bevor wir uns schließlich auf eine einigten. Ich war mir nicht hundertprozentig sicher, was ich davon halten sollte, aber es war gut, einen Plan zu haben und etwas, worauf ich hinarbeiten konnte.

„Okay, also ich bleibe mit Julia in Kontakt, dann weiß ich Bescheid, wann die Babys nach Hause kommen, und halte euch auf dem Laufenden“, sagte Kendra.

„Ja, ich kanns kaum erwarten“, fügte Teddy aufgeregt hinzu.

„Das wird fantastisch. Ich helfe dir mit deinem Part, Mike, du musst dir deswegen keine Sorgen machen. Noch bevor die Woche zu Ende ist, bringen wir euch zwei Turteltäubchen auf den Weg in eine rosige Zukunft.“

„Danke für eure Hilfe, Leute. Ich hoffe wirklich, dass das klappt.“

Noch ein paar aufmunternde Umarmungen, dann gingen alle ihren Weg und ich blieb im Besprechungszimmer zurück, um noch einmal über unseren großen Plan nachzudenken. Da erst begann ich, wirklich nervös zu werden. Ich würde mich mehr exponieren müssen als je zuvor. Ich würde meine ungefilterten Gefühle für Julia offenlegen und ihr die Macht geben, mein Herz in den Staub zu trampeln.

Natürlich hoffte ich, dass sie dieselben Gefühle für mich hatte wie ich für sie, aber eine Garantie gab es dafür nicht. Das alles machte mich schon jetzt sehr nervös. Meine Hände schwitzten schon beim Gedanken an die Überraschung. Für mich und Julia ging es um alles oder nichts und ich hatte das Gefühl, als stünde meine gesamte Zukunft auf dem Spiel.

Kapitel 21

Julia

„Sieht so aus, als würde der Doktor die Babys morgen entlassen“, sagte die Schwester, als ich abends gerade gehen wollte.

„Wirklich?“

„Ja, sie machen sich hervorragend. Sie brauchen beide keine Atemhilfe mehr und sie nehmen kontinuierlich zu. Sie sollten in einer Woche einen Termin bei ihrem Kinderarzt vereinbaren.“

„Oh, wow, Ich habe noch nicht einmal einen Kinderarzt“, sagte ich und begriff, dass es noch mehr Dinge gab, an die ich nicht gedacht hatte.

„Kein Problem. Wenn Sie möchten, kann ich Sie bei einem der von uns empfohlenen Ärzte anmelden?“

„Perfekt, das wäre wundervoll.“

Als ich die Säuglingsstation verließ, um in meine Wohnung zu gehen, machte ich mir plötzlich wieder große Sorgen über all die Dinge, die ich noch immer nicht organisiert hatte. Ich war ja kaum in der Wohnung gewesen, und wenn doch, dann hatte ich keine Energie für Vorbereitungsarbeiten gehabt.

Ich hatte ein paar Babysachen fürs Kinderzimmer bestellt, hatte aber noch nicht einmal die Bettchen aufgebaut. Ich hatte außerdem zwei Krippen für mein Schlafzimmer, aber auch die waren noch nicht zusammengesetzt. Ich hatte einen Wickeltisch, einen

Schaukelstuhl und eine Liege, die noch verschraubt werden mussten. Ich fühlte mich zunehmend schlecht darauf vorbereitet, die Jungs nach Hause zu bringen.

Ich hätte schon viel weiter sein sollen. Sie waren wochenlang im Krankenhaus gewesen und auch, wenn ich meistens im Hotel gewesen war, so hatte ich doch immer wieder mal Zeit gehabt, nach Hause zu kommen. Ich war einfach nur fertig.

Die Realität dessen, was es hieß, Zwillinge großzuziehen, hatte noch gar nicht wirklich eingesetzt und schon war ich so müde, dass ich kaum mehr geradestehen konnte. Untertags besuchte ich die Jungs und kümmerte mich um sie. Wenn ich dort war, konnte ich sie stillen, aber nachts pumpte ich dann, damit die Schwestern sie mit Fläschchen füttern konnten.

Meine Erschöpfung fühlte sich bereits so an, als könnte sie unmöglich noch schlimmer werden, aber ich wusste, dass es nicht besser werden würde, wenn ich mit den Babys allein zu Hause war. Das würde ich niemals schaffen. All meine Zuversicht über das Dasein als Singlemutter war dahin. Als ich meine Wohnung betrat und das Chaos mit all dem verstreuten Zeug sah, sackte ich einfach zu Boden und begann zu schluchzen. Es war zu viel, das war mir alles zu viel.

Ich hatte vorgehabt, bis spät in die Nacht aufzubleiben und so viel als möglich zu schaffen. Ich wollte mit den kleinen Stubenwägen in meinem Zimmer anfangen und dann meine Liste mit Dingen abarbeiten, die ich für die Wichtigsten hielt, bevor die Babys morgen heimkamen. So war zumindest mein Plan. Leider schlief ich allerdings direkt dort auf dem Boden meiner Garderobe ein.

Als ich vom Klingeln meines Handys geweckt wurde, war ich so desorientiert, dass ich es nicht einmal schaffte, das verdammte Ding zu bedienen. Es war Morgen, soviel erkannte ich am Licht, das durchs Fenster viel, aber ich hatte keine Ahnung, wie lange ich geschlafen hatte.

„Hallo“, sagte ich, nachdem ich endlich den richtigen Knopf erwischt hatte.

„Hallo, Miss Rivas. Ich wollte Sie nur wissen lassen, dass der Doktor die Entlassungsschreiben für die Jungs ausgestellt hat. Wann werden Sie heute früh denn in etwa da sein?“

„Ich bin unterwegs“, sagte ich ohne zu zögern.

Ich trug noch immer die Klamotten vom Vortag und roch vermutlich übel, aber ich nahm nur schnell einen Schluck Orangensaft und machte mich auf den Weg zurück ins Krankenhaus. Auf der Fahrt schickte ich eine Nachricht an Sarah, Kendra und Teddy, um ihnen die Neuigkeiten mitzuteilen. In den letzten paar Tagen hatten sie mich allesamt ständig beackert, damit ich ihnen mehr Informationen geben würde.

Als ich diesmal zum Krankenhaus kam, wirkte es irgendwie anders auf mich. Zuvor war ich oft von Traurigkeit übermannt worden, wenn ich kam, um die Kinder zu besuchen, und diese Traurigkeit hatte auch dem Gebäude selbst ein trostloses Antlitz gegeben. Als ich heute Morgen durch die Gänge lief, schien mir alles viel heller und so voller Leben zu sein. Ich würde bald meine Jungs mit nach Hause bringen und konnte es kaum erwarten.

„Guten Morgen, Julia“, grüßte mich die Schwester, nachdem ich mich kurz frisch gemacht hatte und gerade zu meinen Kleinen ging. „Die Jungs haben beide Hunger, falls du in letzter Zeit nicht gepumpt hast.“

Da erst fiel mir auf, dass ich die ganze Nacht geschlafen und überhaupt nicht abgepumpt hatte. Meine Brüste waren so voll, dass sie schon durch meinen BH zu tropfen begonnen hatten. Ich setzte mich schnell in einen

Schaukelstuhl und die Schwester brachte mir zuerst Brody zum Stillen.

Sie waren jetzt auf der normalen Säuglingsstation. Man hatte sie tags zuvor hierhergebracht, als Vorbereitung auf die Entlassung. Sie brauchten beide keine medizinische Behandlung mehr, sondern hatten nur die ganz normalen Babybedürfnisse, so wie alle anderen Neugeborenen im Raum.

Nachdem Brody satt war, gab mir die Schwester Benjamin. Ich hatte mir Sorgen gemacht, ob ich die Jungs würde unterscheiden können, aber ich erkannte sie schon vom ersten Tag an mühelos. Sie waren eineiige Zwillinge, aber ich erkannte trotzdem einen Unterschied. Es war schwer zu beschreiben, aber ich konnte es sehen.

Mein Handy summte in meiner Handtasche, während ich Benjamin stillte, sodass ich nicht rangehen konnte. Wer es auch war, würde eine Nachricht hinterlassen, falls es wichtig war. Irgendwie war ich auf eine Anrufliste für frisch gebackene Mütter geraten und man rief mich ständig an, um mir Babykram zu verkaufen.

„Kommt denn jemand, um dich und die Kids abzuholen?", fragte die Schwester.

„Ich hätte jetzt einfach ein Taxi gerufen“, lachte ich.

„In Ordnung.“

„Naja, vielleicht frag ich auch meinen Freund Teddy, ob er mich mit nach Hause begleitet“, sagte ich, als mir einfiel, wieviel Zeug die zwei hatten und wie kompliziert es sein würde, sie in ein Taxi zu packen.

„Deine Babysitze sehen gut aus, die lassen sich leicht in ein Taxi einbauen. Aber ein paar zusätzliche helfende Hände wären wahrscheinlich schon praktisch, besonders bei den ersten paar Fahrten. Ist der Vater denn nicht involviert?“

Das war das erste Mal, dass mich eine Schwester geradeheraus nach dem Vater der Kinder gefragt hatte. Die meisten vermieden das Thema tunlichst. Sie stellten mir höchstens vorsichtige Fragen, um zu sehen, ob ich etwas preisgeben würde, aber zuvor war der Vater noch nie direkt angesprochen worden.

Ich musste mir wohl oder übel überlegen, was ich auf solche Fragen antworten sollte, denn man würde sie mir noch oft stellen. Eine junge Frau mit zwei kleinen Kindern und keinem Mann an ihrer Seite, da würden die Leute schon etwas zu reden haben.

„Nein, ist er nicht“, sagte ich, ohne weiter ins Detail zu gehen.

„Vielleicht kann dann ja ein Freund helfen“, meinte sie munter.

„Ja, das werde ich versuchen“.

Als ich auch Benjamin fertiggestillt hatte, klingelte ich bei Teddy durch, aber er ging nicht ran. Dann sah ich, dass ich einen verpassten Anruf von Sarah hatte, also versuchte ich es bei ihr, vielleicht wusste sie ja, wo Teddy steckte.

„Hey“, ging Sarah ans Telefon. „Ich werde ein paar Sachen in deine Wohnung bringen. Ist es okay, wenn ich mich selber reinlasse?”

„Na klar, deswegen hab ich dir und Kendra ja die Schlüssel gegeben. Ihr zwei seid dort immer willkommen. Aber was anderes, weißt du, wo Teddy ist? Ich bräuchte wohl jemanden, der mich und die Jungs vom Krankenaus abholt.“

„Teddy, kannst du zum Krankenhaus und Julia mit ihren Babys abholen?“, fragte Sarah Teddy. „Jap, er ist eh hier bei mir. Er ist schon auf dem Weg und sagt, er hilft gern.“

„Jetzt schwindelst du aber“, lachte ich. „Teddy hilft nie

gern."

„Stimmt schon, normalerweise nicht, aber ich glaube, für diese Jungs macht er eine Ausnahme. Ich hab das Gefühl, für sie würde er alles tun", sagte Sarah, bevor ein lautes Geräusch im Hintergrund sie ablenkte.

„Was ist denn da los?", fragte ich.

„Nichts, aber ich sollte jetzt besser los. Wirst du bald zu Hause sein? Ich könnte dort auf dich warten."

„Ja, vielleicht in zwei oder drei Stunden, sobald wir alles geregelt und ins Taxi gepackt haben."

„Dann bis später", sagte sie und legte gleich auf.

Sarah hatte seltsam gewirkt. Ich war mir nicht sicher, was vor sich ging, aber sie schien irgendetwas auszuhecken. Hoffentlich war das laute Poltern nicht davon gekommen, dass sie irgendetwas in meiner Wohnung kaputt gemacht hatte. Sie war bekannt dafür, dass sie Sachen zerbrach und sich dann der Beweise entledigte. Dann fragte man sich wochenlang, wo ein bestimmtes Ding hingekommen sein mochte, bevor man die Bruchstücke irgendwo in einem Sack ganz weit hinten im Schrank fand. Das letzte Mal hatte sie gleich nach meinem Einzug einen Bilderrahmen zerbrochen und ich hatte alle meine Kartons durchwühlt und schon geglaubt, ich hätte ihm verloren.

Als Teddy ankam, brauchten wir noch eine ganze Stunde, um die Jungs fertigzumachen und aufzubrechen. Ich stillte beide noch einmal und wir steckten sie in niedliche Outfits, die ich schon vorbereitet hatte. Es war sehr hilfreich, Teddy dabeizuhaben und er stellte sich viel besser an mit den Babys, als er selbst immer behauptete.

„Ich glaube, ich mache das hier falsch", quiekte er, als er versuchte, Bens Windel nach einem größeren Zwischenfall zu wechseln. „Hilfe, ich brauche Hilfe."

„Das machen sie toll“, sagte die Schwester, die neben ihm stand, um ihn zu ermutigen.

Ich war damit beschäftigt, Brody vorzubereiten, und war gerade damit fertig geworden, ihn in seine Trage zu stecken, als er seine Windel ebenfalls strapazierte. Ich hatte eine Ahnung, dass ziemlich viel von meinem Geld in nächster Zeit für Windeln draufgehen würde.

Schließlich schafften wir es aber doch, beide Babys satt und sauber in ihre tragbaren Babyschalen zu schnallen und uns auf den Weg zu machen. Die Schwestern hatten einen Wagen mit diversen Sachen für die Zwillinge gefüllt. Man gab mir einen Rest Muttermilchersatz mit, Windeln und kleine Blutdruckmanschetten. Alles, was ich benötigte, wurde in Taschen gepackt und mir mitgegeben.

„Unten wartet noch jemand mit den Babysitzen. Er wird ihnen beim Einladen helfen und sicherstellen, dass die Sitze richtig eingestellt sind.“

„Wow, danke vielmals“, sagte ich ein wenig schockiert, dass man sich so große Mühe wegen mir machte.

„Doktor Cooper hat neulich darum gebeten, als er hier vorbeigeschaut hat“, sagte die Schwester, während wir zum Taxi hinausgingen.

„Doktor Cooper?”, fragte ich ein wenig verwirrt.

„Ja, er hat regelmäßig am Abend nach den Babys gesehen. Er muss wohl ziemlich verrückte Arbeitszeiten haben, weil er oft noch lange nach den normalen Behandlungszeiten da war.“

„Oh, okay“, sagte ich und war unschlüssig, was ich von der neuen Information halten sollte.

„Dann lass uns die Babys mal einladen“, sagte Teddy eifrig und hob Brody in den großen SUV, den er für uns bestellt hatte.

Der Mann mit den Babysitzen erklärte uns alle Details und half mir dabei, die Sitze richtig zu befestigen. Er zeigte mir, wo die modernen Autos die zusätzlichen Sicherheitsclips hatten und erklärte mir noch ein paar allgemeine Sachen.

Als die Jungs dann sicher verstaut waren, luden Teddy und die Schwester den Rest der Sachen in den Kofferraum. Teddy setzte sich dann nach vorn neben den Fahrer und ich kletterte nach hinten auf den Mittelsitz zwischen den Babys. Ich wusste jetzt schon, dass das Verreisen mit diesen beiden alles andere als leicht werden würde. Ich wollte mir gar nicht vorstellen, wie es wäre, wenn ich sie zu einem Arzt bringen musste, sollten sie mal krank sein.

„Teddy, hast du gehört, was die Schwester gesagt hat? Dass Mike die Babys besucht hat?“

„Ähm, ja.“

„Was denkst du darüber?”

„Ich weiß nicht. Scheint mir eine nette Geste zu sein. Was denkst du denn darüber?“

„Ich dachte, er wollte nichts mit uns zu tun haben. Es kommt mir nur komisch vor, dass er die Jungs besucht und mich nicht zuerst fragt.“

„Soweit ich gehört habe, hast du seine Anrufe nicht erwidert“, sagte Teddy und gab mir einen vielsagenden Blick.

Das stimmte. Ich hatte weder seine Anrufe noch seine Nachrichten erwidert. Ich hatte nicht die Energie, mich mit ihm zu streiten, und ich wollte mich im Moment einfach nicht mit den ganzen Gefühlen herumschlagen. Ich hatte schon vorgehabt, ihn irgendwann zurückzurufen, aber dann hatte er schließlich aufgehört, sich bei mir zu melden.

„Und was hast du sonst noch so gehört?“, fragte ich.

„Nicht viel, das wars mehr oder weniger“, antwortete er und wandte sich wieder nach vorne um.

„Teddy, du weißt irgendwas und du willst es mir verschweigen. Ich kann es riechen, wenn du lügst, versuch es erst gar nicht.“

„Ich weiß überhaupt nichts“, entgegnete er, ohne sich umzudrehen. Was mir nur noch mehr Sicherheit gab, dass er log.

Ich war zu fertig, um ihn noch länger zu löchern. Ich lehnte also den Kopf zurück und schloss für ein paar Minuten die Augen. Beide Jungs waren fast augenblicklich eingeschlafen, nachdem wir sie in ihre Tragekörbe geschnallt hatten. Es gefiel mir, wie gut das funktionierte und wollte es mir merken, falls ich sie in Zukunft mal wieder zum Schlafen bringen musste.

Als wir vor meinem Gebäude hielten, setzte ich mich auf und schnallte die Jungs los. Die beiden Schalen waren zunächst mit dem normalen Sicherheitsgurt befestigt und dann noch mit einer Schnalle, die dafür sorgte, dass die Sitze nicht aus dem Wagen fliegen konnten.

Teddy und der Portier beluden einen Wagen mit meinem Zeug und Teddy wartete an der Tür darauf, mir eine der Schalen abzunehmen. Ich würde die Jungs niemals alleine spazieren fahren können, es sei denn ich besorgte einen Kinderwagen, in die sich die beiden Tragekörbe einrasten ließen. So könnte ich sie dann einfach aus dem Auto heben und in den Kinderwagen stellen. Ich machte mir eine Notiz im Geiste, mir so etwas zu besorgen, um mein neues Leben überstehen zu können.

„Welchen hab ich denn?“, fragte Teddy und sah in den Korb hinein.

„Das ist Ben.“

„Keine Ahnung, wie du sie auseinanderhältst. Das muss wohl so ein Naturdings sein, weil du ihre Mutter bist.“

„Wahrscheinlich. Nicht einmal ihre Krankenschwestern konnten sie immer richtig identifizieren.“

Der Portier fuhr mit uns im Fahrstuhl hinauf und schob den Wagen voller Krankenhaussachen und Geschenken von Leuten für die Babys. Alle meine Brüder hatten Blumen und Babysachen geschickt. Rob war einmal kurz dagewesen, versprach aber, dass er uns in der Wohnung öfter besuchen würde, sobald wir zu Hause waren.

Niemand in meiner Familie verstand wirklich, was ich da getan hatte oder wieso ich mich entschlossen hatte, alleine Kinder zu bekommen. Aber nicht einmal meine Mutter störte das jetzt noch, weil sie sich so in die Burschen verliebt hatte.

„Hier, ich halt ihn“, sagte Teddy und nahm mir den Korb mit Brody ab, sodass ich die Tür aufsperren konnte.

„Ich dachte, Sarah wollte hierbleiben, bis wir wieder da sind?”, fragte ich, während ich eine Ewigkeit an dem Türschloss herumfummelte.

Schließlich bekam ich die Tür doch auf, aber als ich einen Blick in meine Wohnung warf, sah sie vollkommen verändert aus. Das Wohnzimmer war aufgeräumt und wunderschön. Die Kartons waren weggeräumt worden und der Haufen Zeug, den ich bestellt hatte, stand auch nicht mehr herum.

„Überraschung“, riefen Sarah und Kendra aus dem Kinderzimmer.

„Leute, ihr habt die Betten gemacht und das Wohnzimmer eingerichtet? Oh mein Gott, ihr seid die Besten“, sagte ich und umarmte sie.

Alles war erledigt worden. Sie hatten alles ausgepackt

und zusammengebaut. Der Schaukelstuhl und der Wickeltisch waren fertig. Alles sah so perfekt aus und ich fühlte, wie mir eine gewaltige Last von den Schultern fiel.

„Wir hatten dabei ein bisschen Hilfe“, sagte Kendra und drehte mich dabei herum, um mich in Richtung Schlafzimmer zu schieben.

Als ich näherkam, sah ich, dass auch die beiden Stubenwägen aufgebaut und hergerichtet waren. Meine ganze Wohnung war bestens organisiert und ich konnte unbekümmert mit den Zwillingen durchstarten, wie ich es mir gewünscht hatte.

Und dann sah ich ihn.

Mein Herz setzte kurz aus, als ich Mike neben der Babyschaukel in der Ecke meines Zimmers stehen sah. Er hatte zwei weiße und eine rote Rose in der Hand. Er sah so gut aus in seinem blauen T-Shirt, das buchstäblich zur Hälfte von Schweiß durchnässt war.

„Du hast ihnen geholfen?“, fragte ich, während ich von den Mädels ins Zimmer geschoben und hinter mir die Tür geschlossen wurde.

„Julia, ich liebe dich. Ich will keine weitere Sekunde warten, um dir das zu sagen. Ich liebe dich und ich will mit dir zusammen sein. Ich wollte dir das eigentlich schon lange sagen und habe mich nur zurückgehalten, weil ich dich nicht drängen wollte. Aber jetzt halte ich es nicht länger aus.“

„Mike...“, begann ich, bevor er mich unterbrach.

„Du kannst mich in einer Minute zum Teufel schicken. Ich muss das nur schnell loswerden, damit du mich auch wirklich verstehst. Es tut mir leid, dass ich das Krankenhaus gleich nach der Geburt der Jungs verlassen musste. Ich dachte, ich würde meine Arztzulassung verlieren und war verzweifelt deswegen. Es ist keine Entschuldigung, aber ich wollte, dass du das weißt.“

„Mike...”, versuchte ich es wieder.

„Ich verspreche, dass ich es wieder gut mache, wenn du es zulässt, dass wir alle eine Familie werden. Ich habe mir sechs Wochen freigenommen und ich kann jeden Tag und jede Nacht hier bei dir sein und die Jungs kennenlernen. Ich stehe nachts auf und wickle sie und füttere sie und mache auch sonst alles, was nötig ist für sie, weil ich sie liebe. Ich weiß, wir haben einen Vertrag unterschrieben und wenn du ihn behalten willst, kannst du das tun, aber wenn es nach mir ginge, würde ich ihn zerreißen, damit wir eine Familie sein können.“

„Mike...“, wollte ich ihn noch einmal unterbrechen.

„Nein, nein, ich muss das jetzt sagen. Ich hab schon in unserer ersten Nacht gewusst, dass du etwas Besonderes bist. Ich wusste, dass mich unsere Begegnung verändern würde, und ich hatte recht. Ich bin ein anderer, ich bin ein besserer Mensch, allein schon, weil ich dich kennengelernt habe und selbst wenn du mich nicht bei der Erziehung dabeihaben willst, werde ich meine Entscheidung niemals bereuen. Und...“

„Mike!“ Ich legte einen Finger auf seinen Mund und ließ ihn dort ruhen, damit er für einen Augenblick zu reden aufhörte. „Ich liebe dich auch.“

Sofort fielen all der Stress und die Sorgen von mir ab, als ich sein Lächeln sah. Es hatte lange gedauert, bis wir zu diesem Punkt fanden, aber wir liebten einander und tief im Inneren hatte ich das bereits gewusst, lange bevor Mike mir seine Liebe gestand.

Es waren keine weiteren Worte mehr nötig. Stattdessen legte Mike seine Arme um mich und drückte seine Lippen auf meine. Wir blieben sanft verschlungen, küssten uns und hielten einander fest, bis Kendra die Tür einen Spalt weit aufmachte, um zu sehen, was drinnen vor sich ging.

„Willst du deine Jungs kennenlernen?", fragte sie und brachte den ersten Korb herein.

„Oh, ich kenne sie schon", sagte Mike und beugte sich hinab, um Brody herauszuheben. „Ich und Brody hatten schon ein paar lange Gespräche von Mann zu Mann in den letzten Wochen."

„Du weißt, dass das Brody ist?"

„Ja, ich hab sie schon in ihren Inkubatoren auseinanderhalten können."

Und da wusste ich, dass Mike und ich es gut miteinander haben würden. Er war ihr Vater, und zwar nicht nur im biologischen Sinn. Daran, wie er Brody hielt, konnte ich auch erkennen, dass er das nicht zum ersten Mal tat.

„Du hast es also nicht für nötig gehalten, mich zuerst zu fragen, bevor du mit den Jungs rumhängst?", fragte ich ein wenig sarkastisch.

„Naja ich wollte ja auf dein Okay warten, aber ich konnte mich einfach nicht von diesen Kerlchen fernhalten. Ich musste sie jeden Abend besuchen gehen. Ich musste sie besuchen, damit sie wussten, wer ich war, und dass ich sie sehr liebhabe."

„Ich bin froh darüber.", sagte ich und hob auch Ben hoch.

Wir vier standen gemeinsam da, schaukelten hin und her und kuschelten wie eine Familie, weil wir eine Familie waren. Davon hatte ich geträumt. Ich hatte versucht, die Dinge selbst in die Hand zu nehmen, woraufhin sich das Schicksal eingemischt und alles ein wenig durcheinandergewirbelt hatte, und zum Schluss war alles noch besser, als ich es mir je hätte erträumen können.

„Und wenn sie nicht gestorben sind, so leben sie noch heute", sagte Kendra, die mit Sarah im Türrahmen stand, während Teddy unser erstes Familienfoto machte.

Epilog

„Du musst wirklich im Bett bleiben, Julia, keine weiteren Ausreden. Das ist eine ärztliche Anordnung“, sagte ich, nachdem sie schon wieder hatte aufstehen wollen, um die Jungs für den Kindergarten herzurichten.

„Ach, komm schon. Ich darf ja auch aufs Klo gehen, also kann ich Brody ja wohl auch in seine Jacke helfen.“

„Nichts da. Du hast all deine Stehzeit für die Toilette aufgebraucht. Damit bleibt nichts mehr übrig, um den Jungs zu helfen. So sind die Regeln. Ich bringe sie dir dann wieder, damit du ihnen gute Nacht sagen kannst.“

„Ich habs jetzt schon über zweiunddreißig Wochen geschafft. Ich hab so ein Gefühl, dass ich es diesmal bis zum Schluss durchhalte. Es ist nur ein Baby. Das wird ein Klacks, dieses hier bis zum Ende garzukochen“, scherzte sie.

„Schatz, du musst mir gehorchen, um des Babys Willen. Okay?”, fragte ich mit fester Stimme, damit sie auf mich hörte.

Sosehr ich auch wusste, dass es sie nervte, ans Bett gefesselt zu sein, sosehr wusste ich auch, dass es nötig war. Sie war bei der neuen Ärztin in unserer Praxis und wir waren gemeinsam zu diesem Entschluss gekommen, nachdem sie in der Woche zuvor ziemlich ernste Blutungen gehabt hatte. Wäre sie meine Patientin gewesen, hätte ich auch strenge Bettruhe verschrieben.

Die Praxis lief gut, jetzt, wo wir fünf Vollzeitärzte hatten, sodass ich nur ein paar Tage pro Woche arbeiten musste. Ich machte die meiste Organisationsarbeit gemeinsam mit unserem Geschäftsführer und den Rechtsberatern. Ich überwachte auch die Marketingabteilung, damit wir immer genügend neue Patientinnen bekamen.

Bruce hatte geheiratet, nachdem er die Liebe seines Lebens gefunden hatte, die zufälligerweise auch unsere neueste Mitarbeiterin war. Da gab es also wieder einmal ein Kuddelmuddel, um das wir uns noch würden kümmern müssen. Ich hatte mir allerdings noch mehr Sorgen deshalb gemacht, als sie nur zusammen waren. Jetzt war immerhin klar, dass er es wirklich ernst meinte und glücklich mit ihr war.

„Sag bloß nicht die Dinnerparty ab“, rief Julia aus dem Schlafzimmer, während ich den Kindern ihr Mittagessen einpackte. „Ich kann immer noch zu Abend essen. Alle haben sich schon extra freigenommen und wir müssen ja wohl nicht absagen, nur weil ich im Bett bleiben muss.“

„Schatz, wie soll das gehen, sollen wir den Tisch zu dir bringen und alle gemeinsam bei dir im Bett futtern? Wir können doch auch einen neuen Termin nach der Geburt machen.“

„Nein, ich kann essen. Ich werde an dem Tag einfach nicht zum Pinkeln aufstehen“, versuchte sie zu widersprechen.

„Julia, Liebling, komm schon.”

„Mike, das ist wichtig. Ich will alle nochmal sehen. Wir sind immer so beschäftigt und alle anderen auch. Ich will die Gelegenheit einfach nicht verstreichen lassen.“

„Na schön, aber nur Abendessen. Du wirst nicht ein einziges Mal aufstehen und bei der Vorbereitung helfen, nur zum Essen selbst darfst du rauskommen. Und dann versprichst du, dass du direkt wieder zurück ins Bett gehst.“

„Oder vielleicht auch auf der Couch sitzen bleibe?“, fragte ich.

„Weib, du treibst mich in den Wahnsinn“, sagte ich, während ich zu ihr ins Bett kroch und ihren wachsenden Bauch küsste.

„Baby, deine Mutter ist eine der stursten Frauen, die ich je getroffen habe. Wart nur mal ab, bis du hier draußen bist. Dann siehst du, was ich meine.“

„Dad, Dad, Dad“, quengelte Brody und zupfte an meinem Bein. „Ich hab Hunger.“

„Ich hab sie grade gefüttert. Ich schwöre, dass ich sie grade gefüttert habe“, sagte ich und schlüpfte aus dem Bett. „Die sind wohl am Wachsen. Ich begreife nicht, woher die dauernd ihren Hunger nehmen.“

„Warte nur, bis sie Teenager sind“, lachte Julia.

Ich konnte mir noch gar nicht vorstellen, wie unser Leben aussehen würde, wenn die Zwillinge mal zu Halbstarken herangewachsen sein würden, und unser Nächstes war ja nur ein paar Jahre hinterher. Ich gab den beiden schließlich noch einen letzten Snack und brachte sie zu Julia herein, damit sie sich verabschieden konnten, bevor ich sie zum Kindergarten brachte.

Es war nicht schwer, meine Arbeitszeiten mit den Familienangelegenheiten zu koordinieren, nachdem ich ja der Boss war, aber für normale Familien musste das furchtbar sein. Da verstand ich auch das Bedürfnis vieler nach einem Kindermädchen.

Als die Zwillinge noch kleiner gewesen waren, hatten wir auch eines gehabt, nachdem Julia wieder arbeiten gegangen war. Die Entscheidung war ihr schwergefallen, aber sie brauchte die Arbeit, um mit sich selbst zufrieden zu sein. Sie war eine Frau mit viel Antrieb und auch, wenn sie gerne zu Hause mit den Kindern war, so wollte sie doch auch ihre Karriere nicht aufgeben.

Bis zum Samstag und zu unserer kleinen Hausparty würde Julia schon fast durchdrehen nach zwei Wochen Bettruhe. Ich konnte mir schwer vorstellen, wie sie das noch einen ganzen Monat durchhalten würde, also war die Party vielleicht keine schlechte Idee, um ihre Stimmung ein wenig zu heben.

Als der Tag gekommen war und die Wohnungstür klingelte, eilte ich gleich hin. Alle waren gemeinsam gekommen. Kendra und Devon waren da, Patrick und seine Freundin, Teddy und sein Freund, nur Sarah kam ohne Begleitung.

„Oh, das halte ich nicht aus, wie gut ihr alle ausseht“, sagte Julia, die herausgekommen war, um alle zu umarmen.

„Du siehst auch fantastisch aus“, meinte Sarah und begann, Julias Bauch zu reiben.

Wir begrüßten uns alle und ich brachte Julia schließlich dazu, sich auf die Couch zu setzen, bevor ich das Abendessen fertig zubereitete. Sie war lebhaft und strahlte in Anwesenheit ihrer Freunde und es machte mich glücklich, sie so fröhlich zu sehen.

„Und wann ist es soweit?”, fragte Kendra.

„Es wäre gut, wenn es noch einen Monat dauert, aber ich weiß nicht, ob ich das schaffe.“

„Sie hat eigentlich Bettruhe“, rief ich aus der Küche.

„Ja, ja, ich ruh mich hier ja eh aus“, sagte Julia und unterhielt sich dann weiter mit ihren Freunden.

Die Zwillinge schliefen in ihrem Zimmer und ließen sich von dem ganzen Wirbel im Wohnzimmer kein bisschen aus der Ruhe bringen. Wir hatten eine Babysitterin, die im Gästezimmer untergebracht war und gleich einspringen konnten, falls die Jungs irgendetwas brauchten, aber ich vermutete, dass wir sie dafür bezahlen würden, dass sie herumsaß und mit ihrem Freund telefonierte.

„Oh-oh“, hörte ich Julia machen und der Raum verstummte.

„Mike, du solltest besser herkommen“, meinte Teddy, nachdem alle außer Julia von der Couch aufgestanden waren.

„Meine Fruchtblase ist gerade geplatzt“, sagte Julia in aller Ruhe. „Ich spüre aber noch keine Wehen. Das ist gut, oder?”

„Nein“, sagte ich und vergeudete keine Zeit mit Erklärungen.

Ich schnappte unsere Notfalltasche und gab ein paar schnelle Anweisungen an Kendra, die bei den Zwillingen in der Wohnung bleiben sollte. Es war nicht gut, wenn die Geburt mit dem Platzen der Fruchtblase begann. Unter diesen Umständen mussten wir entbinden. Wir konnten nicht einfach die Wehen stoppen und die Schwangerschaft verlängern. Wenn das Fruchtwasser weg war, musste das Baby zur Welt gebracht werden.

„Mike, du machst mir Angst“, sagte Julia, als ich ihr ins Taxi half, das bereits unten auf uns wartete. „Was ist los?“

„Ich muss dich ins Krankenhaus bringen und nachsehen, ob noch Flüssigkeit übrig ist. Wenn nicht, müssen wir entbinden.“

„Aber ich hab keine Wehen.”

„Dann müssen wir vielleicht einen Kaiserschnitt machen. Oder wir leiten die Wehen ein, wenn es dir und dem Baby entsprechend gut geht. Aber das wird schon. Mach dir keine Sorgen, Schatz.”

„Wer hat heute Notdienst?”, fragte sie und versuchte, ihre Angst zu überspielen.

„Bruce."

„Oh, das ist gut. Ich mag den Neuen nicht, den ihr da habt."

„Er ist nur ein bisschen kauzig. Sonst ist er aber ein sehr guter Arzt", versicherte ich ihr.

Wir ließen die Notaufnahme aus und gingen gleich in den Kreißsaal. Ich hatte Bruce schon geschrieben und ihn informiert, dass wir auf dem Weg waren, sodass er bereits mit einem Team auf uns wartete, als wir aus dem Aufzug kamen.

„Keine Wehen und zumindest teilweiser Verlust des Fruchtwassers“, sagte ich zur Mannschaft.

„Wir schauen mal, ob noch etwas Brauchbares übrig ist“, sagte Bruce und half mir, das Ultraschallgerät zu holen und in den Raum zu schieben, wo Julia bereits an die verschiedenen Monitore angeschlossen wurde.

„Dann wollen wir mal“, sagte Bruce ruhig.

Ich wusste, gleich nachdem er das Gerät auf ihrem Bauch angesetzt hatte, dass wir ein Problem hatten und es keine glatte Geburt werden würde. Das Baby hatte überhaupt keine Flüssigkeit mehr um sich herum und sein Herzschlag war viel zu langsam.

„Ist das ihre Nabelschnur?", fragte ich, als er das Ultraschallgerät zum Kopf des Babys verschob.

„Ja“, sagte er und schaltete den Bildschirm aus. "OP vorbereiten", rief er hinaus.

„OP, was? Wieso brauche ich eine Operation? Ich kann doch pressen. Das ist kein Problem. Und hast du sie gesagt? Bekommen wir ein Mädchen?" Julia war ganz aufgeregt über die Neuigkeiten.

„Ja, es ist ein schönes, kleines Mädchen, aber wir müssen

sie schnellstmöglich herausholen. Du musst jetzt ganz ruhig bleiben, wir bringen dich in den Operationssaal. Wir haben keine Zeit für eine PDA und ich weiß, dass du gerne wach bleiben würdest, aber vertrau mir, wir müssen jetzt schnell machen."

„Okay", sagte Julia mit einer Ruhe, die ich nicht erwartet hatte. „Hol unser kleines Mädchen."

Sie hatte Tränen in den Augen und küsste mich, während wir sie schon hinausschoben und in den Operationssaal brachten. Das OP-Team war schon da und bereit. Wir hoben Julia mitsamt dem Leintuch auf den Operationstisch.

Der Anästhesist wartete bereits und machte sich sofort daran, ihr einen Zugang zu legen, um sie zu betäuben. Alle eilten im Raum umher und bereiteten alles für das Baby vor. Sie hatten alles für einen Notfall hergerichtet und ich hoffte nur, dass es nicht zum Einsatz kommen würde müssen.

„Ich liebe dich. Wir sehen uns bald wieder", sagte ich zu Julia, als man ihr die Maske aufsetzte und mit der Narkose begann.

„Ich liebe dich auch", antwortete sie unter der Maske hervor.

Ich war kurz vorm Durchdrehen. Tränen füllten meine Augen und es brauchte alle Anstrengung, um nicht die Nerven zu verlieren und Bruce anzuschreien, der sich noch auf die OP vorbereitete. Er war gerade dabei, sich die Hände zu schrubben, während die Schwestern Julias Bauch für den Eingriff entblößten.

Es ging alles sehr schnell, aber ich kannte die Prozedur ja und wusste, was kommen würde. Nur ein paar Minuten später schnitt Bruce Julia auf und holte unser kleines Mädchen heraus.

Sie war blau angelaufen und hatte die Nabelschnur so

eng um den Hals geschnürt, dass Bruce sie an beiden Enden durchschneiden musste, bevor eine Schwester sie lösen konnte. Das Baby hatte keinerlei Atmung, als sie zum Nebentisch gebracht wurde.

„Alles klar hier?", fragte ich Bruce, der noch an Julia arbeitete.

„Ja, geh schon", sagte er und deutete mir, zu meiner Tochter zu gehen.

Ich weiß nicht, ob es irgendetwas Hilfloseres als diese Situation geben kann, in der ich zusehen musste, wie die Leute versuchten, das Leben meiner Tochter zu retten. Meine Hände zitterten und mir war schwindlig, aber ich durfte ihr auf keinen Fall von der Seite weichen. Julia hätte nicht gewollt, dass unser süßes Mädchen ganz alleine kämpfen muss.

Der Arzt machte Thoraxkompressionen, während eine Schwester dem Baby eine Maske aufsetzte. Ich schloss die Augen und stieß ein Gebet aus, damit unser Kind den Kampf überstand und wieder zu uns zurückkehrte.

„Wir haben sie", hörte ich den Doktor sagen und einen Augenblick später hörte ich den wundervollen Klang eines schreienden Babys, der im Operationssaal wiederhallte. „Sie atmet", sagte er an alle gewandt, obwohl ihr Schrei nicht zu überhören gewesen war.

Ich war so erleichtert, dass ich beinahe zusammengeklappt wäre. Gottseidank brachte mir eine Schwester einen Hocker und half mir, mich zu setzen. Ich blieb dort sitzen und sah dem Kinderarzt zu, der unser Neugeborenes untersuchte.

„Sie sieht schon viel besser aus, Mike. Wir werden sie noch ein paar Tage beobachten müssen, aber sie sieht besser aus. Komm mal her und sag hallo."

Die Schwester stützte mich, um sicherzustellen, dass ich nicht umkippte. Aber natürlich ging es mir jetzt blendend, da ich wusste, dass es meiner Tochter gut ging. Ich stand bei ihr und hielt ihre kleinen Finger fest, während mir Tränen über die Wangen liefen.

„Du hast uns erschreckt, Kleines, mach das lieber nicht nochmal“, flüsterte ich und küsste ihre süße, kleine Stirn. „Deine Mama freut sich schon, dich kennenzulernen.“

Der Arzt musste sie dann gleich mitnehmen und ich wartete im Aufwachzimmer bei Julia, die langsam aus der Narkose erwachte. Sie war zuerst verängstigt und desorientiert, aber ich hielt einfach ihre Hand an meine Lippen und küsste sie, bis sie ganz wach war und meine Worte verstand.

„Gehts ihr gut?”, fragte sie schließlich. „Wo ist sie? Ich will sie sehen.“

„Es geht ihr gut. Sie ist wunderschön, oh mein Gott, das glaubst du gar nicht“, sagte ich sanft und streichelte Julias Haar, bis sie sich wieder zurück aufs Kissen legte.

„Und es geht ihr wirklich gut?”, fragte sie noch einmal und begann zu weinen. „Ich hatte solche Angst, Mike. Ich hatte solche Angst, dass wir sie verlieren.“

„Es geht ihr gut, Schatz. Sie werden sie noch ein paar Tage beobachten. Du musst auch noch ein bisschen hierbleiben, man wird sie dir also bestimmt vorbeibringen, sobald sie stabil genug ist.“

„Ich liebe dich so sehr, Mike. Du machst mich zur glücklichsten Frau auf der Welt.“

„Ich liebe dich auch, Julia. Ich bin so froh, dass wir uns in jener Nacht im Club begegnet sind und dass du diesen Lebenstraum hattest und mich daran teilhaben lässt.“

„Nur durch dich ist es zu einem wahren Traum

geworden“, sagte sie und ich umarmte meine wunderschöne Braut.

ENDE

Liebe Leser,

es bedeutet mir unheimlich viel, dass ihr dieses Buch hier gelesen habt. Ohne leidenschaftliche Buchliebhaber wie euch wäre es für mich nicht möglich, meinen Traum zu leben und meine Fantasien niederzuschreiben. Vielen Dank dafür!

Wenn ihr mir einen kleinen Gefallen tun möchtet, dann freue ich mich riesig über eine kurze Bewertung auf Amazon. Da ich als Indie-Autorin nicht über die Mittel eines großen Verlages verfüge, ist das für mich die beste Werbung!

Nochmals vielen Dank,

Eure Sarah

Printed in Poland
by Amazon Fulfillment
Poland Sp. z o.o., Wrocław

56778527R00179